O BEIJO DO RIO

O BEIJO DO RIO

STEFANO VOLP

Rio de Janeiro, 2023

Copyright © 2022 por Stefano Volp

Todos os direitos desta publicação são reservados à Casa dos Livros Editora LTDA. Nenhuma parte desta obra pode ser apropriada e estocada em sistema de banco de dados ou processo similar, em qualquer forma ou meio, seja eletrônico, de fotocópia, gravação etc., sem a permissão dos detentores do copyright.

Diretora editorial: *Raquel Cozer*
Coordenadora editorial: *Malu Poleti*
Editoras: *Diana Szylit e Chiara Provenza*
Assistência editorial: *Mariana Gomes e Camila Gonçalves*
Copidesque: *Gabriela Ghetti*
Revisão: *Daniela Georgeto, Carolina Forin, Lorrane Fortunato e Vic Vieira*
Ilustração e diagramação de capa: *Douglas Lopes*
Lettering de capa: *Stefano Volp*
Projeto gráfico: *Mayara Menezes*
Diagramação: *Equatorium Design*
Imagens das aberturas: *starline/Freepik*

Dados Internacionais de Catalogação na Publicação (CIP)
Angélica Ilacqua CRB-8/7057

V896b	Volp, Stefano
	    O beijo do rio / Stefano Volp. — Rio de Janeiro :
	HarperCollins, 2022.
	    336 p.
	
	    ISBN 978-65-5511-368-6
	
	    1. Ficção brasileira 2. Suspense I. Título.

	CDD B869.3
22-2006	CDU 82-3(81)

Os pontos de vista desta obra são de responsabilidade de seu autor, não refletindo necessariamente a posição da HarperCollins Brasil, da HarperCollins Publishers ou de sua equipe editorial.

Rua da Quitanda, 86, sala 218 — Centro
Rio de Janeiro, RJ — CEP 20091-005
Tel.: (21) 3175-1030
www.harpercollins.com.br

Dedico este livro a todos os homens
que sofreram traumas psicológicos
por conta do conservadorismo.

"Sofri o grave frio dos medos, adoeci. Sei que ninguém soube mais dele. [...] Mas, então, ao menos, que, no artigo da morte, peguem em mim, e me depositem também numa canoinha de nada, nessa água, que não para, de longas beiras: e, eu, rio abaixo, rio a fora, rio a dentro — o rio."

Guimarães Rosa, *A terceira margem do rio*

PRÓLOGO

Água Doce, bairro de Ubiratã, litoral sul do Rio de Janeiro,
2 de abril de 2019

Minutos antes de sua morte assustadora, Romeu inspirava e expirava atrás das cortinas que o separavam da plateia. Elas cheiravam a mofo, mas ele assim gostava.

Romeu passara meses preparando-se para aquele desfecho. Foram incessantes horas de ensaio. Os repetitivos "de novo" e "outra vez" de Cora. E o beijo proibido em outro homem. Dezenas e dezenas de vezes. Talvez centenas. Ele nunca reclamou.

Se no interior do teatro, no tablado do palco, o clima se fazia em concentração, do lado de fora pairava o desconcerto.

Aquela cidade velha e estagnada no tempo nunca estivera preparada para um momento tão revolucionário. Adultos de todas as idades, incluindo idosos, vários. Toda a cidade tinha se juntado ali para conferir a inauguração do primeiro teatro da história de Ubiratã. Garçons distribuíam coquetéis em bandejas de prata. Para Cora Coral, os comes e bebes sofisticados representavam o suprassumo de sua vitória, reprimida tantas vezes e de todas as formas possíveis.

Faltava apenas um ato. Ninguém havia desistido. Próximo às escadas, o Apóstolo parecia ter visto um fantasma. Sua pele macilenta, envelhecida precocemente, carregava agora um aspecto quase leitoso. Os olhos perdidos. Ele estava havia tanto tempo sem palavras que o exercício de verbalizar, naquele momento, parecia-lhe impossível.

— É uma aberração — conseguiu, enfim, dizer. A voz marcada pela humilhação. — Uma vergonha. Não vou conseguir continuar assistindo a essa... profanidade.

Essa era a voz de um homem imaculado, o líder da Igreja das Cinco Virgens, uma denominação local que mais lembrava uma seita. Poucas pessoas sabiam como se chamava o Apóstolo, pois nunca ninguém se referia a ele pelo nome de batismo. Por mais que os anos tivessem se passado, os jovens se modernizado e ameaças como aquela peça de teatro surgissem, Ubiratã ainda pertencia aos virgianitas. Ao Apóstolo, muito mais do que se podia imaginar.

Os fiéis ao redor do homem vestiam-se de preto, como se tivessem ido a um enterro. Não sabiam qual expressão deveriam desenhar em seus rostos. Gostariam de conseguir consolar o Apóstolo, mas o desgosto com que assistiam à peça era tão profundo que mal podiam disfarçar o constrangimento, quanto mais pensar em palavras de apoio.

Olga, a esposa do homem santo, postava-se ao seu lado sem coragem de encarar ninguém. Mordia os dedos das mãos em um cacoete esquisito. As longas madeixas, platinadas e sem vida, conferiam-lhe um aspecto doentio.

O sinal do último ato disparou pelo hall, sobressaltando os convidados, que voltaram a seus lugares.

Atrás das cortinas, Romeu deu um último suspiro, sacudiu a cabeça e cochichou para si mesmo: "É o final. Vamos lá".

Então começou a chorar.

As cortinas se abriram e revelaram o palco reorganizado. O anfiteatro novo e pequeno estava com sua lotação máxima. Um painel com uma pichação compunha o fundo do cenário, representando uma favela. Os elementos espalhados caracterizavam o ambiente de forma simples, pragmática. Caixotes, latões, lixo e dois postes cenográficos ocupando as extremidades do palco, conectados por fios embolados em gambiarras. Tudo banhado por luzes fulvas.

O pranto de Romeu se intensificou. No meio do cenário e aos seus pés, o corpo de Patrik jazia no chão, como se ele estivesse morto. A pele coberta apenas por um short. Romeu usava camiseta e calça jeans e levava uma pistola preta na cintura.

— Lábios, que sois a porta do hálito — declamou Romeu, o tom de voz desolado. — Com um beijo legítimo, selai este contrato sempiterno com a morte exorbitante.

Tinha chegado o momento. Romeu, homônimo do personagem que interpretava, não hesitou. Baixou a cabeça. Tocou os lábios de Patrik com os seus. Ouviram-se sussurros na plateia.

Romeu lutou para se concentrar na performance, assistida por todas as faces que ele conhecia desde menino. Água Doce tinha crescido e mudado em muitos aspectos, mas quase todos ainda estavam ali. Alguns tapavam os olhos, outros faziam cara de nojo, os mais jovens transmitiam excitação.

O beijo alongou-se sem sensualidade. Era um beijo sofrido. O amado do personagem Romeu repousava morto em seus braços. Um suicídio.

Na primeira fileira, o Apóstolo parecia prestes a explodir de ódio. Olga desviava o olhar da cena. Os fiéis ao redor seguravam-se em suas cadeiras à espera de qualquer ordem para uma manifestação contrária àquela profanidade. Eles sabiam que a qualquer momento o comando poderia vir.

— Eu nunca quis que terminasse assim, cara — disse Romeu, em lamento. Suas lágrimas pingaram no rosto de Patrik. — Nossos planos. Tudo se foi. Me desculpe, amor.

O Apóstolo fechou os olhos com força. Não poderia engolir muito mais.

Do bolso da calça, Romeu sacou um frasco. Suas mãos tremiam como se ele estivesse à beira de uma crise hipoglicêmica.

— Ó, Boticário voraz e honesto. Tua droga é rápida. Deste modo, com um beijo, deixo a vida.

Com dificuldade para controlar os dedos, Romeu entregou a cena perfeita.

Destravou o frasco. Bebeu. Provou o vazio doce e amargo de sua alma.

Sentiu o veneno deslizar por sua garganta lentamente, como uma gota de suor que escorre e encontra pausas pelas curvas do corpo, e reprimiu a vontade de tossir. Apenas levou uma mão ao peito de Patrik e, apoiado ali, preparou o Teatro Don Juan para a sequência mais impressionante que todos de Água Doce veriam em suas vidas.

Um frenesi. Três tossidas. O estômago repuxando por dentro, como se esmagasse suas entranhas. O corpo de Romeu debateu-se em gestos bruscos, e ele sorveu o ar com uma expressão de agonia. Seus membros se agitaram. A mão esquerda deixou escapar o frasco de veneno, que rolou para fora do palco, e a mão direita, segurando a arma que levava junto à cintura, agitou-se com tanta força que o objeto foi lançado em direção à coxia. As veias do pescoço dele dilataram. O choque da morte parecia corroê-lo por dentro, pressionando-lhe por trás das órbitas até finalmente saltar através dos olhos, assombrando a plateia com tentáculos de pavor. Era a coisa mais angustiante que já haviam presenciado. Uma interpretação digna de premiação internacional.

Quase no final de sua agonia, relutando em silêncio contra a dor, Romeu procurou os olhos do pai, um universo desbotado repleto de frieza e desgosto. Por dentro, o filho quis sorrir, mas caiu duro no chão.

Silêncio.

Atrás das coxias e pela plateia, todos tinham se esquecido de respirar. Se uma tarraxa de brinco caísse no chão de carpete, seria ouvida.

Patrik, que interpretava Júlio, foi o primeiro a reagir. Gemeu alto e levantou de um sobressalto, observando o corpo de Romeu ao seu lado.

— Romeu? Oh, meu Romeu. Fale comigo.

Os dedos de Patrik procuraram a jugular do amado, ansiando pelos batimentos cardíacos. Patrik sacudiu Romeu repetidas vezes. Perfeito demais para uma interpretação.

— Veneno foi seu fim prematuro — declamou Patrik, ajoelhado diante do corpo. — Bebeste tudo, sem que me deixasses uma só gota amiga, para alívio. É possível que algum veneno ainda se ache em seus lábios, para me dar alento e a morte.

Patrik foi aos lábios de Romeu. Não como Romeu, em um beijo técnico. Enfiou a língua disposto a encontrar um passaporte para onde seu amado teria viajado.

Havia algo errado, e Patrik foi o primeiro a desconfiar.

Se Romeu devia se fazer de morto, por que merda ele mexia levemente os lábios como se quisesse dizer algo?

Patrik lutou contra o vinco que marcava sua testa. Era difícil prender-se à performance e não abandonar o script. Então percebeu que a pistola também não estava mais por perto. Desconcertado, respirou fundo, ficou de pé, buscou a arma e retornou decidido para a mesma posição de antes. Apontou o objeto para a própria cabeça.

Mas que merda!

Patrik observou a arma de relance e voltou a olhar para Romeu, que continuava balbuciando. Seu olhar queria lhe dizer alguma coisa, ele sabia. Em vez de puxar o gatilho, largou a arma no chão. Normalmente, não aceitaria ser impedido de performar seu *gran finale*, mas o tamanho das veias de Romeu, saltadas no pescoço, e seu olhar fixo o intrigavam. Como alguém poderia interpretar daquela forma? Como alguém poderia...?

Patrik lambeu os lábios. Seu olhar congelando-se sobre Romeu.

Não. Isso é impossível.

Como quem luta pela vida, Romeu conseguiu dizer uma única palavra. Mesmo num tom diminuto, Patrik teve certeza do nome que ouviu. Aos puxões desesperados, as cortinas foram se fechando até separarem o elenco da plateia.

Confuso e horrorizado, Patrik viu o último movimento de Romeu em busca de ar. Secou a própria boca com as costas dos dedos. Estremeceu em pânico.

Do outro lado das cortinas, os convidados viram-se trancados no mais angustiante silêncio.

Olga ficou de pé, pálida. E, então...

Os aplausos.

Foram como chuva de verão. Desapareceram tão rápido quanto surgiram.

A plateia capturada e embaralhada nos limites entre verdade e interpretação, o real e o irreal.

Um urro perturbador surgiu do lado de dentro do palco e estendeu-se até quebrar o feitiço da plateia. Então a morte curvou-se na beira do palco em agradecimento e começou a dançar.

PARTE 1

RECEIO

CAPÍTULO 1

Água Doce, 5 de janeiro de 1999

Os fiéis ocupavam as margens do rio Iberê em conversas agitadas. Um contraste com as águas calmas e a manhã cinzenta. Uma tenda branca armada na areia abrigava meia dúzia de anciãos. Eles simplesmente ficavam ali parados, como entidades petrificadas.

Crianças e pré-adolescentes, prontos para o ritual, espalhavam-se por toda a parte, a maioria recebendo ajuda dos pais para entrar nas becas brancas.

O bairro inteiro reunia-se ali. O evento mais emblemático do ano estava acontecendo, um verdadeiro ritual de entrada à membresia dos virgianitas.

No meio de tanta gente, Danielzinho percebia-se só. Ele tinha comemorado apenas sete aniversários, mas quem resolvesse dar uma volta por sua mente pisaria em um terreno sólido. Era daquelas crianças que a tudo observava, mas com nada se identificava. Com pouco sucesso, tentava abotoar a parte de trás de sua beca.

— Quer ajuda aí? — perguntou Ivan, espetando um dedo entre as costelas do irmãozinho.

Daniel assustou-se.

— Eu sei me virar — respondeu, irritado.

— Não, você não sabe fazer tudo sozinho — afirmou o adolescente, agachando-se e assumindo o posto de ajudante contra a vontade do outro.

Os irmãos diferenciavam-se na cor da pele. A julgar pela aparência, poucos veriam semelhança entre ambos. Daniel exibia melanina, Ivan quase nada. Além disso, o mais velho destoava de qualquer outra pessoa no ambiente. O descaso por toda a situação aparecia em cada detalhe: a camiseta para fora da calça jeans, o sorriso zombeteiro.

— Como se sente? — perguntou, ao terminar de abotoar.

— Ficou muito grande — Daniel respondeu, relutante.

— Não, seu trouxa. Como você se sente agora que vai ser um — então Ivan forçou sua melhor voz de bebê — minipapaizinho batizado?

Daniel afastou-se das mãos do outro como se elas pudessem queimá-lo.

— Você que é igual ao meu pai.

Ivan escondeu um sorriso de divertimento.

— Você tá me vendo com algum vestidinho branquinho de batismo?

— Eu não tô de vestido.

— Tá, sim. Olha pro seu amiguinho ali — mandou, apontando para o garoto de pele clara e cabelos encaracolados junto à tenda dos anciãos. — Ele, sim, tem que entrar nessa droga de rio, porque, se o pai dele bate as botas amanhã, puf, já era. Ele vira o Apóstolo. Agora, você? — As sobrancelhas dele fizeram um desenho de compaixão. — Você não tem que ser igual ao seu namoradinho.

— Cale essa boca — grunhiu o garoto.

— Mas você quer. Tá fazendo isso só pra ser o filhinho preferido, não é?

O veneno do outro borbulhava dentro de Daniel.

— Eu quero que você *morra*.

Ivan não se abalou. Apenas retornou com sua vozinha de bebê.

— Ou você tá fazendo isso porque a mamãe mandou? Hã? Você é um nenezinho que obedece a mamãe?

— Eu te odeio! — berrou Daniel.

O grito chamou a atenção de alguns fiéis. Deco finalmente percebeu o atrito entre os filhos. Largou o que estava fazendo e correu em direção aos dois. Era um homem negro alto com um farto bigode enfeitando-lhe o rosto.

— O que é que há? Vocês dois outra vez?

— Ele tá me provocando — disse o caçula, apontando para o irmão. Deco contemplou o filho mais velho sem esconder o desgosto.

— Olha só pra você. Agora olha pra ele. Com sete anos. Ele deveria ser um exemplo pra você.

— Exemplo de quê, se ele tá perdendo a vida?

Deco encarou seu primogênito em silêncio, como se estivesse prestes a explodir. Abaixou-se diante de Daniel e envolveu-lhe a cabeça com as mãos.

— Não ouve o seu irmão, meu filho. Você tá dando o melhor presente pra você mesmo. E pra sua família. Um *homem de honra*.

Daniel manteve o olhar do pai por um tempo. Queria dizer que não era um homem, era só um menino, mas tudo o que conseguiu fazer foi desviar o olhar para sua mãe, Ednalva, de quem Ivan tinha puxado a aparência. Ela tinha a pele clara e o rosto pacífico, quase anestesiado, enquanto finalizava marias-chiquinhas com fitas vermelhas no cabelo crespo de uma colega de escola de Daniel, Jéssica.

Deco deu tapinhas nos ombros do menino e reparou no quanto a beca ficava larga nele. Sorriu orgulhoso, de peito estufado. As mãos se apressaram para arrumar o tecido no filho.

— Uma beca grande para um menino grande — disse ele. E, quando terminou de ajeitar a roupa do menino, avisou, já de pé: — A gente vai te assistir daqui. Que Deus te abençoe, meu filho.

Daniel sentia como se seu peito estivesse quente, não apenas porque Ivan tinha falado aquilo, mas porque ele sempre atiçava e implicava daquela maneira. Aquele olhar, aquele desdém, aquilo queimava de verdade.

* * *

Uma fila de garotos, organizada por ordem de altura, cruzava o lado esquerdo da margem do rio. Daniel era o segundo, logo atrás de Romeu, seu melhor amigo.

Embora fossem próximos, o menino branco dos cabelos enroladinhos não podia dar muita atenção para Daniel naquele momento. Romeu entendia que, por ser filho do Apóstolo, devia se concentrar mais do que os outros.

Daniel teve vontade de abraçar o amigo, mas achou que o gesto não coincidiria com uma coisa de menino. Contentou-se em observar o Apóstolo entrar na beirinha do rio, junto de quatro outros homens, até a água marcar-lhes os joelhos.

Romeu virou o rosto para Daniel, revelando sua empolgação.

— Você também tá feliz? — perguntou Romeu.

Daniel reparou no amigo em detalhes, o sorriso genuíno a curvar seus lábios.

— O que foi? — quis saber o outro, apagando o sorriso do rosto.

Por dentro, Daniel gostava de saber que Romeu se importava com ele. Ainda assim, refletiu se deveria continuar. O que estava prestes a confessar podia lhe trazer complicações. Depois do que pareceu uma eternidade, escolheu as palavras com temor.

— Tô sentindo ódio. Eu sinto coisas ruins pelas pessoas. Coisas erradas.

Romeu, que era conhecido como o santinho da turma, ouviu o amigo com calma. Parecia mesmo um bom garoto.

Por um instante, Daniel procurou Ivan com o olhar, mas não o localizou. Voltou-se para Romeu quando as mãos do menino tocaram as suas de leve.

— Você pode sentir o que quiser. Daqui a pouco a gente vai entrar no rio e eles vão nos limpar de tudo o que nos deixa imundos. Vai dar tudo certo.

Parecia uma fala de adulto, mas Daniel sabia que o filho do Apóstolo só falava assim porque estava acostumado a ouvir aquelas coisas em casa. Engoliu em seco, apavorado. Tinha crescido ouvindo que, se uma pessoa entrasse no rio com pensamentos maus, no momento do batismo, as águas do rio escureceriam. Pessoas impuras não passavam impunes. Talvez fosse uma lenda, talvez não. Tudo o que Danielzinho queria era poder escapar. Mas o que os pais achariam? O que poderia ser pior? Ter seus pecados revelados ou ver os pais o odiarem para sempre?

Quando o som saiu da garganta do Apóstolo, sua voz grave e impostada carregou o ambiente.

— A paz de Deus seja com todos vocês, família. Estamos aqui, como vocês sabem, para cumprir um chamado do Senhor. O batismo simboliza a renovação. Vai embora o velho homem e vem uma nova criatura.

Vários casais compostos por homem e mulher deram as mãos. Os rapazes com instrumentos de sopro agruparam-se em silêncio.

— Cada menino e menina que passar por estas águas nunca mais será igual — disse o homem, com uma pausa dramática.

Ele então explicou que os quatro sacerdotes à frente dele, com as canelas cobertas de água, tinham azeite e óleos perfumados nos cântaros que carregavam. Eles derramariam o líquido na cabeça das crianças para ungi-las e protegê-las de todo o mal.

Todos ao redor observavam a cena com admiração, menos Ivan, que, ao lado dos pais, revirava os olhos.

— Eu asseguro a vocês que o espírito da trindade guardará cada pessoa batizada até que o noivo venha.

— Até que o noivo venha — todos responderam em uníssono.

O grupo de jovens músicos começou a tocar uma canção melancólica. Um sacerdote conduziu Romeu até a beirinha do rio. O futuro sucessor do Apóstolo. Tão pequeno e já prestes a ser batizado. Oh! Entre os fiéis, até mesmo o primeiro toque dos pés de Romeu nas águas era algo que causava uma profunda comoção.

Daniel a tudo observava e com nada se identificava.

Minutos depois, Romeu finalmente parou de frente para o pai, que, emocionado, sorriu. Alisou o rosto do filho com a mão grossa e calejada.

— Te batizar, meu filho, é uma grande honra pra mim. O momento chegou.

Romeuzinho respondeu com um sorriso nervoso. O Apóstolo girou o corpo do filho com suavidade. Os sacerdotes ungiram-lhe a cabeça com óleos densos e perfumados, um por vez.

Romeu adentrou as águas em nome do Pai, do Filho e do Espírito das Virgens, e, quando emergiu, os fiéis explodiram em alegria, aplausos, gozo e aleluias.

Amém.

Tinha chegado a vez de Daniel.

CAPÍTULO 2

Bela Vista, São Paulo, 5 de julho de 2019

A revista *Vozes* dividia um andar com a *Paladar* em um edifício em uma das ruas adjacentes da avenida Paulista. Apesar da safra de jornalistas jovens, boa parte de classe média alta, que ocupava as duas revistas, o prédio não tinha luxo, tampouco as inovações das startups que haviam dominado a região com suas mesas de pingue--pongue e cadeiras de balanço. A *Paladar* era um periódico de gastronomia gerenciado por uma editora gigante no Brasil. Já a *Vozes* representava o berço de um jornalismo quase literário, uma revista conhecida por suas boas histórias.

Daniel era jovem e estava efetivado no lugar dos seus sonhos, mas para ele os dias não eram gloriosos. Gostava de se lembrar que a *Vozes* se inspirava na antiga *Realidade*, uma revista que ganhou sua atenção quando ouviu falar dela na época da faculdade. A *Realidade* tinha deixado sua marca no país em meados dos anos 1960, com grandes reportagens e pautas revolucionárias. A *Vozes*, por sua vez, apostava na humanização das histórias, no teor investigativo e na recusa às técnicas tradicionais, como o lide.

Graças à sua pesquisa de faculdade sobre WikiLeaks, Daniel descobrira algum gosto pelas investigações na área de tecnologia. Seus dois melhores trabalhos na *Vozes* tinham sido uma reportagem sobre as engenharias entre povos indígenas, que exigiu uma desgastante apuração local, incluindo muito aprendizado com direito a picadas de mosquitos, e uma história sobre monitoramento de abusos online, quando acertou em cheio no tom do periódico ao descrever e acompanhar a trajetória de vítimas de controle em relacionamentos afetivo-sexuais.

Uma chance de ouro. Qualquer jornalista com menos de trinta anos e que apreciasse a boa reportagem adoraria a oportunidade de trabalhar naquela revista. Não que Daniel não gostasse. Pelo contrário, ele costumava se sentir em dívida com seu próprio destino, acorrentado pelas crises de síndrome do impostor. No meio de suas correntes, ele sabia, por algum motivo bizarro, que ainda não havia contado a história que realmente queria contar.

Passava a maior parte do dia de trabalho em silêncio. Apenas os dedos e a mente. O preço de seu belo sorriso era caro, e ninguém parecia disposto a pagar. Trabalhava na pauta que estava apurando, almoçava em poucos minutos, sempre sozinho, retornava, trabalhava mais, depois, casa. Quando as estrelas surgiam no céu, Daniel ansiava pela liberação de endorfina. Amava a noite. Treinava com intensidade, mas seus pés só costumavam bater pelo chão quando as pessoas comuns se recolhiam em suas casas.

Toda sexta-feira, no começo da noite, via a dra. Ingrid. Costumava aguardar a saída da paciente anterior na salinha de recepção. Com o passar do tempo, Daniel entendera aquele ambiente como seu espaço seguro. Tudo estava sempre no mesmo lugar. O relógio de parede, o cesto de revistas, a estante com livros recomendados, a caixa de som emitindo uma música suave, impedindo-o de ouvir qualquer resquício de conversa do outro lado da parede. Tudo lhe transmitia paz.

A dra. Ingrid, uma senhora sofisticada de uns sessenta anos, saiu do consultório para acompanhar sua penúltima paciente até a porta. Ambas cumprimentaram o rapaz com um sorriso. Assim que liberou a mulher, Ingrid voltou-se para Daniel.

— Olá, Daniel. — Ela sorriu de leve e gesticulou para que ele entrasse.

Daniel obedeceu. Conhecia o aroma adocicado do difusor de ambiente, assim como cada milímetro do consultório tradicional e acolhedor. Daniel acomodou-se na poltrona marfim de frente para a doutora.

Tinha dias em que ele não sabia o que contar ou sequer por que motivo ainda se encontrava com a psicanalista. Às vezes, ele anotava no bloco de notas do celular uma ideia ou outra, durante a semana, para não chegar na consulta sem ter o que dizer. A dra. Ingrid sempre ouvia, intervindo na hora certa, revelando o quanto as respostas para seus sofrimentos moravam dentro dele mesmo. No final das contas, os dois últimos anos com ela tinham ajudado a reduzir os medicamentos. Depois de falar por quase meia hora sobre as dificuldades de fazer amizades na fase adulta, Daniel resolveu comentar sobre a dificuldade cada vez maior de encontrar fornecedores de maconha nos quais pudesse confiar.

— E como você se sente a respeito disso?

Daniel sorriu, quase à vontade.

— Apesar de me incomodar o fato de não ter quando quero, estou de boa... Sério, estou bem — disse ele. Fez silêncio por um tempo. Pensou até três vezes se deveria continuar no assunto. — Eu acho que eu não tenho mais a dependência que eu tinha das coisas. De tudo, no geral.

— Do que é que você acha que depende?

— Hoje?

A dra. Ingrid confirmou com a cabeça.

Daniel deu de ombros.

— Ah, do meu emprego e dos remédios de dormir. Só isso, talvez.

A dra. Ingrid continuou observando-o. Mesmo dentro de sua expressão contida, parecia satisfeita com o próprio trabalho.

— Talvez você não dependa mais dos remédios — disse ela. — Já parou pra pensar nisso?

Daniel sorriu com ironia.

— Eu não durmo. A senhora sabe. Eu não consigo dormir sem eles.

— Mas há quanto tempo você não tenta?

— Anos.

— Sua psiquiatra diminuiu a dose por uma boa razão — ressaltou ela. — Há um progresso evidente. Estou feliz por você. Será que não é hora de tentar deixar o sono natural chegar?

Daniel deixou os segundos passarem enquanto encarava a doutora. Os olhos dela às vezes lembravam dois espelhinhos, e por eles Daniel ainda se enxergava ansioso e depressivo. Era verdade que tinha progredido nos últimos meses. Apagões menos intensos, menos estresse... talvez um pouco mais de sono. De repente, imaginou-se como um bebê pronto para andar, mas morrendo de medo de soltar a mão da mãe.

— A senhora acha que eu consigo?

— Eu acho que você tem se esforçado muito para se livrar do que te prende. Esse é só mais um passo. Por que não tentar?

Os olhos do bebê ainda estavam cheios de medo, mas também de esperança. Se pudesse dar os primeiros passos, mesmo bambeando... Se pudesse chegar do outro lado...

A garganta de Daniel secou em um segundo. Ele pigarreou, quase sorriu de nervoso. A imagem do bebê desvaneceu.

— Só tem uma coisa de que eu acho que nunca vou me livrar.

A psicanalista apenas avaliou Daniel com os olhos por um tempo.

— Tem meses que você não fala dele — disse, por fim.

— Eu sei, mas... Apesar de tudo, eu tenho sentido uma coisa estranha. — Ele hesitou por um momento. — Como se ele quisesse voltar.

Daniel evitou encarar a doutora. Não gostava daquela sensação.

A mulher se inclinou na cadeira. O rosto duro feito pedra, mas, ainda assim, pacífico.

— Quando a gente mora no fundo de uma cisterna por muito tempo e depois vai até a superfície, o lado de fora parece tão perfeito que a gente sente falta do escuro — disse ela.

Os dois se encararam por um momento. Finalmente, a dra. Ingrid sorriu e falou:

— Você está tendo um ótimo progresso na superfície.

CAPÍTULO 3

Bela Vista, 5 de julho de 2019

O barulho do aspirador remetia a um monstro sugador de almas. Pelo menos para Daniel. Apesar de ter se esforçado para apagar as lembranças do passado, algumas pulavam da cama quando o gatilho disparava.

Aquele maldito aspirador. Todas as vezes que ligava o eletrodoméstico, Daniel recordava como Ednalva se divertia com suas desconfianças quanto ao barulho do objeto. Como poderia evocar algo tão antigo? Talvez Daniel aspirasse o enorme sofá da sala tantas vezes por semana, inclusive à noite, apenas para, de certa forma, rememorar-se dela... sua mãe.

Recordar-se da imagem de Ednalva lhe parecia perigoso às vezes, pois a lembrança dela sempre atraía outros fragmentos do passado. Cacos de memórias vis transformadas em assombros silenciados. A cidade escura. O jardim de ervas daninhas. A completa agonia por não saber para onde correr. O corpo inteiro coberto de lama. O soco...

NÃO!

Sem controle, Daniel arrancou a tomada do aspirador e arremessou-o contra a parede com toda a força. Só percebeu o que estava fazendo depois que o eletrodoméstico espatifou-se em vários pedaços, derrubando livros e uma garrafa de gim.

Silêncio. Respira.

O vizinho possivelmente ouvira.

Respira.

Daniel ajoelhou-se no chão. Concentrou-se na própria respiração. A meditação fora sua amiga durante um bom tempo. Ele sabia como aliviar a ansiedade, mas daquela vez... as imagens foram tão claras e... ele nunca mais poderia usar o aspirador e...

DING DONG.

Daniel obrigou-se a emergir da leve crise. Xingou dois palavrões cabeludos.

Respirou fundo duas vezes, preparando-se mentalmente para o vizinho do apartamento ao lado. Além dele, ninguém mais poderia tocar sua campainha às dez horas da noite de uma sexta-feira.

Abriu a porta e deu de cara com uma jovem que julgou nunca ter visto. Não poderia ser um contato dos aplicativos de pegação, porque ele só transava com homens. O lance com mulheres tinha certos limites. Então quem poderia ser aquela garota incomodando-o àquela hora?

— Meu Deus, você cresceu muito — disse ela. Era negra de pele clara, com uma aparência comum. Um olhar maravilhado e ao mesmo tempo constrangido. — Lembra de mim?

— Ah. Desculpa. Acho que é um engano.

— Não.

Embaraçada, ela levou as mãos aos cachos, improvisando uma maria-chiquinha. Nos primeiros segundos, Daniel continuou considerando-a uma garota perdida, mas então... aquele cabelo e os olhos e... *Espera.*

O coração de Daniel socou-lhe as costelas com um baque. Ela enfiou as mãos nos bolsos de trás da calça.

— Oi, Dani — disse, sorrindo.

— Jéssica?

A garota fez que sim com a cabeça. Então soltou uma risada que parecia ter estado presa havia algum tempo:

— Meu Deus! Você tá tão... diferente.

Daniel não sorriu de volta. *Que porra era aquela?*

— Como é que...? — Ele tentou experimentar palavras, perdido. — O que tá fazendo por aqui?

— Tô de passagem por São Paulo — disse ela. — Eu lembrei que você trabalhava por aqui e resolvi te procurar... Faz tanto tempo...

— Dez anos.

Uma pausa. Os dois se encararam sem jeito. Daniel não se moveu nem a convidou para dentro. Ela riu de novo, mas sem graça.

— Me convida pra entrar?

— Ah — disse ele, confuso demais. — Eu... Bom... Você tá com fome?

— Hm. Não muita, mas...

— A gente pode beber alguma coisa. Tem um bar aqui perto.

— Tá. Ótimo.

Poucos minutos depois, eles dividiam a mesa de um bar deprimente e vazio. Daniel profundamente irritado pela interrupção em sua rotina. Tinha planejado correr e agora... Jéssica. Jéssica! Como ela poderia tê-lo encontrado? Ele passou anos trabalhando para se livrar de Água Doce e agora o passado simplesmente tocava sua campainha e dizia: "Oi, Dani"?

Daniel observou quieto quando Jéssica escolheu a mesa do canto mais reservado. Também notou que, enquanto dava o primeiro gole na longneck servida, ela já tinha bebido uma inteira em não mais que duas goladas e pedia uma segunda. Talvez quisesse apenas descartar a inibição e ganhar coragem.

— Tá aqui há quanto tempo mesmo? — perguntou ele.

— Eu já falei — disse ela, com um olhar divertido. — Acabei de chegar. Tava passando na rua, parei numa banca e lembrei que você trabalhava numa revista conhecida.

— E o quê? Você ligou pra *Vozes* e eles te deram meu endereço?

— Eu fiquei te esperando na porta do edifício — disse Jéssica, sem responder exatamente como tinha chegado até ele. Ela o tinha seguido até em casa? — Tava tomando coragem pra chegar perto.

Os dois beberam, e ela exibiu um novo sorriso.

—- Olha, eu sei que você trabalha investigando crimes, mas eu não sou nenhuma criminosa só porque descobri seu endereço, ok?

Daniel não achou graça. Um profundo incômodo revirava seu estômago. Tentou parecer simpático, mas não tinha certeza sobre a qualidade da tentativa.

— Não trabalho necessariamente apurando crimes. Menos crimes e mais inovação digital.

— Todo mundo diz que você virou jornalista investigativo. Inclusive seus pais.

Pais. Uma pausa. O rugido do sugador de almas. O aspirador de pó se espatifando na parede.

Daniel disfarçou o incômodo com a menção à família. Não havia sequer uma música no bar para embalá-los. Não havia ninguém além deles, a garçonete e varais de pisca-pisca caretas.

— No que está trabalhando? — perguntou ela.

— Algoritmo negro. Já ouviu falar?

Jéssica negou com a cabeça, como ele imaginava.

— Parece chato, mas basicamente... o uso do algoritmo reforça fundamentos de raça e classe social em redes sociais — comentou ele. — Estou escrevendo uma história sobre como essa pesquisa afeta influenciadores. É mais investigativo do que parece.

Jéssica mexeu a cabeça em concordância. Arrumou-se no assento, deu outro gole na cerveja e reparou no bar com mais calma. Parecia o tipo de lugar onde ele não correria o risco de encontrar alguém conhecido.

— A gente tá aqui por causa da sua namorada, esposa...? Você casou?

— Hã? — perguntou ele, confuso. — Ah, não. Não. Eu não namoro. Você?

— Eu tô bem — disse ela.

— Tem certeza? — perguntou Daniel. Havia algo de errado em toda aquela cena. No dedo anelar da jovem, uma aliança de noivado reluzia.

Ela bebeu mais um gole. Eles se olharam por um tempo. Daniel cada vez mais certo de que havia um motivo por trás daquela visita repentina. Algo capaz de assustá-lo.

— E o Romeu? — ele finalmente perguntou. — Sabia que vocês casariam.

— Pois é. Ele morreu.

Daniel congelou. Nunca imaginou que os dois pudessem se separar. Depois de tanta história, agora ela o chamava de falecido? O olhar dele escorregou até a aliança outra vez. Piscou, confuso.

— O pai dele morreu e ele virou o Apóstolo? — perguntou. Então riu. Parecia tão ridículo dizer aquela palavra. — Isso ainda existe?

Jéssica, seca:

— O Apóstolo ainda é o mesmo. O Romeu morreu há três meses.

Uma longa pausa estabeleceu-se entre ambos. A força da informação os prendia, cada um em seu universo.

Daniel não conseguia acreditar. *Não pode ser possível.* Penetrou os olhos de Jéssica com os seus à espera de um sinal de que aquela fosse uma brincadeira de péssimo gosto, mas o sinal não veio, e ele viu-se obrigado a continuar.

— Como assim? Morreu como? Não é possível.

— Suicídio, dizem — respondeu ela, aparentemente reunindo forças. — Teve essa peça na cidade. Uma versão idiota de *Romeu e Julieta*, mas eram dois homens apaixonados. — Ela rolou os olhos para o alto. Já estavam marejados. — Romeu e Júlio.

Daniel absorveu a informação, mas começou a se perguntar quando acordaria do sonho. Uma versão gay de *Romeu e Julieta* em Água Doce? Inconcebível.

— Ele morreu envenenado no palco — informou Jéssica. — Mais irônico que isso, impossível. Romeu morreu interpretando Romeu.

Daniel sorriu com azedume.

— Não. Isso não aconteceu. Você tá brincando comigo.

Mas Jéssica não tinha estado tão séria até aquele momento. Olhava para o alto, como que à espera de que as lágrimas sumissem em vez de rolarem por seu rosto.

Daniel sentiu o estômago afundar. Vozes indiscerníveis começaram a sussurrar coisas em sua mente. Parecia uma nuvem de minúsculos gafanhotos chiando dentro de sua cabeça. Ele esforçou-se para se manter concentrado em Jéssica quando ela voltou a falar.

— Não teve repercussão em lugar nenhum. Na mídia, nada. Um mês depois, arquivaram o caso, dando como suicídio — disse ela. Olhou-o sem empecilhos. — Aquela peça era uma ameaça pro bairro e pra igreja. O Romeu passou de amado a odiado por todos.

Jéssica fez uma pausa, dando a Daniel o tempo que ele precisava para absorver o que ela queria. Depois completou:

— Coisas estranhas acontecem naquela cidade. *Você sabe.*

Os gafanhotos chiaram mais alto. Daniel se esforçou para não coçar a cabeça, os braços, a pele. Limpou a garganta e encarou Jéssica sem saber como reagir.

— Jéssica — recomeçou ele —, por que você quer que eu acredite nisso? Eu não sei se posso...

Ela golpeou-o com toda a certeza que conseguiu imprimir no olhar.

— Porque eu sei que ele não se matou.

— Sabe... como?

— Meu noivo foi assassinado. Envenenaram ele. Ele *nunca* poderia ter se matado, Daniel.

Ele engoliu e riu de nervoso.

— Me desculpe, mas eu teria me matado, sim, se tivesse continuado naquele inferno de lugar no fim do mundo — ele resolveu dizer, por mais insensível que fosse. — Foi por isso que eu fugi. Como quer que eu acredite que ele não se...

Mas Daniel não conseguiu continuar. Sua voz despencando ladeira abaixo conforme as mãos dela deslizavam até a barriga. *Puta merda!*

Finalmente, os olhos dela se encheram a ponto de dois fios de lágrimas escorrerem pela sua face.

— A gente tinha acabado de descobrir — disse ela. — Pouco tempo antes da tragédia. Romeu queria muito ser pai. Ele nunca teria feito isso. Nunca.

Daniel respirou fundo, ainda mais desolado. Não havia tido preparo algum para aquela informação. Romeu e Jéssica grávidos! Romeu morto.

O jovem ia dar mais um gole na cerveja, mas acabou esvaziando a garrafa.

— Desculpa. Eu não tinha percebido a barriga.

Jéssica secou as lágrimas como se quisesse parecer forte.

— Seu médico deixa você beber? — perguntou ele.

— Ninguém mais me diz o que fazer, e é só por isso que eu estou aqui — disse ela, silenciando-o com o olhar. — O inquérito foi dado como sigiloso. Isso significa que as informações do caso não são mais públicas. Então *eu* resolvi fazer isso sozinha, mas... vi que não dá. Eu preciso de alguém de fora que conheça aquele lugar.

Daniel aguardou. Ela não continuou.

— Você tá querendo dizer o quê?

Jéssica encarou-o com o olhar molhado, determinado.

— Não me interessa se você escreve fofoca de artista ou pesquisas de internet ou qualquer outra porcaria — disse ela. — Daniel, você é o único que pode me ajudar agora.

— Ajudar em quê? — perguntou ele, muito sério.

— Você não tá ouvindo? Alguém assassinou o Romeu por causa de uma peça idiota — sussurrou ela, incisiva.

— Você pode provar alguma coisa?

— Pra você? Eu tenho que provar alguma coisa pra você?

Daniel estremeceu por dentro. As batidas no coração deixavam o peito inquieto. O olhar de Jéssica denunciava-o da mesma forma que dez anos antes. Um passado no qual ele chegara a detestá-la centenas de vezes em silêncio.

— Vocês eram carne e unha — continuou ela, debruçada na mesa. O rosto bem perto do de Daniel. A voz ainda aos sussurros. — Ele era seu melhor amigo. Mais do que isso.

— A polícia trabalha com provas.

— Ótimo. Eu tenho um áudio do pai dele dizendo que queria ele morto — disse ela. A revelação foi seguida por uma pausa e uma guerra de olhares entre os dois. — Isso é suficiente pra você?

Daniel emudeceu durante um tempo. Sustentou o olhar dela, por mais difícil que fosse.

Um enjoo subindo-lhe pela garganta. Talvez fosse o álcool, mas... tão cedo?

— Eu não posso ajudar — ele resumiu.

Jéssica não se conformou. Seu tom era de indignação.

— Ele foi *morto*, Daniel. Ele deixou uma criança. Alguém armou pra ele. Me ajuda, pelo amor de Deus!

— Eu não posso voltar! — explodiu ele.

Agoniado, Daniel socou a mesa, sem controle. As longnecks vazias tilintaram quando se esbarraram. A cena atraiu o olhar da garçonete no balcão. Daniel olhou para baixo, envergonhado.

— Se você veio aqui pra isso, eu sinto muito, mas perdeu seu tempo.

Uma pausa.

— Ele amava você — disse Jéssica, num tom passivo. — Eu sofri muito por isso.

Daniel balançou a cabeça para os lados e procurou algo em que pudesse se agarrar. Focalizou o olhar em um furinho na mesa. Os minigafanhotos batendo asas em sua cabeça outra vez.

— Dois dias antes de ir — continuou ela —, ele me pediu pra escolher o nome do bebê caso fosse menino. — Fez uma pausa. — Daniel.

Daniel fechou os olhos com força. *Merda! Puta que pariu!*

O coração apertado. Ele desviou o rosto do olhar dela. Só queria sair dali e acordar daquele pesadelo. Sabia o que tinham vivido, ele e Romeu. O que haviam compartilhado. Romeu foi seu único amigo na vida. Mais do que isso. E agora... morto. De forma tão bizarra. Segundo Jéssica, possivelmente assassinado. Não podia ser verdade. Nada daquilo. Daniel nunca voltaria a procurar as chaves para as gavetas perdidas, pois elas escondiam os pensamentos proibidos. Nem mesmo a psiquiatria o tinha ajudado a encontrar o que ele não queria achar.

— Eu não posso me envolver — ele disse, mas Jéssica segurou sua mão sobre a mesa, observando-o por um longo instante.

— Você amava ele. Ainda ama — disse ela. — Ajude-o a passar pra outra vida em paz. Por favor.

Daniel não respondeu. Com toda a calma do mundo, apenas levantou-se, escrutinou os fundos do bar em busca do banheiro, entrou no cômodo minúsculo e abriu a tampa do vaso.

Um esguicho de águas escuras saiu de sua boca, revirando suas entranhas a ponto de sufocá-lo. Parecia nunca ter fim. Água suja e terra.

Quando acabou, Daniel fechou os olhos, apoiou as mãos na parede e respirou, ofegante. Os cabelos de sua nuca acordaram devagar. Ele conhecia aquela brisa havia anos. O calafrio nos braços indicando a presença de mais alguém no espaço estreito.

— Jonas. Quem deixou você voltar aqui? — perguntou, tentando manter a calma. Virou-se para trás, e lá estava ele.

Com as roupas esfarrapadas e encharcadas, o menino de pele preta quase azulada tocava a ardósia com a planta dos pés. Seu olhar pacífico lembrava uma tarde ociosa de domingo.

— Do que você tem medo? — perguntou Jonas.

CAPÍTULO 4

Bela Vista, 5-6 de julho de 2019

Quando Daniel deixou uma nota de cinquenta na mesa e ameaçou partir, Jéssica agarrou seu braço e pediu o número do seu celular. Ele inventou um qualquer e virou as costas sem se despedir, mas, depois de cinco passos para fora do bar, Jéssica já estava em sua cola feito uma assombração.

— Você me deu o número errado.

Ele fechou os olhos com força, falou o número certo e partiu sem olhar para trás.

Naquela mesma noite, quando finalmente pousou as costas na cama, Daniel teve certeza de que tudo o que se esforçara para conquistar em tantos anos se perderia como água por entre os dedos. Apenas esperou não sucumbir às ondas apavorantes do passado. Os pés se moviam, distantes do chão, mas ele não sabia nadar.

Pensou em Romeu. Na aliança de Jéssica. No bebê.

Romeu sempre gostara de atuação, mas daí a participar de uma peça gay exibida para toda a cidade, isso já parecia demais para aquele cara que nunca tinha sido capaz de admitir para si mesmo que...

Distrações. Daniel precisava de distrações.

Todo mundo guarda alguma coisa do passado a sete chaves. As gavetas mais perigosas ficam nos compartimentos mais secretos da mente. As coisas que Daniel mantinha nesses espaços não podiam ser reveladas a custo nenhum. Ele desenvolvera mecanismos tão eficazes para se livrar delas que tinha se esquecido de como encontrá-

-las. Em algum momento, enfiou a mão nos bolsos e nenhuma das chaves para aquelas gavetas estava lá. Tudo isso graças ao ano que passou no hospital psiquiátrico e a façanhas protetoras. A corrida era uma delas.

Eu tenho poder, veneno, dor e alegria em meu DNA
Eu tenho luta e ambição fluindo em meu DNA

Ele quase não sabia dizer o que lhe era mais importante: correr ou respirar. Corria todos os dias. Dependia da liberação de endorfina provocada pela intensidade do exercício à noite. Por motivos óbvios, levava sempre a identidade no bolso, e já fora parado pela polícia mais de quatro vezes em menos de um ano. Quanto mais confrontado, mais se sentia compelido a continuar.

Ainda naquela madrugada, com fones no ouvido, Daniel correu escutando um disco do Kendrick Lamar. Enquanto suava pelas ruas paralelas à Paulista, dava passos precisos ao som de "DNA".

Saúde a verdade quando o profeta falar
Eu tenho lealdade e realeza em meu DNA

Uma gangue de garotos adeptos de *hoodies* cumprimentou-o com fumaça na boca.

— Tênis *daora* — falou um deles.

Depois vieram os famosos assobios das mulheres trans da noite. Vestidas com pedaços de pano que ressaltavam as curvas de seus corpos, elas adoravam observar o estilo do rapaz. Chamavam-no de "o preto de preto", fazendo jus à cor que reinava absoluta entre seus casacos e moletons. As calças marcavam as pernas, a bunda e davam uma ideia do tamanho do que havia na parte da frente. Elas adoravam observá-lo porque ele sorria sem graça, mas cumprimentava. A única coisa que Daniel gostava mesmo em seu corpo eram as grossas sobrancelhas sombreando-lhe os olhos.

Daniel desacelerou quando chegou ao destino mal-iluminado. As mãos apoiaram-se na cintura, como de costume, até a respiração regularizar. Pausou "DNA". Conferiu a quilometragem no *smartwatch*, mas só conseguiu perceber seus cinco minutos de atraso.

A lanchonete, pouco visada, ficava aberta vinte e quatro horas, tornando-se o ponto preferido dos perambulantes noturnos e dos amigos que não queriam ser vistos. Cheirava a óleo, molho *barbecue* e shoyu. Tudo misturado.

Daniel cumprimentou Guga, o homem negro atrás do balcão. Era de meia-idade, com um olhar vívido e atento. Guga abriu-lhe um sorriso, já entregando o pedido preparado sobre uma bandeja: um hambúrguer artesanal da casa e uma lata de Coca. O de sempre.

— Seu amigo chegou — disse ele, apontando com a cabeça para a sombra de uma pessoa vestida de preto, sentada em um canto mais escondido. — Tá aí há cinco minutos.

Daniel apenas pagou pelo lanche.

— Fica com o troco.

— Já tem bacon extra.

Daniel agradeceu com um gesto de cabeça e, com a bandeja nas mãos, deslizou em silêncio pela lanchonete vazia até se sentar com sua companhia.

Amigo coisa nenhuma. Sky era uma garota grande, de aparência um tanto andrógina. O capuz cobria parte de seu rosto, quase tanto quanto os piercings e o lápis de olho mais preto que a cor da pele. Vira e mexe ela mudava de nome. Um dia Mars, outro Uranus, Cometa Vermelho. Daniel levou muito tempo até convencê-la de que poderiam se encontrar mais de duas vezes no mesmo lugar.

A garota de idade e nome nunca revelados podia hackear qualquer ambiente. Grampeava telefones, invadia correios eletrônicos, tocava em sujeira da política.

— Por que estou aqui? — A voz de Sky era suave como lã. Quase não combinava com os lábios pintados de preto e as tatuagens nas têmporas.

Daniel sorriu de leve.

— Isso aqui não é um filme. Não precisa desse sigilo todo.

Sky mirou-o enigmática e retirou o capuz. Uma mancha arroxeada cobria a lateral de um de seus olhos. Daniel franziu o rosto, mas ainda assim conseguiu admirar a beleza da garota de tranças embutidas.

— O que rolou? — perguntou ele.

— Ossos do ofício.

Daniel deu uma boa mordida no hambúrguer e falou de boca cheia:

— Se explica aí.

Sky olhou para cima, indisposta. Levou um tempo até decidir falar.

— Eu diria que estou brincando de detetive particular — disse ela. — Foi muito bem pago.

— Talvez eu tenha algo melhor.

— Espero que sim. Eu estava transando.

Daniel engasgou com um pedaço de cebola.

— Você transa? — perguntou, sorrindo.

Sky foi seca:

— Qual é a graça?

— Sei lá. Nunca chegamos nesse assunto.

— Daniel, o que você quer? — perguntou ela, incisiva.

Ele percebeu o mau humor no tom de voz da amiga. Calculou poucos segundos até que ela se levantasse e o deixasse falando com os ares. Não estava ali à toa, tampouco desperdiçaria o tempo de Sky. Na verdade, nem sequer imaginou que ela pudesse aceitar sua chamada tão tarde da noite, embora tivesse a amiga como uma das únicas pessoas do mundo com quem podia contar.

Tomou um gole de Coca, soltou um pigarro. Não seria fácil. Até a noite anterior, havia muitos anos que não pronunciava aquele nome. Nem mesmo na terapia. Quando os pesadelos do passado são maiores do que as boas memórias, você precisa deixá-los para trás. Precisa abandoná-los com tudo o que eles representam. Era o que Daniel achava. Odiava ter que pronunciar o nome de...

— Romeu Velasco. Cometeu suicídio no palco de um teatro. Interpretava o Romeu, de *Romeu e Julieta*, em Água Doce.

Um silêncio os ocupou. Os grandes olhos de Sky fixos nos seus.

— É o... *Romeu*? — quis saber ela, a voz atingida.

— Sim.

Daniel piscou e fingiu normalidade. Uma nova pausa separou-os, provou-os.

— Você está bem? — perguntou ela.

— Tô.

— E o que quer saber?

— Tudo.

— Seja específico.

Daniel considerou dar uma nova mordida no hambúrguer para disfarçar o nervosismo ou ganhar tempo, mas a garganta o fez desistir da ideia. Tomou mais um pouco do refrigerante enquanto pensava.

— Você tem uma fonte capaz de acessar dados do Ministério Público, não tem? — Daniel foi direto. — Preciso ter acesso ao inquérito policial.

Sky não gostou da resposta. Um vislumbre sombrio cobriu sua expressão, e ela considerou por alguns instantes.

— Acha que não foi suicídio? — perguntou ela. — Bom, ele morava no inferno.

— Uma antiga amiga, a... namorada dele. Ela veio aqui e me contou um monte de coisa.

— Veio aqui?

— Foi o que eu disse.

— A Jéssica? Ela veio do Rio até você? Como te achou?

— A *Vozes*.

Sky ponderou, cada vez mais aflita.

— Ela estava sozinha?

— Por que isso importa?

— Eu quero saber em que porra você está me metendo. — Sky levantou uma das sobrancelhas, séria.

Daniel fechou os olhos e respirou fundo. Nem a dra. Ingrid conhecia sua história como Sky. Aliás, o consultório psiquiátrico os conectava por ser o lugar onde os dois se conheceram. Ambos se viam como cúmplices da história um do outro até as cercas particulares que os deixavam seguros. Ainda assim, a mente de Daniel balançava demais com os últimos acontecimentos. O vômito. Jonas. A barriga de Jéssica...

— Ela me pediu pra apurar o caso — disse ele.

— Ela tem alguma evidência de que talvez não tenha...?

Mas Daniel já negava com a cabeça, desanimado.

— Eu já li inquéritos de suicídio antes — disse ele. — Eles entrevistam as pessoas pra excluir qualquer suspeita sobre o caso. Só quero saber o que aconteceu sem...

Daniel não conseguiu continuar. O emaranhado de emoções sugava suas energias de forma desanimadora. Mas para Sky pareceu o suficiente, pois, depois de estudar o rosto do amigo em silêncio, seu tom de voz aveludado voltou a sobressair:

— Olha, eu não mandei a pessoa embora. Preciso voltar. — Mas, antes de escapar, disse: — Vou ver o que consigo.

* * *

Daniel não teve tempo de dar uma nova mordida no hambúrguer. Seu celular tocou. Ao ver o código da cidade na tela do aparelho, seu estômago revirou. Vinte e quatro.

— Daniel? — perguntou Jéssica do outro lado da linha. A voz tímida.

— Desculpe, eu...

Antes que ele cortasse a ligação, ela falou:

— Estou te enviando o áudio do Apóstolo pelo WhatsApp.

CAPÍTULO 5

Bela Vista, 6-7 de julho de 2019

Daniel passou quase o fim de semana inteiro sem tocar no celular. No sábado, ele fez flexões, abdominais e polichinelos. Suou. Tomou um banho quente daqueles infinitos. Correu bons quilômetros pela cidade e, quando entrou no apartamento, o celular permanecia sobre o sofá. Ao sentar para jogar videogame na TV da sala, ele ainda estava ali, por todo o tempo, encarando-o de mão estendida, convidando-o a desenterrar as pendências do passado.

Desde os onze anos de idade, Daniel vivenciava períodos de profunda insônia. Já havia passado dias sem cravar os olhos. O problema surgia de tempos em tempos. Quando retornava, seu organismo reagia como se dormir pudesse ser descartável. Nos primeiros dias, nada de olheiras ou sinais de profundo cansaço. Mas, no decorrer da semana, as vigílias cobravam seu pagamento, alterando sua aparência.

Sky não ligou.

No domingo à tarde, Daniel resolveu fazer alguma coisa. Bebeu uma lata de cerveja, tocou sua playlist de R&B Chill, abriu o notebook e começou a digitar no Google. A busca puxava a ponta de seus dedos por teias e mais teias, mas só encontrou o nome completo de Romeu e seu Cadastro de Pessoa Física. Viu uma ou outra menção sobre o bairro quase fantasma de Água Doce, quase todas referentes a Gaspar, o vereador de Ubiratã que residia ali.

Água Doce era um bairro no meio do nada. Um ou outro viajante destinado a Paraty decidia aventurar-se por trilhas fechadas e acabava encontrando o lugar, mas a cidade de Ubiratã era tão interessante que os visitantes partiam em menos de uma hora.

Daniel sabia que suicídios não costumavam ser noticiados pela imprensa, mas aquele caso era diferente demais para não ter merecido nem uma nota em algum site obscuro. Um ator chamado Romeu morrer no palco interpretando ninguém menos do que o Romeu de William Shakespeare. Por que ninguém tinha falado sobre o ocorrido?

De repente, a setinha na tela de Daniel moveu-se em busca do bloco de notas.

— Filha da mãe... — xingou Daniel, esperando a invasora digitar.

Atende a porra do celular. Foi o que ela escreveu.

Putz.

Ele correu até a sala e pegou o aparelho ainda com certo receio, como se pudesse ser infectado a qualquer momento.

— Não há informação disponível para meros mortais como você — brincou ela do outro lado da linha.

Daniel andou em direção à cozinha pensando na pilha de KitKat sobre uma das prateleiras da geladeira.

— Encontrou algo? — perguntou ele.

— Não foi difícil, mas você tem que prometer que vai ter cuidado com essas informações.

— Prometo.

— Minha fonte não pode ser comprometida. Sabe disso, não sabe?

— Sei.

Daniel desconfiava de que Sky e sua fonte compartilhavam características de DNA. O pai dela a havia expulsado de casa quando ela ainda era uma adolescente. Sky já havia dito que ele trabalhava na promotoria pública, só não tinha certeza se o homem servia como "fonte" conscientemente, nem queria saber.

— Consegui o documento principal do inquérito, alguns relatórios e o laudo da perícia. Criei uma pasta pra você — avisou ela. — O caso foi dado como suicídio. Levaram vinte e nove dias para fechar tudo e enviar para o Ministério Público. Já foi arquivado.

— O que isso quer dizer?

— Que a polícia não vai fazer nada pra ajudar, a não ser que o caso seja reaberto.

— Não preciso abrir o caso. Só quero investigar — comentou Daniel, pegando uma barra de KitKat Dark. — O que você acha?

O silêncio dominou-os por um tempo.

— Acho que você não tá pronto pra essa investigação. Pela minha experiência e por saber pelo que você... passou — ela disse, selecionando as palavras com um cuidado notório. — É *muito* pessoal.

— E se ele tiver realmente sido vítima de alguém que queria incriminá-lo? Ele era meu melhor amigo.

Ela escolheu o silêncio outra vez.

— Pode, pelo menos, dar uma boa reportagem.

— Isso não é uma reportagem pra você, Daniel. É a sua vida. É resolver as pendências que você deixou pra trás pra viver essa vida independente que você ama — disse ela, sem rodeios. — Você pode ignorar toda essa porra e voltar a escrever sobre porcarias digitais ou pode morrer escavando o próprio passado. A escolha é sua.

CAPÍTULO 6

Bela Vista, 7-8 de julho de 2019

De volta ao computador, Daniel abriu a pasta RELACIONAMENTO PESSOAL, criada por Sky em seu desktop. Havia quatro itens nela: uma pasta com o inquérito policial, uma guia de encaminhamento de cadáver, um laudo necroscópico e um perinecroscópico.

O frio na barriga o fez hesitar por alguns segundos antes de deslizar a seta até a pasta do inquérito. Segundo o documento, Romeu Velasco havia morrido no dia 2 de abril de 2019, por volta das 21h45. Fora socorrido no local e encaminhado para o Posto Médico Sanitário de Água Doce Doutor Felipo da Silva Saas, indo a óbito durante o percurso. O documento dizia que Romeu tinha falecido em virtude de suicídio, não tendo existido induzimento, auxílio ou instigação para tanto. Também dizia que, caso surgissem novas provas, os autos poderiam ser desarquivados, dando continuidade à investigação. Isso era tudo?

A declaração de óbito, anexada com a guia de encaminhamento de cadáver, exibia a assinatura do médico Anderson Navalha Gomes. Havia ainda os laudos. No perinecroscópico, que examinava o lugar da morte e do fato, a avaliação pericial apontava para suicídio cometido dentro do Teatro Don Juan. Já o laudo necroscópico analisava amostras do coração, cérebro, rins, fígado e outros, constatando o envenenamento: ingestão de toxina botulínica, morte causada por intoxicação por dose letal.

Daniel abaixou a tela do notebook e jogou o pescoço para trás em busca de ar. Angustiado, enfiou a cabeça entre as mãos. O refluxo aquoso retornando pela garganta feito bile. Fechou os olhos com força e segurou-se, quieto, até a onda passar.

Pensou no bebê que crescia no ventre de Jéssica, sem acreditar que Romeu poderia ser capaz de tirar a própria vida sabendo que estava prestes a se tornar pai.

Havia algo muito errado. Era como se Daniel pudesse sentir os dedos sujos por ter tocado naqueles arquivos. Tinha puxado a ponta de um fio. Quanto mais puxasse, mais imundo ele viria. Quanto mais puxasse, mais segredos seriam forçados à luz, e os moradores de Água Doce não suportavam ser incomodados. Se em suas lembranças o bairro assemelhava-se a uma zona de guerra, para o restante da população a região exalava tranquilidade e conforto. Ele nunca se encaixara. Nunca fora bem-vindo e não seria agora.

Daniel passou o resto da noite pensando na morte de Romeu, no resultado dos laudos e em como seria horrível para aquele bebê, talvez o futuro Danielzinho, nascer e crescer no mesmo local onde o pai fora possivelmente assassinado.

* * *

Na segunda-feira, a primeira coisa que Daniel fez foi bater na sala de Mirela com um envelope pardo nas mãos. O lugar com paredes de vidro lembrava um aquário. Alguns gabinetes se espalhavam pelos cantos da sala, e uma samambaia à beira da morte resistia bravamente próximo às persianas.

Mirela era uma das principais editoras da *Vozes*. Digitava freneticamente no teclado do computador quando ele apareceu. Daniel puxou uma cadeira e cravou o olhar nela. Ela lhe devolveu um olhar imponente, mas interessado.

— Você parece ter tido um péssimo fim de semana — ela disse.

— Acho que vou ter dias piores pela frente.

Ela sorriu.

— Quanto drama. O que é isso?

Daniel colocou o envelope na mesa.

— Você sempre pediu iniciativa da minha parte — disse ele. — Bom, tenho uma história. Não tá muito dentro da *Vozes*, talvez. Mas é importante.

Mirela observou-o por alguns segundos antes de descolar os dedos do teclado do computador e se remexer na cadeira do escritório. Inclinou-se sobre a mesa, atenta.

Em quatro minutos ele resumiu o que tinha até ali sobre a morte de Romeu. Dados do inquérito, laudos, as informações de Jéssica. Disse o que podia, sem se conectar ao caso.

Mirela ouviu-o com atenção.

— Por que essa história? — ela quis saber. — Só porque não deu mídia? Nunca ouvi falar sobre essa...

Ele interrompeu-a, percebendo que não tinha como continuar sem abrir o jogo.

— Eu nasci lá — disse. — Conheço o lugar. Romeu, a família, tudo. Acho que consigo humanizar bem essa história que já é *sui generis* de partida, pelo contexto.

A julgar pelo meio sorriso, a resposta interessou a Mirela.

— Interessante, mas não cobrimos suicídio.

— A gente pode mudar o tom.

— Mudar o tom?

— Sabia que, a cada dia, trinta e duas pessoas se suicidam no Brasil? — perguntou ele, conforme tinha planejado. — No ano passado, houve três casos de suicídio cometidos por jovens em escolas privadas aqui em São Paulo. Todo mundo falou sobre isso. Mas o que acontece fora da região metropolitana? A *Vozes* se interessa por isso.

— Daniel...

— É que não sou eu que estou dizendo. É a oms. Nove em cada dez dessas mortes poderiam ser evitadas se as pessoas soubessem como lidar com o assunto — insistiu ele. — A gente precisa falar sobre isso.

Os dois se olharam por algum tempo. Mirela ainda não parecia convencida.

— Nosso país está doente — disse ele. — O Romeu fez isso no palco pra chamar atenção.

— Mas você não acredita nisso — disse ela, séria. — Você suspeita de assassinato.

— Se for suicídio, eu posso escrever uma boa reportagem sobre questões existenciais — disse ele. — Posso conversar com as pessoas. Ver a história pelos olhos delas. Falar com a família. Se for assassinato...

Mirela interrompeu-o com um gesto.

Daniel aguardou.

— Você disse que a noiva grávida tinha informação capaz de reabrir o inquérito. É o quê?

O polegar de Daniel batucou sobre a mesa involuntariamente.

— Um áudio do pai para a vítima. Mirela, aquele não é um lugar normal.

— Dá o play.

— Eu posso mandar pra você.

— Quer ou não quer essa merda de caso?

Daniel tomou um gole de ar, mas não sentiu os pulmões trabalharem direito. Não fazia sentido continuar fugindo da voz do Apóstolo se ele queria apurar o caso. Todavia, ele tinha passado anos lutando para esquecer o tom de voz daquele filho da puta. Ainda pesava no topo de sua cabeça a mão que tantas vezes tentara exorcizá-lo.

Ele engoliu seus receios em seco, puxou o celular do bolso e buscou o áudio. Quando deu o play, a voz que preencheu o escritório era a de um homem com o maxilar trancado pelo ódio. Proferia as palavras com um silvo arrepiante.

Você devia pensar na sua mulher. Na sua mãe, Romeu. Posso não conseguir fazer você retornar pra casa, mas não pense que vou deixar você continuar com essa profanidade. Se eu souber que você continua metido nisso, enveneno você, arranco seus olhos, queimo seu corpo na entrada dessa cidade e faço parecer que você se matou. Não quero que você volte àquele teatro nunca mais, está entendendo?

Mirela fitou Daniel com um vinco na testa, e ele podia jurar vê-la provar o mesmo calafrio que ele. Naquele momento, Daniel sabia que tinha conseguido o caso.

CAPÍTULO 7

Água Doce, 5 de janeiro de 1999

Romeu chegou a sorrir-lhe à distância, mas Danielzinho não retribuiu. Tudo perdeu o som aos seus ouvidos. Cada passo dentro das águas parecia durar uma eternidade. A marola suave do rio sussurrava coisas, dizia que ele não era bem-vindo.

Os quatro sacerdotes aproximaram-se de Daniel para ungi-lo, mas ele não parou de olhar para baixo. Tinha pavor da ideia de ter os pensamentos expostos ao Apóstolo. Não queria ser revelado.

Foi difícil controlar a respiração agitada. As mãos do Apóstolo aproximaram-se das costas de Daniel, mas não chegaram a tocá-lo. Um olhar determinado acompanhou o silêncio do menino e, por fim, ele injetou uma última dose de coragem direto no coração e falou:

— Eu não quero.

Imediatamente, um peso saiu das costas de Daniel.

— Não quer o quê?

— Eu quero sair daqui.

O silêncio abriu as asas sobre a região. O Apóstolo ensaiou um sorriso, mas o exercício não lhe caiu bem.

— Não precisa ter medo, criança.

O homem que se dizia santo tocou os ombros de Daniel, que estremeceu e recuou.

— Eu não quero — esbravejou o menino em alto e bom som.

— É muito tarde pra voltar atrás.

O Apóstolo apressou as mãos em direção ao garoto, mas ele se desvencilhou com ainda mais força, fazendo-o arregalar os olhos. *Insubmissão era intolerável.*

Os dois se encararam por longos segundos. Rugas apareceram na testa do Apóstolo e, quando falou, a calmaria estampada em sua voz não combinava com os olhos esfomeados.

— Arrependa-se para descer, meu filho.

— Não — negou Daniel.

O Apóstolo apertou os ombros do menino. As mãos feito garras. A criança gritou com tudo acumulado. Nunca tinha ido com a cara do Apóstolo. Toda aquela chatice, as reuniões de libertação às quais ele fora obrigado a assistir. Aqueles olhos terríveis e aquelas mãos cruéis não poderiam obrigá-lo! O Apóstolo precisava de uma lição. Daniel berrou e cravou as unhas nos braços do homem com tanta força que lascas da pele se soltaram conforme o homem puxou-os de volta com brutalidade.

Os fiéis soltaram gemidos de horror. Todos recuaram apavorados quando os filetes de sangue brotaram nos braços arranhados do homem santo. O vermelho escarlate escorrendo feito uma ameaça de morte.

— O que foi que você fez? — rosnou o Apóstolo. Ele agarrou a cabeça do garoto com força. — Eu te condeno e te exorcizo em nome do sangue que é trocado pelo óleo. Como você ousa me desafiar, Satanás?

Daniel começou a tremer e berrar.

Ednalva, a mãe do menino, cobriu a boca com as mãos, aterrorizada.

— Vão ficar olhando? Estendam as mãos! — gritou o Apóstolo. — Expulsem este demônio para o deserto sujo de onde ele veio.

Mesmo apavorados com a cena, os fiéis obedeceram e começaram a gritar palavras de ordem como se fossem feitiços.

— Sai!

— Deixe ele em paz!

— Pelo óleo das Cinco Virgens!

Deco e Ivan mantiveram-se em silêncio, assustados demais para qualquer coisa. Ednalva lutou contra o peso repentino no corpo e fez o possível para manter as mãos erguidas, mas perdeu a força nas pernas e deixou os joelhos se afundarem na areia batida.

— Você é um demônio imundo — grunhiu o Apóstolo, fazendo pressão com as mãos na cabeça de Daniel, como se quisesse esmagá-la. O garoto chorava e se sacudia. — Eu mando você embora agora. Pegue suas coisas e deixe o corpo deste menino. Agora!

Então, sacolejando a cabeça de Daniel de forma bruta, o Apóstolo deu um último grito que pareceu ecoar pelas quinze bandas.

— Sai!

Daniel sentiu como se o mundo tivesse congelado. Ninguém ousava respirar. Nem um pássaro ousaria bater as asas por perto. Nenhum movimento. Nada além da espera.

A reação do menino demorou a chegar, mas, quando chegou, ele era outro. Acuado, encarou o homem com medo no olhar.

Lentamente, o Apóstolo estendeu uma das mãos e acariciou o rosto de Danielzinho com a mais pura ternura no olhar.

— Você é nosso — disse ele. — Repita comigo, meu filho: eu não devo desobedecer — e então, apontando para o alto, continuou — ao meu Pai.

Repulsa. Ódio.

O garoto relutou até que as palavras saíssem. Contemplou o Apóstolo, implorando para que aquilo fosse o suficiente. O homem observou-o com atenção e, após um tempo de análise, fez um sinal positivo para os sacerdotes ao redor.

— Ele está limpo.

Daniel respirou com um pouquinho de alívio. Engoliu o choro e o medo. Deixou as mãos do imaculado girarem-no em direção à areia para que ele pudesse enxergar sua mãe caída no chão aos prantos.

— Eu o batizo em nome do Pai, do Filho e do Espírito das Virgens.

O Apóstolo aparou as costas do garoto. Deitou-o sobre as águas. E, ali, enquanto imergia, o rio envolveu-o em um beijo frio e amargo. Foi quando morreu.

CAPÍTULO 8

São Paulo, 9 de julho de 2019

As mãos de Daniel suavam sobre o volante enquanto ele acelerava o carro pela Paulista. Eram sete da manhã, e a ansiedade cobria-lhe por inteiro, provocando coceiras constantes pelo corpo, além de uma sensação de fome sem fim.

Não tinha a completa sanidade mental, mas, tirando isso, tudo de que precisava para sobreviver em Água Doce viajava com ele no carro. Roupas para correr, escova de dente, notebook, celular, seu Kindle, repelente, tabaco, seda e alguns gramas de flores proibidas que ainda precisaria dichavar. Havia, também, coisas que aparentemente não teriam utilidade naquele bairro cafona, como uma *jockstrap* vermelha e sua caneca preta com *hot stamp* de caveira.

O dia tinha amanhecido cinza e frio. A rua umedecida. Daniel parou o carro perto do lugar combinado. Não demorou muito até que Jéssica desse dois soquinhos no vidro.

Daniel acenou e abriu a porta do carona. Agasalhada até o pescoço, ela entrou no veículo com uma mochila que foi logo enfiando no banco de trás.

— Faz frio aqui — disse ela, sorrindo. — Quantos dias conseguiu?

— Uma semana — respondeu ele, ainda desconfortável com a ideia e com a proximidade.

Daniel desviou o olhar, esperou que ela prendesse o cinto e pisou na embreagem. Não demoraram a pegar a estrada. Pela BR-459, fariam aproximadamente quatro horas de viagem. Um pouco mais, se chovesse.

O jornalista tinha um monte de coisas para resolver, mas nunca fora um bom planejador. Agia por impulso, ímpeto. Sabia que tudo isso agravava o nível de sua ansiedade, mas o furacão já tinha começado e agora não havia muito para onde fugir.

— Você dormiu bem? — perguntou ela, observando os primeiros rastros de insônia no rosto dele. — Parece cansado.

— Tem medo de viajar comigo? Não vou pegar no sono.

Ela deu de ombros, ajeitando-se no assento. Daniel permaneceu em silêncio por mais algum tempo até tomar coragem para falar o que não saía de sua mente.

— O áudio do Apóstolo. Ainda não consegui superar — começou ele. — Acha que Romeu se meteria em uma peça de teatro só pra contrariar o pai?

Ela arqueou as sobrancelhas, como se a pergunta fosse óbvia.

— Ele precisava fazer algo novo na vida — respondeu ela. — Alguma coisa que desse prazer pra fugir daquela responsabilidade tão... sem noção. Substituir o pai. Foi quando ele entrou para o teatro.

Daniel manteve os olhos na estrada e os ouvidos atentos, sem demonstrar reação.

— As coisas pioraram quando ele saiu de casa, antes dessa coisa toda da peça — continuou ela. — A gente decidiu morar junto. Ele ainda recebia grana do pai, o que era um saco, mas ninguém aprovou aquilo, você sabe. A gente não chegou a casar.

— Que vergonha — disse Daniel.

Jéssica sorriu. Só quem conhecia de fato Daniel entenderia o tom de suas piadinhas, pois ele falava, na maioria das vezes, em um tom sério.

— Sabem do bebê? — perguntou ele.

— Não contamos. Ninguém sabia. Fiz as consultas em Angra, pra ninguém saber antes do tempo — explicou ela, apreciando a estrada. — Todo o lance da peça já era um caos. O pai dele começou a visitar a gente o tempo inteiro. Aparecia pra nos dar carona pra todos aqueles cultos que nem eu nem o Romeu suportávamos mais. Mas ele queria se certificar de que não estivéssemos... nos desassociando.

— Não tentaram exorcizá-lo?

— Não. Isso pegaria mal pra imagem dos virgianitas, que já não é mais a mesma.

— O que mudou?

— Ah, mudou muito, vai — disse ela. — As crianças da nossa época são jovens e adultos agora. Eles perderam muitos membros, principalmente a juventude. Tudo aquilo começou a parecer esquisito demais. E... na nossa época as pessoas eram mais bitoladas, eu acho.

Os dois seguiram em silêncio por longos minutos. Depois de um tempo considerável, Daniel conseguiu continuar:

— Não consegui os dados com todas as evidências coletadas. A polícia não pegou o celular dele? Não viram aquele áudio?

— O Romeu me encaminhou pra que eu ouvisse o que aquele animal estava dizendo — explicou ela. — O celular dele estava no camarim. A polícia pediu, mas, quando o caso foi encerrado, me devolveram o aparelho sem nenhuma mensagem.

Daniel coçou a cabeça, aflito. Será que Jéssica queria dizer que a polícia agira em favor do Apóstolo, destruindo provas, ou que Romeu apagara as mensagens antes de se suicidar?

— Se Água Doce ainda é Água Doce, o Apóstolo nunca... faria algo do tipo, porque a autoridade dos virgianitas é hereditária. Se Romeu morre, a igreja perde o poder. Ainda assim, você acha que ele foi vítima do pai.

— Você ouviu a gravação. Ele disse como faria. Romeu não obedeceu nada do que o pai falou. Pelo contrário — disse ela, com a voz enervada. — Eles viraram inimigos.

Daniel riu, mesmo no momento desapropriado. Nunca tinha imaginado que as coisas pudessem terminar daquele jeito. Olga, a mãe de Romeu, proibira o filho de se "aliar ao inimigo" inúmeras vezes. Daniel era o inimigo. Tinha o inimigo dentro de si, como diziam.

— Adivinha quem foi o único virgianita que se recusou a ir ao velório de Romeu? O pai. Ele não estava lá. Não teve uma reza, uma missa, nada. O remorso deve ter comido aquele filho da puta dos pés à cabeça.

Daniel quase encolheu os ombros. Nunca tinha ouvido alguém xingar o homem imaculado. Ainda parecia errado, desrespeitoso. Ainda mais para Jéssica, que sempre tinha feito de tudo para conquistar Romeu, inclusive comportar-se como a mais perfeita e submissa das adolescentes da membresia.

Agora ela estava ali, ao seu lado, cheirando a xampu de framboesa. As madeixas rebeldes mal domadas. Uma touca amarela no topo da cabeça. O linguajar afiado e os olhos orgulhosos de quem tinha conseguido dar o primeiro passo para vingar a morte do pai de seu filho.

Daniel manteve os olhos na estrada. A tudo observava, com nada se identificava. Ouvir Jéssica alertou-o para algo importante. Passadas duas horas de viagem, pararam para abastecer. Jéssica enfurnou-se no restaurante de estrada alegando não ter tomado café. Ele prometeu que a acompanharia depois de encher o tanque.

Deixou o carro, contente por esticar as pernas, sacou o aparelho celular do bolso e discou para o número de Sky. Ela respondeu em poucos segundos.

— Olá, investigador de merda — saudou ela. — Galáctica a partir de agora.

Ele riu, lembrando que nunca soube o nome verdadeiro de Galáctica.

— Agora somos como Batman e Robin — disse ele, apoiando-se no capô do próprio carro estacionado. O vento frio da estrada alisava suas bochechas. — Escuta, quando a polícia envia um inquérito pro Ministério Público, eles têm que ouvir as testemunhas, certo? Não tinham esses depoimentos nos arquivos que você me enviou.

— Investigador de merda.

— Não tenho muito tempo aqui, Sky.

— Quem é Sky?

Ele bufou.

— Preciso saber com quem a polícia falou e o que eles disseram.

— Vou tentar, mas não se apoie em mim. Pergunte às pessoas, faça o seu trabalho — disse ela, direta. — Mesmo que não tenha nada de mais aí, você precisa construir alguma porra que valha a pena, e não vai conseguir isso hackeando depoimentos.

Galáctica cortou a ligação.

Daniel engoliu em seco. Assentiu, um tanto ferido.

Havia ainda uma outra ligação a ser feita. O monstrinho gelado deslizando dentro do seu estômago esperava por isso.

Lembrava os números de cabeça, mesmo sem discá-los há dez anos. Agora os dedos tremiam como se estivessem levando pequenos e incessantes choques. Ele pensou em desistir, chutar o balde, deixar que Jéssica conseguisse uma carona por conta própria e voltasse sozinha para aquele inferno de lugar. Podia aproveitar para dar meia-volta, dizer a Mirela que tudo aquilo não passara de um engano, sentar-se em sua baia e voltar à vida normal.

Mas ele ligou para o número convencional.

Chamou. Chamou. Chamou.

A serpente congelava suas entranhas, deixando um rastro de nervosismo.

Chamou. Chamou.

E quando ele estava prestes a abandonar a missão...

— Pronto, desculpa. — A voz de Ednalva foi como um tiro surdo entrando pelo buraco do seu ouvido e despertando um milhão de sinapses adormecidas em seu interior. A saliva desapareceu. A garganta fechou.

— Oi, mãe.

Silêncio dos dois lados.

— O que você quer?

Merda. Ele detestou ser daquele jeito. Desplanejado, desorganizado e nu aos instintos da mãe.

— Estou de férias por alguns dias. Queria visitar a senhora e meu pai.

Silêncio do outro lado.

— Seria só por alguns dias.

Silêncio do outro lado.

— Eu... eu tô na estrada já, na verdade. Chego aí antes do almoço.

Silêncio.

Mais uma vez, a vontade de desligar e voltar. Retroceder era tão fácil. Só precisava...

— Não — finalmente ela respondeu. — Não tem problema. Na verdade, é ótimo. Peço para o seu pai te buscar na rodoviária.

— Eu tô de carro.

Silêncio.

— Bom... é isso. Vejo você em breve.

— A senhora — corrigiu ela.

Daniel assentiu com a cabeça. *Os protocolos*. Antes de desligar o telefone, ela falou:

— Traga os mil reais que você roubou do seu pai antes de ir embora.

PARTE 2

ÁGUA DOCE

CAPÍTULO 9

Água Doce, 9 de julho de 2019

Próxima do litoral sul do Rio de Janeiro, Água Doce lembrava os bairros minúsculos de Paraty, apesar de a cidade de Ubiratã sempre ter sido tratada como se não houvesse registro cartográfico dela. Na verdade, ela não fazia parte de mapas menos detalhados, nem fora tida como patrimônio cultural ou algo parecido. O acesso àquela zona se dava por meio de uma única estrada com chão de pedras, ladeada por colunas de mato alto e eucaliptos. Fora do circuito convencional, Água Doce não dava acesso a qualquer outro bairro de Ubiratã, concentrando um número ínfimo de habitantes. Terminava em si mesma. Aliás, terminava nas margens do rio Iberê.

Daniel sempre ouvira que Ubiratã fora fundada por escravizados fugitivos desembarcados em Paraty. Eles chegaram a construir as primeiras casas e nomear as ruas. Rua da Chuva, rua do Pavio Curto... Nomes nunca alterados.

Também se falava sobre a harmonia secreta, durante um longo tempo, entre povos indígenas e pessoas negras escravizadas. Tudo mudou quando as primeiras famílias de europeus encontraram a cidade perdida. Não demoraram para dominar o lugar e edificar a primeira capela, dispensando a presença de padres e estabelecendo a própria religião, que mais tarde eles chamariam de virgianita. Romeu trazia aquelas raízes no sangue, sendo linhagem direta da dominação branca. Daniel tinha a pele negra e fria como a noite, e seus ancestrais eram os homens e mulheres escravizados que encontraram refúgio no lugar por tempo limitado.

Daniel pensava nisso conforme dirigia pela entrada de Água Doce. De alguma forma, essa sensação preencheu seu peito com uma emoção sólida e a certeza de que precisava relaxar mais e se importar menos. Seu retorno chancelava-o como o caçador, e não a caça. Não suportara ser dominado no passado e não seria agora. Não seria oprimido por colonizador algum.

A estrada de pedras fazia o automóvel trepidar e roncar. As árvores nas laterais lembravam filmes de terror mesmo de dia, escondendo os segredos da cidade e parecendo cochichar entre si. Depois de muito tempo na entrada da mata pela trilha mais estreita possível, vinha um longo caminho de poeira e as primeiras bifurcações. Só podiam dizer que estavam em Água Doce após a travessia da ponte vermelha. Casas muradas, árvores, cachorros atravessando a rua, cipós, sombras, uma praça na rotatória. Gás Mais, Farmácia da Villa, estradinhas transversais, mato, terrenos baldios, Sacolé da Jaciara, Lila's Coiffeur, mato, Padaria de Nós Todos, Armazém da Tia Zica, vassouras empilhadas à venda, Mercadinho do João, o primeiro semáforo e praticamente o fim do comércio. Dali em diante, vinha a parte mais espaçada de Água Doce até a rua do Rio. Caminhos longos e silenciosos ladeados por casas mudas, terrenos de capim alto, mato queimando, quebra-molas e placas indicando a direção para a Igreja das Cinco Virgens.

— Tem certeza de que não quer dar uma parada? — perguntou Jéssica quando ele a deixou na calçada, longe da rua principal. Ao lado dela, uma casa amarela e estreita de dois andares, telhados e guarda-corpos feitos de madeira escura. A frente disfarçada por muitas árvores e um muro baixo.

Daniel negou com a cabeça em um breve gesto. Os nós pelos músculos do corpo falavam alto. Qualquer menção a um segundo descanso parecia-lhe bem-vinda.

— Bom... Obrigada — disse ela.

— Qualquer coisa, me liga — foi o que ele disse antes de arrancar com o carro e deslizar para o covil.

As nuvens na região pintavam o céu de cinza e rumorejavam coisas do passado. As lembranças das tardes em que ele caminhava até a Barraca do André para gastar míseros centavos em doces. O ritual de arrumação para a escola. As vezes em que voltava para casa acompanhado de Romeu até a metade do caminho. O quanto sentia-se evitado até mesmo ao caminhar na rua. Não lembrava de ser bem-vindo na barraca de doces ou na escola. Nas calçadas, era comum que mães mais religiosas atravessassem para desviar dele. Do contrário, quando se aproximavam do menino, ciciavam coisas como "O sangue de Jesus tem poder", "Com as Cinco Virgens. Fora dele!" ou "Eu te amarro, imundo. Deixe essa criança em paz".

Daniel reduziu a velocidade quando se aproximou da antiga casa. Nada tinha mudado. O imóvel dos pais tinha dois andares e revestimento de madeira por dentro e por fora. Ripas esmaltadas e bem-acabadas imprimiam charme para aquela que fora sua residência desde o nascimento até os dezessete anos, quando fugiu.

Uma casa daquelas, com telhas coloniais, pé-direito alto e varandas emergindo dos quartos no andar de cima, só poderia pertencer a uma família rica em qualquer lugar do Rio de Janeiro. Em Água Doce, era comum encontrar residências assim, principalmente as pertencentes a membros do alto escalão virgianita.

Um deles, feito uma estátua a guardar a frente da casa, esperava o carro de Daniel, que freou o veículo com os olhos no pai. Ele parecia o mesmo. A pele retinta, os bigodes acinzentados, o corpo troncudo.

O jornalista puxou o freio de mão, desligou o motor e caminhou em direção ao homem sem deixar de notar as ervas daninhas que nunca pararam de crescer pelo gramado imperfeito. Tão insubmissas quanto ele mesmo.

— Com as Cinco Virgens, você cresceu. O que veio investigar aqui, hã?

Deco soltou uma gargalhada grossa e confortável. O homem apalpou os braços de Daniel, puxou-o para um abraço e examinou-o mais um pouco. O filho não sabia oferecer um sorriso daqueles de volta, mas afrouxou a tensão, surpreso com a recepção.

— Não sabia que jornalistas ganhavam bem pro lado de lá. Hã? — comentou ele, apontando o queixo para o carro do filho. — Cadê seu dedo, deixa eu ver? Opa. Não casou ainda?

Daniel negou, mudo, sem graça.

— Faz bem — murmurou o pai. — Por outro lado, não tem ninguém pra fazer massagem. Hã? Fazer um rango... Você está magro, minha Nossa Senhora. Sua mãe tá preparando o almoço. Onde estão suas coisas? Eu ajudo.

Daniel protestou, mas de nada adiantou. O pai puxou a mala de rodinhas de dentro do carro, aproveitando para varrer o interior do veículo com o olhar. Ednalva correu para a porta e gesticulou para que Daniel se aproximasse.

Sem jeito, ele avançou até ela, e ambos trocaram um abraço esquisito, mas acalorado. Ednalva continuava cheirando a rabanete, embora parecesse muito mais velha com a cabeça tomada por longos fios brancos. As marcas de expressão lembravam rachaduras em seu rosto, mas Daniel fingiu não reparar. Também não quis demonstrar o quanto a mudança de humor de Ednalva continuava assustadora como sempre, pois já não se parecia com a mulher que o atendera no celular de forma tão fria.

— Seu sobrinho já foi pra escola, e seu irmão e sua cunhada estão pro trabalho — ela foi falando enquanto empurrava o filho para dentro com mãos ágeis. — Você cresceu tanto, Daniel.

Daniel bisbilhotou a casa sem querer olhar demais. As plantas, a antiga mesa da vovó, a cortina de flores amarelas, a irritante falta de claridade, o perfume do óleo de peroba. Tudo se mantivera incrivelmente no mesmo lugar.

— Trouxe o dinheiro do seu pai? — perguntou ela no momento em que Deco arrastou a mala de Daniel para dentro da espaçosa sala.

— Mulher! Não precisa disso — ralhou o pai.

Daniel disfarçou o acanhamento e retirou de sua mala um envelope pardo entupido com as vinte notas de cinquenta sacadas de um caixa eletrônico durante o breve café com Jéssica.

— Aqui — falou, em vez do pedido de desculpas ensaiado mais de mil vezes nos últimos dez anos.

Uma pausa destilou constrangimento pelo ar.

Ednalva e Daniel miraram Deco. Por sua vez, ele sorriu um tanto perdido e apertou o envelope com os dedos grossos.

— Calculou os juros? — interrogou Deco.

Daniel não se mexeu. Aturou o olhar brincalhão do pai. Aquelas brincadeiras sórdidas com fundo de verdade. *Continua o mesmo homem*, pensou.

— Não se liga em cima da hora pra avisar uma coisa dessas, mas... preparei um quarto para você. Desça em vinte minutos — disse Ednalva para Daniel. — Estou quase no final do pato ensopado.

As duas últimas palavras da mulher pareceram mágicas. O olfato de Daniel captou instantaneamente o aroma do velho tempero com manjericão e alecrim.

— Seu quarto agora é do Lucas — informou Deco. — Você vai precisar ficar no dos fundos. Não deu tempo de tirar toda a poeira, filho.

— Foi mal ter que avisar em cima da hora, mas não vou ficar tantos dias também.

Ágil ao apanhar a alça das malas para não ser acompanhado, Daniel apressou-se para os degraus da escada amadeirada. Com barulhos nostálgicos, a madeira reclamava sob seus pés. Daniel evitou olhar para os pais mais uma vez.

Vergonha.

Nunca tinha parado para pensar se Ivan, seu irmão, tivera filhos ou se casara. Nunca tinha se interessado em saber se sua mãe ou seu pai haviam ficado doentes, se tinham morrido. Água Doce simbolizava não mais do que uma página virada em sua história. Contudo, agora que respirava o odor do óleo de peroba esfregado religiosamente sobre o corrimão da escada, sentiu-se cortado pela culpa.

Letrinhas divertidas coladas na porta do seu antigo quarto diziam que agora ele pertencia a Lucas. Daniel chegou a pressionar a maçaneta, mas a porta estava trancada. *Ok, nada pessoal.* Seguiu pelo corredor até o quartinho dos fundos. Quando pequeno, aquele não passava de um local onde os pais entulhavam as tralhas da casa.

Coisas sem utilidade e tudo o que eles não queriam que fosse visível. Esse era o seu novo status.

— Bem-vindo, estranho — disse para si mesmo quando abriu a porta do cômodo. A primeira coisa a atingi-lo foi a surpresa. O lugar não mais parecia o mesmo cômodo.

Vassouras, roupas velhas, máquinas quebradas... nada disso ocupava o lugar.

Uma cama de solteiro forrada com lençóis baratos aguardava-o. A chave da porta repousava sobre o travesseiro. Uma mesinha de madeira com um abajur se encolhia em um canto e, por trás das cortinas florais, uma janela de vidro estendia-se de alto a baixo. Lá de cima, ele podia ver para além do gramado comido pelas ervas daninhas e, do carro mal estacionado, tinha uma boa visão da rua do Castelo e suas adjacências. No final, acabou preferindo ser acolhido no antigo quarto de objetos dispensados.

Ednalva bateu de leve na porta exatos vinte minutos depois.

— Toalhas, escova de dentes e sabonete — disse ela, apontando para o armário. — Deu uma olhada?

Daniel fez que sim, observando o rosto sofrido da mãe. Longe da sombra de Deco, os olhos de Ednalva pareciam querer dizer outra coisa. Sempre tinha sido assim.

O filho tentou puxar assunto, mas ela apenas o convocou para o almoço e desapareceu. Depois de se estabelecer, Daniel voltou ao andar de baixo e caminhou com timidez até a sala de jantar, anexada à de estar. Tinha vontade de abrir as cortinas por inteiro e deixar a claridade abraçar a casa.

Dois policiais militares sentavam-se à mesa com Deco, exibindo as fardas pretas com orgulho. Um deles não tinha mais do que trinta anos, o outro passava dos cinquenta.

— Silva e Fragoso — apresentou Deco, à mesa. Sorriso avantajado no rosto. — Amigos da família.

Daniel cumprimentou os homens com um gesto de cabeça, exposto à avaliação direta que os dois fizeram sobre ele sem rodeios. Ednalva trouxe o tabuleiro perfumado. Daniel moveu-se para ajudá-la, mas ela afastou-o com o olhar, como se seu gesto fosse absurdo.

— Sente-se com os homens — disse ela.

Ele emudeceu. Um gafanhoto infernal e imaginário voltou a bater asas e chiar dentro do seu ouvido. Quando percebeu, já tinha escolhido uma cadeira sob o olhar dos adultos à mesa.

— Ele é a sua cara — disse o policial mais velho para Deco. O bordado acima do bolso dizia FRAGOSO. — Você se lembra de mim, filho?

Daniel negou. Os olhos atentos conforme a mãe servia o prato dos três feito uma empregada. O cheiro apetitoso forçava cada vez mais as barreiras de sua memória.

— Eu estava nos últimos dias como sacerdote na sua época. Depois senti o chamado de Deus pra polícia, e o Apóstolo me liberou para correr atrás do meu destino — disse ele. — Nem todos os sacerdotes são santos pra sempre.

Deco sorriu, satisfeito.

— E você? Faz o quê? — perguntou Silva, o policial mais novo e de pele morena.

— O meu filho teve carreira melhor do que a minha. Um dos jornalistas mais respeitados da área de investigação pra um dos jornais mais importantes do país, não é mesmo, garoto? Conte pra eles.

Daniel fez que não, constrangido. Ficou imaginando se o pai ainda passava a vida trabalhando na igreja integralmente com seja lá o que for.

— Eu trabalho em uma revista.

— E vocês viram que paga bem. Hã? — comentou o pai. — É um Toyota. Carrinho caro.

— Não, não é isso tudo.

Daniel segurou o garfo e a faca com a sensação de fome acordando-o por dentro. No entanto, os outros homens apoiavam os cotovelos na mesa demonstrando mais apetite pela conversa.

— Então você está aqui de férias ou veio nos investigar? — perguntou Fragoso.

— Investigar.

O silêncio finalmente governou-os. Ednalva aproximou-se para servir o filho com as mãos trêmulas. Então, Deco e os policiais explodiram na gargalhada. Riram tanto que Ednalva não sabia como reagir. Colocava a comida ou não?

— Não há nada de interessante aqui — avisou o velho Fragoso.

— A única coisa que você poderia investigar nesse fim de mundo é por que raios aquela delegacia vive abarrotada de PM coçando o saco de manhã e lendo bíblias à noite.

Mais risos.

— Eu vim pra apurar a morte do Romeu.

Um talher escorregou da mão de Ednalva até o chão de madeira. Os homens trocaram os risos pelo silêncio, acompanhado de desconfiança. Deco parecia desmascarado.

— É um tipo de brincadeira, isso? — perguntou Fragoso. — Não tem nada mais interessante no país pra vocês brincarem?

Daniel não comentou. Apenas observou Ednalva recolher o talher do chão sem poder ajudá-la. Ela percorreu a mesa até o próprio prato, ao lado da cara emburrada de Deco, e finalmente tomou assento.

— Bom, eu posso dizer que está sendo muito difícil para o Apóstolo — disse Silva. — O suicídio de um garoto desequilibrado. Com as Cinco Virgens. Aquilo foi horrível. Uma perda pro Apóstolo.

— Olga está desolada. Nunca mais foi a mesma — disse Ednalva com a voz miúda.

— Pobre mulher — Fragoso comentou.

As nuvens carregadas se moveram, e o clima na mesa foi mudando para uma espécie de pesar. Deco e os policiais se lembraram de suas refeições servidas e começaram a mover os talheres. Daniel aguardou a mãe montar o próprio prato e pensou na presença de Fragoso e Silva, dividindo um momento íntimo e familiar. Não se lembrava daquela aliança entre a polícia e seu pai. Um policial dessassociado da seita seria uma figura de interesse.

— O que acontece agora que o Apóstolo não tem um descendente homem? — perguntou Daniel, quebrando o silêncio. — Quem vai herdar a igreja quando ele morrer?

— Você fala como se fosse um negócio — respondeu Deco de boca cheia. Engoliu a comida e, quando voltou a falar, o tom já estava desprovido de qualquer simpatia: — Ninguém vai herdar a igreja. O fardo é pesado.

— A gente não sabe o que vai acontecer — disse Ednalva. — Provavelmente uma votação. O Apóstolo deverá escolher a mando divino, antes de sua morte.

— Você realmente veio aqui de tão longe depois de dez anos pra investigar isso? — quis saber o pai, enrugando a testa e apoiando os antebraços na mesa.

— É só uma reportagem — disse Daniel.

— Uma reportagem *idiota* — consertou Deco.

Daniel anuiu em silêncio e finalmente começou a comer.

— Bom, se você veio aqui só pra isso, sugiro que vá pra casa — disse Deco.

— Eu já estou em casa — replicou o filho.

CAPÍTULO 10

Água Doce, 9 de julho de 2019

— Mantenham os olhos fechados. Concentrem-se na respiração de vocês enquanto ela se alinha com os batimentos do coração — dizia a mulher alta, conduzindo a meditação dos atores deitados pelo tablado do palco. — Sintam o ar entrar e sair. Entrar e sair. Aos poucos, ampliem a consciência corporal sentindo os dedos dos pés. Agora os tornozelos...

Sentado na última fileira do Teatro Don Juan, Daniel assistia à aula da professora. A mulher era careca. Descalça, ela andava ao redor dos alunos deitados, fazendo com os braços gestos exagerados que agitavam o tecido do quimono. Falava enquanto passeava pelo lugar onde Romeu caíra morto havia apenas três meses.

Daniel correu os olhos pelo anfiteatro. Nunca imaginara que a prefeitura de Ubiratã construiria algo do tipo. Esperou que a mulher largasse os alunos na meditação e se aproximou.

Ela logo notou-o e acenou. Deu mais algumas ordens para a turma e chegou até a ponta do palco. A fala saiu de sua boca como não mais que um murmúrio:

— Aqui ouvintes já tiram os sapatos e participam da primeira aula com tudo. Vergonha é da porta pra fora.

Observando de perto, Daniel percebeu os olhos verdes e simpáticos da mulher. Ela não parecia pertencer à Água Doce que ele conhecia. A cabeça raspada, o quimono colorido, aulas de teatro...

— Desculpa. Não quero interromper. Que horas acaba?

— Você é...?

— Daniel Torres — apresentou-se. — Tô procurando a responsável pela companhia.

— Cora Coral — disse ela com um olhar desconfiado. — Seria para...?

— Trabalho na revista *Vozes*. Queria bater um papo sobre o que aconteceu aqui.

Cora analisou-o de cima a baixo. Os olhos pausaram no bloco de notas preso entre seus dedos.

Quinze minutos depois, encontrou-o em um dos assentos aos fundos.

No palco, os alunos, todos adolescentes e jovens, dividiam-se em três grupos e trabalhavam em esquetes conforme Cora tinha pedido. Eles precisariam abordar os temas "ódio", "dinheiro" e "paixão" no mesmo exercício, criando uma cena com todos os atores do grupo.

— Tem certeza de que não quer se juntar a nós?

— Eu sou um pouco tímido.

— Um jornalista tímido? Tá bem. De que jornal você falou que é?

— Revista *Vozes*.

— Ah. Vocês são de São Paulo, não? — perguntou ela, sentada a uma cadeira de distância. — Eu odeio o Rio de Janeiro. Tentei levar o que aconteceu aqui pra tudo o que é imprensa, mas ninguém deu atenção. Bom, obrigada pelo interesse.

— Não sabia que existia um teatro aqui.

Cora examinou-o com o olhar e depois analisou as paredes do teatro como se as visse pela primeira vez.

— A obra tem sete anos, mas a inauguração do teatro foi agora.

Daniel hesitou, sem saber por onde seguir a conversa, e Cora decidiu por ela mesma. Sem que ele perguntasse, ela começou a despejar informações. Passou alguns minutos falando sobre a fama da rede de restaurantes que ela e o ex-marido tinham em Paraty e arredores. Tudo funcionava de vento em popa até que o homem descobriu um câncer em estágio avançado, falecendo em poucos meses.

Cora engoliu em seco, secou lágrimas invisíveis e exibiu um sorriso fora de ocasião. Só então ela chegou à parte que interessava a Daniel: com a morte do marido, ela não quis seguir com os restaurantes, e, há três anos, ela e o filho tinham se mudado para Água Doce.

— Ele se apaixonou pelas pessoas na cidade, e a gente acabou ficando. E tinha esse teatro, que era uma obra embarreirada há anos. Um teatro, querido. Um *teatro*!

Daniel pensou como poderia o filho dela ter se apaixonado pelas pessoas de Água Doce, mas achou melhor voltar ao tema que o levara até ali.

— Já tinha trabalhado com teatro antes?

Ela soltou uma risada aguda.

— Amado, eu sou atriz. Minha vida sempre foi no palco. Cora Coral. Não me conhece pelo nome?

Daniel fez que não. Cora franziu as sobrancelhas como quem não acredita.

— Me admira você, um jornalista, não ter essa informação. Olha, eu estrelei centenas de peças, se for parar pra contar, mas daí conheci o meu falecido esposo e essas voltas que a vida dá. Enfim, coloquei na cabeça que eu ia finalizar este teatro. No início ele seria um cinema, mas eu precisava de um teatro e, quando coloco uma coisa na cabeça, eu realizo. Pode anotar isso aí.

Daniel assentiu sem sequer tocar no bloco.

— A ideia da versão da peça foi da senhora?

— Me chame mais uma vez de senhora e eu te jogo pelado no palco para reproduzir uma porca parindo um filhote. É bom pra soltar a timidez.

Cora sorriu com amplitude. Pela forma como ela fazia, Daniel entendeu que precisava seguir o jogo dela, então também riu.

— Olha, a gente sempre soube que seria uma luta montar uma peça desse nível aqui, mas os jovens compraram essa briga contra... o sistema opressor e o preconceito. — Ela colocou força nas últimas palavras. — Eu queria algo que chamasse atenção. E, bem, aí está você.

— Um jovem se suicidou no palco durante a peça. Esse é um preço muito alto a se pagar.

— Você não precisa me lembrar disso — respondeu ela.

Os dois se encararam por alguns instantes. O lábio inferior da mulher tremelicou, e ela apressou-se em mordê-lo.

— Eu sinto esse peso todos os dias, amado. Não durmo direito há dois meses. Nossa peça era um *protesto*. Um protesto por corpos livres. Você já se sentiu impedido de ser quem você de fato é?

A lâmina afiada da pergunta arranhou o interior de Daniel. Ele resistiu.

— Você já? — rebateu ele.

Ela cruzou os braços.

— Meu filho. Patrik. Ele fez o namorado do Romeu. É homossexual e... Sei as coisas pelas quais ele passou. Aos poucos, essa luta passou a ser minha também, sabe? Eu acho que uma pessoa não pode ser julgada de forma alguma por sua orientação sexual. Tive as melhores intenções ao adaptar essa peça, mas veja como acabamos, uma tragédia dentro de outra.

Daniel inspecionou o modo como o olhar de Cora se perdeu. Distante, ela parecia enxergar uma cena que trazia esmorecimento ao seu corpo. Daniel tentou mudar de assunto.

— Presumo que a senhora não tenha sido batizada.

— Ah, então você conhece a cidade — disse ela, voltando-se a ele, ainda que em tom mais cansado. — Eu nunca me converteria. Deus que me livre! Aquilo não é cristianismo, amado. Minha mãe foi evangélica, uma mulher íntegra e correta. O que existe nesta cidade é outra coisa. É algo mau. Eles tentaram de tudo e de todas as formas. Tentaram nos impedir de abrir as portas, até ameaça de vereador eu recebi. O garoto era especial, dedicado. Ele queria muito aquele papel, mas essa é a única coisa da qual eu me arrependo. Não me lembro de algum dia ter sentido tanto remorso. Porque, no final das contas, a permissão veio de mim, e Romeu não tinha preparo psicológico pra aguentar o que viria, entende? — Os olhos dela se encheram de lágrimas. — Eu preciso voltar pro trabalho. Em que mais posso ajudar?

Daniel fez breves anotações no bloco. "Ameaça do vereador", "Romeu queria muito o papel", "profundo remorso" e "a permissão veio de mim".

— Tem câmeras aqui? Quero dizer, no interior do cinema e tal.

— Ih, nosso orçamento era pequeno — respondeu ela, secando com os indicadores os olhos marejados. — Nunca achei que instalar câmeras fosse tão necessário. Só instalamos algumas agora, no mês passado. O teatro ficou fechado.

— Mas a peça foi gravada?

— Sim. Inclusive, a polícia pediu essa gravação, mas devolveram a cópia cinco dias depois. De todo modo, minha adaptação não interessa a esse tipo de gente conservadora.

— Deveria interessar. Sinto muito pelo que aconteceu, mas admiro sua coragem — disse Daniel para amaciar o ego da atriz. Ele mesmo não sabia o quanto daquilo era verdade; afinal, por causa daquela coragem, Romeu estava morto. — A senhora consegue uma cópia pra mim?

— Não quero prejudicar a imagem do meu teatro.

— Pelo contrário. Só vai ajudar, Cora. Preciso de uma cópia da apresentação. E da lista de convidados que compareceram à inauguração.

Ela secou os dedos no quimono e balançou a cabeça para os lados. Um gesto breve e determinado.

— Foi um caso de suicídio. Nada mais.

— Por isso mesmo não vejo problema em colaborar. É só uma matéria.

— Amado, meus alunos me esperam. Verei o que posso fazer por você.

Dito isso, ela se levantou e o deixou só.

CAPÍTULO 11

Água Doce, 9 de julho de 2019

Daniel esperou duas horas até a aula terminar, depois mais uma hora até que Cora o encontrasse novamente. Ela segurou a mão do rapaz por alguns segundos quando lhe entregou o pen drive e um cartão de contato com seu nome e telefone.

— Fique perto dos jovens. Pelo menos eles não têm nada a esconder — disse ela.

Já tinha começado a anoitecer quando Daniel estacionou o carro no quintal da casa dos pais. Passou na cozinha, espiou a geladeira lotada, escolheu duas bananas na fruteira sobre a mesa e apressou-se para o quarto. Espetou o pen drive no notebook e logo visualizou dois ícones. O primeiro levou-o para uma lista com quinhentos e cinquenta nomes, por ordem alfabética, começando, bizarramente, pelo Apóstolo. Não havia como saber quem tinha comparecido, o que diminuía o grau de importância do documento.

Daniel comeu as bananas e encarou o ícone de vídeo por longos segundos. Imaginou-se pronto, mas a verdade era que não sabia como reagiria ao que veria. Inspirou. Expirou. Clicou duas vezes. O *player* de vídeo se abriu. Uma câmera com plano aberto exibia as cortinas fechadas até o espetáculo começar.

Romeu não demorou a aparecer, provocando um aperto no peito de Daniel. Ali estava seu melhor amigo e um pouco mais. Os cabelos de caracóis sedosos, os lábios vermelhos e uma atuação... caramba... às vezes exagerava no drama, mas Romeu tinha talento, muito mais do que ele poderia imaginar. Toda vez que ele entrava em cena, Daniel não conseguia prestar atenção em mais nada. Seu coração se mordia ao imaginar que aquele homem tão saudável e belo... perdera a vida para sempre. Romeuzinho.

A peça já durava uma hora e meia quando o ato final começou. Devia ser curto, pois Daniel posicionou o cursor e viu a barra da *timeline* quase no fim. O jornalista já não sabia como aliviar os músculos retesados de tensão. Não se importava com a inteligente adaptação de Cora, que ambientara a construção social do texto de Shakespeare nos dias atuais, brincando com os diálogos antigos em mesclas com uma linguagem contemporânea. Não se importava com a música bem orquestrada acompanhando os detalhes ou com a perfeita sonoplastia na cena de troca de tiros. Nada podia ser mais angustiante do que o momento em que Romeu engoliu o frasco de veneno e começou a estrebuchar. O organismo não demorou a reagir à intoxicação pela dose fatal. A câmera parou de filmar assim que as cortinas se fecharam e os aplausos começaram.

Em silêncio, Daniel fechou o notebook, apagou as luzes e se jogou na cama para fundir-se com a escuridão. Queria ser nada. Não sentir nada. Nada além do silêncio, o breu e a dor.

Aquela foi a pior cena que ele lembrava ter visto em toda a sua vida.

Se havia realmente alguém capaz de cometer tamanha maldade, deveria pagar caro. Então, pela primeira vez, Daniel percebeu em si a vontade de estar exatamente ali, em Água Doce. Tinha, de fato, um propósito.

* * *

Daniel reassistiu aos últimos cinco minutos de vida de Romeu pelo menos vinte vezes, com os olhos atentos aos mínimos detalhes. Na vigésima primeira, ele já tinha se deitado sobre a cama quando teve a sensação de que tudo afundava. Num reflexo, seus dedos correram até o computador e suspenderam-no com agilidade. Piscou os olhos, atônito. E então percebeu que tudo voltara para o lugar.

Merda. Essas coisas estão voltando.

Daniel não tomava mais nenhum remédio além dos comprimidos para dormir receitados por sua psiquiatra, cujas doses haviam diminuído consideravelmente no último ano. Mas agora ele se dava conta de que o último frasco chegava ao fim, e sua receita médica não tinha mais validade. Se entrasse em crise, não teria para onde correr.

Fique perto dos jovens. Pelo menos eles não têm nada a esconder.

Onde eles estariam naquele momento? Havia pouquíssimos bares em Água Doce. Um ou dois e, pelo que ele lembrava, nenhum deles atraía o público jovem.

Daniel voltou a pensar na peça e em todos aqueles alunos meditando no palco, no quanto eles forçavam os portões de um tipo de revolução na cidade. Se o bairro agora tinha uma peça com protagonismo gay e tantos atores jovens, devia existir um barzinho novo em algum lugar.

Atrás do volante do carro, Daniel decidiu dar uma volta. Postes projetavam focos de luz amarelada pelo caminho. As ruas de Água Doce nunca tinham sido movimentadas à noite, e isso não havia mudado. Daniel deu uma boa volta, mas nada achou além de um posto de gasolina de nome Avante. A logo azul e vermelha trazia um "a" gigante transformado em seta. Parou para abastecer e resolveu sair do carro em busca de cerveja no posto de conveniência, que era bem bonito para a região.

Sozinho no estabelecimento iluminado, ele se lembrou de São Paulo por alguns segundos. Escolheu três garrafas baratas no freezer e aproveitou para fazer o resto das compras. Tinha decidido que se recusaria a comer a comida de Ednalva, por mais que fosse tentadora. A imagem da mãe servindo pratos como se fosse escravizada pelo pai provocava um azedume em seu estômago. Não seria conivente com abusos do tipo.

— Ei, lembra de mim? — perguntou a atendente do caixa. A jovem não combinava com o uniforme do trabalho. A maquiagem pesada e os cabelos pretos picotados davam a ela uma aparência de estrela do rock dos anos 1990. — Eu era uma pirralha quando você foi embora. Camila Velasco.

Claro! A irmã de Romeu. Até ali, ele tinha esquecido completamente que Camila existia.

— Você é só uns três anos mais nova do que eu — disse ele, depositando no balcão do caixa os amendoins, biscoitos, chocolates e latas de Pringles.

— Posso beber agora — disse ela, tomando os códigos de barra com uma máquina.

Daniel riu, irônico.

— Ainda é filha do Apóstolo.

— E também o pior pesadelo dele. — Camila forçou um olhar maníaco e sorriu de leve. Deixou as cervejas por último e encerrou a conta no caixa sem cadastrá-las. — Fica de brinde.

— Não, não precisa.

— Eu mando neste lugar, bobo — falou ela, com um sorriso. — A não ser que não queira beber comigo.

Daniel estudou Camila. Lembrava-se de tê-la visto crescer sempre ignorada pela família, que só voltava os olhos para o futuro Apóstolo. Guardava certo apreço pela menina desde a época antiga, embora raramente tivessem trocado uma palavra. Aceitou as cervejas e fingiu não a ver retirar a blusa do serviço, mesmo não havendo alguém para substituí-la.

Os dois se sentaram na calçada de frente para o posto. Além do carro de Daniel estacionado um pouco mais à frente, havia ali apenas um frentista de meia-idade apoiando-se numa cadeira de metal, montando um barquinho de papel enquanto o próximo cliente não chegava. Os óculos com aro de tartaruga pareciam não dar conta do grau de miopia do homem, uma vez que ele precisava manter o objeto tão perto do rosto.

— Não se iluda. Ele está vigiando cada centímetro dos seus movimentos — disse Camila, notando o quanto Daniel observava o homem. — O nome dele é Eduardo, mas eu o chamo de sr. Origami. Ele tá sempre fazendo dobradura de papel.

Daniel observou o homem de longe, lembrando-se do quanto aquele bairro era, de fato, entediante. Torceu a tampa da longneck com ajuda da ponta da camisa. Camila abriu-a apenas com o indicador e o polegar.

— Ele sabe que você veio investigar o suicídio do meu irmão — disse ela, contemplando o homem. — Todo mundo sabe.

— Cidade de merda — falou Daniel, desejando não ser espiado pelo sr. Origami.

— Então é verdade? Você trabalha pra imprensa mesmo?

Daniel fez que sim.

— Trabalho numa revista chamada *Vozes*. Não sei se você conhece. E, sim, estamos interessados em cobrir um suicídio em uma cidade de merda. Há quem se importe.

— Acha que foi assassinato — disse ela, sem rodeios. — Do contrário, não estaria aqui.

— E você? O que acha?

Ela deu um gole demorado na cerveja.

— Acho que, em qualquer lugar decente, a polícia teria o mínimo de vontade de investigar o caso de forma correta antes de tirar qualquer conclusão. É muito mais injusto do que parece.

Daniel concordou com a cabeça e permitiu que as palavras de Camila se multiplicassem em sua mente. Ela sempre fora tão invisível. Teria Romeu contado a ela sobre a gravidez de Jéssica?

— Qual foi a última vez que você o viu, tirando... a cena...?

— Eu não estava lá — disse ela. — Tinha brigado com o meu pai naquele dia, e o único lugar para assistir era na cadeira ao lado dele. Eles reapresentariam a peça, preferi esperar.

— Você não respondeu à pergunta.

— Eu sou uma suspeita? — perguntou ela.

Daniel manteve o silêncio. Ela sorriu e bebeu mais um gole. Ele também.

— Gostei. A última vez que vi meu irmão foi dois dias antes da peça. Ele tinha vindo aqui. Comprou cervejas que nem você. Sentamos aqui nessa calçada e trocamos uma ideia mesmo com o sr. Origami ali a ponto de vir aqui e dar uma surra na gente.

— Tá falando sério?

— Romeu não ligava mais pra como as pessoas o veriam. Ele tava apreensivo com a peça e também tinha brigado com aquela insuportável.

— Sua mãe?

— A quase esposa. Sabe que ele e a Jéssica quase se casaram, né?

Daniel fez que sim. Tentou não franzir a testa nem nada. Passivo e calmo. Um receptáculo de informações.

— E aí? Conversaram sobre o quê?

— Puta merda! Isso é muito invasivo.

— Foi mal.

Camila sorriu e bebeu sua cerveja até o fim. Secou os lábios úmidos com as costas da mão.

— Ele ficou aqui falando sobre as inseguranças dele nos ensaios e sobre o quanto tinha pesadelos achando que travaria na hora e coisas assim. Eu me lembro dos olhos dele um pouco molhados e de como ele era um homem sensível. Foi a última vez que o vi.

Daniel tomou um gole de ar e um de álcool. O castanho dos olhos de Camila lembrava os de Romeu. De fato, o único motivo capaz de levá-lo de volta a Água Doce seria Romeu, mas ele nunca fantasiara que voltaria como um repórter apurando a sua morte. Riu por dentro com amargura.

— Você lembra por que ele e Jéssica tinham brigado? — perguntou.

Ela negou com a cabeça.

— Eles brigavam muito. Ela é uma insegura do caramba. Nunca confiou no próprio taco. Não tinha nada de muito diferente nele, sabe? Se eu soubesse o que ele faria alguns dias depois, eu... putz.

— Eu me lembro do seu irmão sendo mimado e adorado por todos nesta cidade — contou Daniel. — Lembro que as pessoas me viam como uma péssima influência pra ele. O que eu não entendo é por que ele trocaria tudo aquilo pelo oposto, pelo ódio das pessoas. Talvez ele tivesse se cansado de ser um santo.

Um carro se aproximou do posto, e o sr. Origami levantou-se. Fingiu não espiar os dois, mas tinha um vinco na testa. Camila revirou os olhos e ficou de pé. Daniel copiou-a.

— Preciso voltar — disse ela.

— Achei que você mandasse aqui.

— Só trabalho pra não depender do dinheiro imundo da minha família — disse ela. — Um dia quero fazer como você, viver de verdade. Conhecer outro lugar além daqui.

Daniel transformou os lábios em uma linha fina e anuiu com a cabeça.

— Alguma outra pergunta pra sua investigação? — perguntou ela.

— Você disse que a polícia não fez um bom trabalho. O que você faria de diferente no lugar deles?

Camila ergueu as sobrancelhas e soltou um sorriso azedo.

— Pra começar, investigaria o Patrik, o filhinho da Cora. Ele beijou meu irmão e não sentiu a droga do veneno. Além do mais, ele foi o único que realmente saiu da cidade depois que o meu irmão morreu. Ele se mudou, e isso é suspeito pra caralho.

Daniel anotou mentalmente as informações.

Ela piscou para ele e retornou para o posto de trabalho.

CAPÍTULO 12

Água Doce, 9 de julho de 2019

Três longnecks não embebedavam Daniel, nem perto disso. O jornalista retornou sóbrio para a casa dos pais. Sabia que infringia a lei ao dirigir alcoolizado, mas não acreditou que houvesse algum policial capaz de multá-lo. Não em Água Doce.

Evitou os barulhos da casa e correu de rever qualquer pessoa, principalmente o irmão. Do carro até seu novo quarto, percebeu o corpo apenas um pouco mais leve do que o normal. Talvez não fosse a bebida, mas os pensamentos rodopiando em sua cabeça.

Correu para anotá-los em seu bloco. "Jéssica e Romeu brigavam constantemente", "Quem é Patrik?" e a palavra "culpa". A maldita culpa deslizando por todas as palavras de Camila, por seus olhares e gestos. O sentimento lhe era familiar, e ele se deu conta de que conseguia identificá-lo em qualquer pessoa.

Jogou-se na cama e ligou o notebook. Deu play no vídeo outra vez, disposto a rever o show da morte, agora prestando mais atenção em Patrik. Era um ator esforçado, dedicando-se em cada cena, com zero inibição nas cenas de paixão.

Daniel passou mais uma hora e meia assistindo à peça minuciosamente, desta vez fazendo anotações. Já havia decorado diversas falas e momentos e, ainda assim, esforçava-se para enxergar o cenário e os detalhes como se olhasse a tudo pela primeira vez. A última cena chegou.

Daniel anotou: "Romeu tira o veneno do bolso da calça" e "Mãos tremem".

Romeu fez sua fala. Daniel observou. Os dedos trêmulos eram do personagem Romeu prestes a envenenar-se ou do homem real, Romeu?

Depois, a cena perfeita, possivelmente provocada pelo efeito da toxina botulínica ingerida em dose fatal. Daniel já tinha percebido os espasmos do corpo, os objetos lançados para longe, as veias do pescoço de Romeu se dilatarem. Toda aquela angústia.

Uma nova anotação: "Romeu olha para a plateia antes de cair".

Daniel havia observado o gesto anteriormente, o único momento em que Romeu encarava, de fato, alguém na plateia. Alguém nas primeiras fileiras.

Silêncio. Patrik acordou, reagiu, descobriu a morte do amado. "Patrik dá o maior beijão em Romeu", anotou Daniel. "Língua."

Depois, Patrik parecia desconcentrado, como se percebesse algo em Romeu que o impedia de performar com cem por cento de entrega.

Daniel apertou os olhos numa tentativa vã de enxergar além dos movimentos da tela. Patrik caminhou até a pistola, voltou e apontou-a para a própria cabeça. Enxergava algo em Romeu. Um vislumbre de irritação em seu olhar.

"Romeu está tentando se comunicar", anotou Daniel com o estômago revirado. Talvez Romeu devesse ficar duro como morto, como nos ensaios. Mas não. Seu corpo tremelicava de leve, resistia.

Daniel fez anotações em sequência.

Patrik lambe os lábios.

Patrik olha para a arma.

Patrik abaixa a arma bem devagar.

Patrik apoia a arma no chão.

As cortinas se fecham.

Daniel já sabia que a gravação acabava assim que a cortina se fechava, e toda vez se sentia no escuro de suas ideias quando a filmagem chegava ao fim. Mas agora tinha percebido algo mais. Havia algo na reação de Patrik e em seu movimento com a arma.

Daniel poderia estar enganado, mas para ele parecia claro como água. Pelo modo como Patrik abaixara a pistola, havia chances de que o ator desconfiasse de que talvez aquela não fosse a arma cenográfica com a qual tinha ensaiado. Ele tinha visto Romeu morrendo à sua frente e apoiado a arma no chão do palco como se ela pudesse feri-lo de verdade.

Talvez estivesse assustado. Talvez tivesse reparado na pistola de verdade. Talvez tivesse sido acometido pelo medo de ser um alvo assim como Romeu.

Por que Patrik tinha deixado a cidade? E, se aquela arma não era cenográfica, por que não havia menção a ela no inquérito?

CAPÍTULO 13

Água Doce, 10 de julho de 2019

A princípio, Daniel evitou descer para tomar café na cozinha. Comeu um pacote de amendoim, repensou milhares de vezes na conversa com Camila e naquela arma não mencionada no inquérito.

Se quisesse uma boa reportagem, precisaria passar mais tempo no local. Mas isso ele não queria, pelo bem de sua sanidade mental. Havia insistido com Mirela que uma semana seria tempo suficiente... Precisava agir.

Digitou no celular: *Preciso que investigue Cora Coral, atriz. O marido dela é falecido, e eles tinham uma rede de restaurantes aqui pela região de Paraty. Ela pode estar escondendo algo.* Enviou para o número de Galáctica, fechou o notebook e deixou o quarto.

No primeiro andar, Ednalva sentava na poltrona da sala. Lia a Bíblia com tanta concentração que mal percebeu a aproximação do filho. Daniel esboçou um sorriso. Achava irônico que os virgianitas lessem um livro que pregava sobre o amor pouco praticado. Mas precisava agir e, só por isso, sentou-se ao lado da mãe.

— Achei que nunca deixaria aquele quarto — disse ela, um tanto surpresa.

— Estou bastante focado — disse ele com um meio sorriso. — Qual livro a senhora está lendo?

— Meu favorito.

Um sorriso surgiu no canto dos lábios de Daniel. Ainda se lembrava do quanto a mãe era apaixonada pelo livro de Daniel. Ouvira a história da cova dos leões incontáveis vezes na infância, sobre como o Daniel da Bíblia não se subordinou aos deuses pagãos.

— Achei que pudesse ter saudades da minha comida — comentou ela. — Você não tem comido.

— Sinto pouca fome — disse ele.

— Desde quando?

Daniel balbuciou qualquer resposta, mas a mãe o interrompeu:

— Tudo bem, não quero me intrometer na sua vida — disse ela. — Aliás, você não veio aqui pra me ver. Está aqui por causa do seu ex-amigo, não é mesmo?

— Mãe...

— Pode perguntar. Vamos. O que quer saber? Como eu posso ajudar?

Daniel encarou Ednalva com a garganta seca. Era errado admitir que ela estava certa? Não visitar sua mãe num período de dez anos parecia, de repente, uma coisa muito errada. Que tipo de filho abandona a própria família dessa forma? O que seria capaz de justificar tamanho afastamento? Parecia tão... ingrato.

Apesar de tudo, Daniel preferiu dizer a si mesmo que não tinha tempo para esse tipo de questão. Nunca se sentira, de fato, acolhido pelos pais. Não cairia naquela cena. Talvez a missão fosse mais urgente.

— Você era próxima da mãe dele — disse Daniel. — Como ela está?

Ednalva fechou a Bíblia e encolheu os braços.

— A voz do diabo é capaz de perfurar a mente de uma alma despreparada — disse ela, fitando cada centímetro do rosto do filho. — Quando você dá acesso ao inimigo, ele entra. Sutil, esperto. Ele pode fazer você planejar cada passo da sua morte. Os médicos chamam isso de depressão aguda, mas você e eu sabemos que tem outro nome.

Os pelos dos braços de Daniel ficaram em pé.

— Não acredito nessas coisas.

Ednalva sorriu com amargura.

— Não depende da sua fé — disse ela. — As coisas são como são.

— Romeu nunca pareceu depressivo. Ele era o filho do Apóstolo, não era? O herdeiro da igreja. O futuro Apóstolo.

— O menino andava em pecado — Ednalva cuspiu as palavras com incômodo. — Ele nunca herdaria nada a não ser culpa e morte.

— Mas a polícia investigou? — insistiu Daniel. — Falaram com a família, reconstruíram os passos dele, alguma coisa assim?

— Sim. Concluíram que ele tinha crise existencial, foi o que a primeira-dama disse.

Uma crise existencial levaria Romeu a se matar e deixar a noiva grávida no meio daquele covil? Daniel refletiu. Isso não combinava com o Romeu que ele conhecia. Não poderia ser tão simples assim quando havia tantos inimigos à espreita.

— A senhora sabe como ele conseguiu o veneno?

Ednalva continuou encarando o filho. A dúvida entre ajudá-lo ou não na investigação era nítida em seus olhos.

— Por que não deixa os mortos em paz, Daniel? Há tantas coisas na vida com as quais você deveria se preocupar.

Daniel quis rebater, mas deixou as palavras morrerem. De repente, não se via mais como o cara forte e inexpressivo em busca de justiça pela morte do amigo. O luto caiu-lhe como uma colcha de tristeza e melancolia convidando-o para um aconchego. Talvez Daniel quisesse mesmo se aconchegar, largar a vida para encontrar Romeu, nem que fosse por cinco minutos.

Cansado, Daniel suspirou e se levantou.

Ednalva abriu a Bíblia, voltou os olhos para o livro de Daniel, mas, antes que ele saísse de perto, ela murmurou:

— O diabo mandou o menino roubar o veneno na clínica da dra. Janete. — E então, quando conseguiu a atenção do filho, ela fitou-o uma última vez e colocou um peso em cada palavra: — Não o escute.

CAPÍTULO 14

Água Doce, 10 de julho de 2019

O consultório da dra. Janete Grossos ficava atrás de grades verdes novinhas em folha. O adesivo da porta de vidro afirmava "Dentista e Esteticista", mas se esquecia de avisar que ela era uma baita de uma antiprofissional. Daniel tocou a campainha pela terceira vez. A doutora atendia atrás de uma divisória que separava a sala. Tinha gritado um "já vai" fazia quinze minutos, mas aparentemente ela não via motivo para interromper seu atendimento e abrir a porta para o cliente, mesmo havendo um pequeno hall de espera no consultório.

Daniel tocou mais uma vez.

Janete finalmente deu as caras. Uma mulher alta, embalada em um jaleco branco e acumulando manchas escuras pelo rosto e pescoço.

— Você é da cidade? — quis saber ela.

— Sim e não.

— Mas é atendimento?

— Não necessariamente.

— Neste caso, estou entrando em horário de almoço, querido.

— É atendimento, sim.

Os dois se encararam. Ela resolveu abrir a porta, mas com uma expressão de profundo incômodo. *Típico atendimento péssimo deste lugar nojento*, pensou Daniel.

Ele precisou esperar por mais quinze minutos até que Janete terminasse o trabalho. A paciente, uma mulher na casa dos cinquenta anos, exibia a cara inchada e torta.

— Bastante gelo, sorvete, açaí — recomendou a doutora, acompanhando a paciente até a porta. — Evite fazer esforço e passe na igreja se precisar de uma liberação, tá, querida? Com as Cinco Virgens.

— Com as Cinco Virgens, doutora.

Daniel franziu a testa ao ouvir o papo e a saudação, mas nada na conversa era de se estranhar. Observou a luz fraca do recinto e os certificados com o nome de Janete espalhados pelas paredes.

— Como posso ajudar?

— Sou jornalista da revista *Vozes* — ele se apresentou, enquanto a mulher ocupava a cadeira acolchoada atrás de sua mesa. — Estou escrevendo uma reportagem sobre o caso de suicídio no Teatro Don Juan.

Janete olhou-o de cima a baixo em uma avaliação minuciosa. Ele aproveitou para tirar a caneta e o bloco do bolso interno da jaqueta. Imaginou se os itens conferiam-lhe um aspecto mais profissional.

— Estranho que não tenham vindo bisbilhotar aqui antes. O que um jornalista de São Paulo quer saber?

— Ouvi dizer que aqui foi o lugar onde Romeu conseguiu uma... toxina botulínica — disse ele. — A senhora se importa em falar como isso aconteceu?

— É um assunto delicado. — Janete passou algum tempo decidindo se continuaria. — Trabalho com alguns procedimentos de estética, como aplicação de botox. Um mês antes do caso, eu cheguei aqui de manhã e aquela porta estava aberta. A grade chegou há duas semanas.

— Acredita que uma pessoa pode morrer ingerindo botox?

— Quem quer morrer, morre.

Daniel pigarreou para tentar desfazer o bolo na garganta.

— Tem câmeras aqui? — perguntou ele. — A polícia avaliou isso?

Janete encarou-o como quem não gostou da pergunta.

— Olha, eu nunca acusei aquele pobre menino deliberadamente, mas você deveria confiar nas investigações da polícia.

Daniel fez que sim com a cabeça. Nada respondeu. Fingiu anotar algo para ver se Janete continuava falando. Na mosca.

— O filho do Apóstolo veio ao meu consultório e fez um clareamento uma semana antes do meu local de trabalho ser invadido. Foi isso.

— Ele... fez alguma pergunta suspeita?

— Muitas.

— Tipo?

Janete se mexeu na cadeira, desconfortável. Parecia pronta a enxotá-lo a qualquer segundo.

— Eu não costumo discutir com pessoas o que os meus pacientes dizem na minha sala. É antiprofissional.

— Mas a senhora discutiu com a polícia.

— Porque era a polícia.

— É só uma reportagem — disse Daniel, tentando um tom tranquilizante. — Eu gostaria de reportar o caso da forma mais correta possível.

Os dois enfrentaram-se com certo calor e incômodo. Pelo olhar dela, Daniel sabia que não duraria muito tempo ali.

— A senhora sabe dizer se ele veio por indicação de alguém?

— A maioria dos rapazes da metalúrgica vem pelo convênio.

— Metalúrgica?

— Ele trabalhava lá antes de entrar na profanidade daquele teatro. Teatro. É lá que você deveria estar agora.

— Já estive no teatro. Um lugar muito esquisito mesmo. O pessoal da metalúrgica veio para algum procedimento estético?

— Mas o que é isso? Eu não tenho que te responder esse tipo de coisa — disse ela, exaltada. Ficou de pé e cruzou os braços. — O que é que você pensa que está fazendo?

Daniel descolou o traseiro do assento.

— É só que não parece haver provas de que ele arrombou aquela porta para roubar a senhora.

— É mesmo? — indagou ela, irônica. — Pois, se estiver esperando uma lista de pacientes ou qualquer coisa do tipo, é melhor meter o pé do *meu* consultório antes que eu almoce você, querido. Eu usaria bisturis como talheres.

CAPÍTULO 15

Água Doce, 10 de julho de 2019

Daniel procurou um chiclete no bolso apenas para distrair a mente enquanto mascava. Como alguém poderia trabalhar num lugar com tanta poluição sonora?

A Metalúrgica Rosa do Sul ficava ao leste de Água Doce, em uma rua esburacada e cheia de barro no chão. Um terreno gigantesco com um pátio lotado de máquinas pesadas cobertas por um extenso telhado curvilíneo. Um prédio de dois andares pintado de rosa e verde se erguia no canto direito. Essas eram as mesmas cores exibidas nos macacões dos operários que cortavam chapas, martelavam, soldavam e trabalhavam diversos tipos de matérias-primas no pátio.

Enquanto aguardava a pessoa do RH na recepção do térreo, Daniel refletiu sobre as informações dadas por Janete. Um clareamento parecia algo que um ator faria antes de um espetáculo. No entanto, o que mais ela sabia? Janete era uma peça importante recusando-se a participar do jogo. As chances de ela ter conhecido quem quer que tivesse feito Romeu ingerir o veneno eram altíssimas.

Um homem uniformizado adentrou a recepção e insistiu em puxar assunto com Daniel. Pensou que ele estivesse à procura de emprego. Os dois conversaram por um tempo, e Daniel concluiu estar em um lugar disputadíssimo na região. Bom pagamento e benefícios garantidos.

Desde quando Romeu precisaria trabalhar para se sustentar? Esse nunca fora o combinado da seita dos virgianitas. A igreja sustentava as principais famílias, sobretudo a do Apóstolo, a mais rica da cidade.

Saber que Romeu e Camila trabalhavam significava que nenhum dos dois se contentava com a ideia de passar a vida sendo sustentado pela igreja. Se a religião sente-se perturbada por tudo o que foge ao seu padrão, o quanto essa atitude dos filhos do Apóstolo poderia incomodar?

Depois de esperar por cerca de meia hora, Daniel recebeu liberação para falar com o RH. Precisou atravessar o corredor que ladeava o pátio da fábrica, recebendo os olhares curiosos dos funcionários. Foi dirigido por um profissional da limpeza até uma sala menor, onde um cartaz impresso em A4 marcava a porta com a palavra: "Ouvidoria". Era não mais que um quartinho de paredes manchadas enquadrando uma mesa, duas cadeiras de alumínio, um mural e um bebedouro.

O ouvidor era jovem e tinha uma expressão amigável. Carregava ascendência indígena no rosto e músculos mal-escondidos em uma camisa polo com a logo rosa da empresa.

Daniel fingiu não o desejar. Apenas estendeu a mão e forçou aquele seu sorriso que não mostrava os dentes.

O rapaz esperou o visitante se sentar, encostou a porta e retornou ao seu assento.

Daniel manteve os olhos baixos para não entregar as fantasias maldosas.

— Olha só quem finalmente veio — disse o homem. — Você não deve se lembrar de mim.

O jornalista desculpou-se, assentindo.

— Estudamos juntos. Yuri Camacho.

O queixo de Daniel quase caiu, mas ele sempre mascarava suas emoções. É claro que se lembrava de Yuri. Mas ele era tão magro, esquisito e bobalhão...

— Quase não reconheci.

— Disseram que você virou detetive lá fora — disse Yuri, arrumando os papéis da mesa em pastas. — Está aqui de férias?

— Eu trabalho em uma revista. É muito diferente de ser um detetive.

— E tá aqui pra falar do Romeu.

Daniel fez que sim.

— É tarde, não? Por que demoraram tanto?

Daniel deu de ombros, percebendo que a única passagem de ar na sala era um basculante de vidros quebrados. Tudo um tanto claustrofóbico.

— Não é só papel da imprensa — disse, voltando o olhar da janela para Yuri. — Ninguém da cidade se manifestou.

Yuri cobriu o rosto com seriedade.

— Como posso te ajudar?

Daniel lembrou-se de que tinha chegado até ali seguindo o rastro do botox. Cruzou as pernas, abriu seu bloco, caneta na mão.

— Queria entender como o Romeu veio parar aqui e como ele era no trabalho.

Yuri meneou a cabeça e engoliu saliva com notório desconforto. O rosto se avermelhou de leve. Testou a voz algumas vezes antes de falar com fluência.

— Nós éramos próximos — disse Yuri. — Aqui na fábrica, a gente era tipo melhores amigos. O pessoal até zoava, sabe? Carne e unha.

Uma pontada de ciúme espetou o estômago de Daniel. Outra, de inveja.

— Ele trabalhou aqui por dois anos. Era um cara muito na dele, ficava no almoxarifado controlando as peças, máquinas. O trampo exigia organização, e ele era excelente nisso, mas muito calado. Você conheceu ele melhor do que eu. — Yuri pigarreou. O olhar desprendendo-se da sala enquanto falava. — Comia a marmita na dele, fazia o que tinha que fazer em paz. A maioria achava que ele era assim porque... você sabe, filho do cara lá.

Cara lá. Daniel anotou.

— E você? O que achava?

— Eu vi o Romeu mudar. Chegou animado para arregaçar as mangas e ganhar o salário dele, sabe? Ele queria muito isso. Independência. Logo depois foi morar com a Jéssica. Só queria viver a vida dele, acho. Daí, com o tempo, ele foi ficando cada vez mais fechado. A gente aproveitava a companhia um do outro. Eu sou um cara que fala muito. Ele, na dele.

— Acha que ele tinha depressão?

— Não. Acho que era mais o jeito dele. Toda aquela pressão da igreja, o pai. Ele não queria ser pastor nem nada daquilo.

— Ele chegou a dizer isso? — perguntou Daniel.

A pergunta chamou a atenção de Yuri. O homem refletiu por alguns segundos com o olhar meio vago.

— Dizer não. Mas pra mim não era muito difícil perceber. E ele começou a faltar às reuniões — respondeu Yuri. — Falava que tava cansado por causa do trabalho, coisas assim. O pai dele começou a ir buscá-lo de carro em casa mesmo depois que ele se juntou com a Jéssica.

— Ele podia estar só cansado mesmo — disse Daniel, fazendo novas anotações. — Dizem que teatro é exaustivo.

— Então... — disse Yuri, ajeitando-se na cadeira. — Ele foi demitido duas semanas depois que a empresa descobriu que ele... ia participar da peça lá.

Os dois se encararam. Daniel tentando decodificar as mensagens nas entrelinhas.

— Posso imaginar por quê — disse Daniel.

Yuri balançou os ombros com uma expressão de pena.

— A zoação aqui era aberta. Bullying que se diz, né? Ele não tinha um segundo de paz. Quando não eram os outros caras, eram os próprios virgianitas que tentavam fazer ele mudar de ideia.

— Ele veio até a ouvidoria? Se abriu com você ou algo assim?

Yuri mostrou os dentes com certa amargura. Algo em seu olhar fez com que Daniel se lembrasse do Yuri Camacho da infância. Quem diria que ele ficaria tão belo?

— Ninguém se abre, na verdade. Eles vêm aqui quando querem um aumento, basicamente.

Daniel fez que sim. Passou os olhos novamente pelo cômodo, notando um barquinho de papel em cima do bebedouro.

— Alguma outra coisa que seja importante para entender esse momento dele?

Yuri desenhou um bico torto com os lábios.

— Não sei muito mais do que isso. Só sei que nem com toda a pressão ele cedeu. O Romeu *queria* fazer aquela peça, queria aquele personagem. Ah, e dizem que a mulher lá tirou um outro cara pra colocar ele no lugar e tudo, mesmo que ele nunca tivesse atuado.

— Está falando da Cora?

— Essa mesma — respondeu ele. — Tem um cara aqui que... é casado com outro. O Mauro. Ouviu falar?

Daniel não achou o nome tão estranho, mas preferiu negar.

— Esse cara seria o Romeu até o Romeu chegar, se é que você me entende. Mas, como eu falei, o Romeu queria muito fazer aquela peça. Vai entender por quê.

Yuri terminou balançando os ombros, o olhar baixo. Daniel anotou o nome "Mauro" em seu bloco, depois enfiou-o no bolso interno da jaqueta.

— Você acha que ele era um bom persuasor? — perguntou Daniel.

Yuri encarou-o uma última vez. E então disse o que Daniel julgou ser tudo o que ele mais quisera falar desde o início.

— Aquela mulher lá queria toda atenção possível. Eu acho que ela faria qualquer coisa pela fama.

CAPÍTULO 16

Água Doce, 11 de julho de 2019

Daniel nunca achou que qualquer outra pessoa daquela cidade tivesse se importado com ele como Romeu. Ele tinha certeza de que não. Desde a infância, o amigo era o único a perceber os sentimentos que ele escondia por trás de uma máscara invisível. Raiva, ódio, tristeza, solidão. Em momentos assim, Romeu, mesmo sendo péssimo comediante, tentava até contar piadas para alegrá-lo. Às vezes desafiava-o a fazer coisas proibidas, como roubar as estolas dos sacerdotes ou tocar campainhas de casas alheias e sair correndo. No fim do dia, Romeu sempre o fazia esquecer o quanto era difícil se sentir rejeitado.

Daniel não se lembrava muito do que havia acontecido, mas sabia que uma barreira intransponível os dividira quando eles tinham cerca de dez anos. Depois vinham as lembranças de quando voltou a falar com o amigo, aos treze. A memória fresca. Estavam na quadra da Escola Estadual Eça de Queiroz, a única pública do bairro, jogando futebol em uma sexta-feira à tarde. O professor ausente. Daniel não viu como começou, mas, de repente, um colega fechou o punho e socou a cara de Romeu com tanta força que o garoto cambaleou para trás e caiu duro. Aquele soco parecia ter libertado a maioria dos outros garotos na quadra, porque eles avançaram sobre Romeu como se aguardassem pela oportunidade havia séculos. Como um bom corredor, Daniel não demorou a alcançar o ex-amigo e ser a única pessoa a distribuir socos em proteção ao filho do Apóstolo. Foi uma das únicas vezes na vida em que brigou de verdade. Alguns minutos depois, os dois ocupavam a enfermaria improvisada no colégio. Olharam um para a cara do outro e desembestaram a rir. Gargalharam a ponto de a barriga doer. Riram como se o tempo fosse infinito. E depois se abraçaram como se nunca tivessem se separado.

Agora, Daniel olhava para o diagrama de investigação do suicídio do único amigo que tivera em toda sua vida. Sempre quis realizar profissionalmente o que estava fazendo pela primeira vez ali, mas nunca imaginou que conheceria tão profundamente a vítima.

Cora, Patrik, Yuri, Camila, o Apóstolo e Olga. Todos agora moravam em sua parede com rabiscos e post-its com pedaços de informações coletadas até ali. Daniel chegou a rir, porque, ao contrário do que consumia na ficção, seu mapa não dizia porcaria alguma. Não passavam de lembretes do que ele já sabia e não conseguia associar muito bem.

O jornalista abriu o notebook e arriscou as primeiras palavras, mas terminou divagando sobre o medo de estar se perdendo em um poço sem fundo. Bateu a tampa do computador e, finalmente, decidiu sair do quarto.

Na cozinha larga e quente, Daniel aqueceu água no bule e passou um café no coador de pano. A fumaça da bebida fez carinho em sua pele, e ele bebeu o líquido como se fosse uma droga. Apesar da sensação boa, era madrugada e ele não queria passar mais tempo no cômodo onde os vultos das memórias o assombravam. De repente, um calafrio agulhou-o na direção da medula, e a canção perfurou seu ouvido. A voz feminina sussurrava melodicamente:

Oh, vem afundar
Seus pecados limpar
E a morte outra vez passará.

Os segundos pareciam ter se transformado em minutos. A caneca de café escapou dos dedos frouxos de Daniel e caiu feito pedra no assoalho de madeira. Ele piscou, assombrado. A louça, graças a Deus, não ganhou nenhuma fissura, mas a bebida respingou para todo lado. Escaneou a cozinha em busca de algo para secar a pequena lambança, e o que viu fez com que recuasse, apoiado na bancada.

Sentada de camisola diante da mesa, Ednalva cantarolava bem baixinho retalhos de alguma canção enquanto cortava fitas de cetim vermelho. As madeixas negras presas em um coque. A mulher nem trocou um olhar com o filho. Sorriu, concentrada em seu trabalho.

— Poderia ter me oferecido um golinho — disse ela.

Mas que merda! Daniel nem conseguiu respirar direito, tamanha a sequência de sustos. Como não percebera que a mãe estava ali?

— Você... a senhora... tava aqui o tempo todo?

— Você só vê aquilo que quer ver — disse ela, com um sorriso discreto. Tic. Tic. Tic. Continuou cortando.

Daniel tentou se acalmar. Caçou papel-toalha, secou a sujeira, lembrou-se da música que o fazia estremecer. Sua mãe voltou a cantarolar, fazendo-o entender que o hino não havia surgido em sua cabeça do nada. *Merda de lugar.* Lavou a caneca e apressou-se para fugir da presença da mãe e daquelas fitas idiotas. Ele sabia para que serviam.

Tic. Tic. Tic.

— Mais tarde é o feriado do Noivo. Vai ao batismo?

— Ah... hum... eu não tava sabendo.

— Eu sei que você não se importa com ninguém, nem com o seu sobrinho, mas seria importante que você acompanhasse o momento dele — disse ela, sem encarar o filho. — Com a mesma idade que você.

Daniel desaprovou com o olhar.

— Vocês ainda fazem isso. É irresponsável.

Tic. Tic. Tic.

Ednalva finalmente vislumbrou Daniel. Parado diante dela, ele não teve medo de sustentar seu olhar.

— Pode não ser importante pra você, mas é importante para a família. E talvez importe para a sua *investigação*.

A última palavra saiu com um tom de reprovação preso em cada sílaba. Daniel encarou a mãe, e uma imagem assaltou sua mente. Vinte anos antes, Ednalva jazia no chão da beira do rio enquanto ele, depois de exorcizado diante de toda a cidade, era batizado pelo Apóstolo em nome das Cinco Virgens. Desde então, a família Torres nunca mais fora a mesma. Afinal de contas, tinha um filho endemoninhado. A vergonha do bairro.

— Não conte comigo pra isso — disse ele.

Atravessou a sala, subiu as escadas e retornou para o quartinho desejando nunca ter saído de lá. Os minutos se arrastaram enquanto Daniel permanecia deitado sobre a cama olhando o teto. Poderia passar horas e mais horas naquela posição, e foi assim que vira o dia amanhecer. Ouvia uma playlist de rap nos fones para acalmá-lo contra os barulhos da casa agitada. Ainda eram seis da manhã, cedo demais para que ele saísse e continuasse sua apuração, quando alguém forçou a maçaneta a ponto de quase arrebentá-la.

Daniel fechou os olhos, respirou fundo, tirou os fones e destrancou a porta já sabendo que veria o pai.

— Bom dia — disse ele, como se não quisesse dizer. — Não trancamos a porta aqui, tudo bem?

Daniel não respondeu. A porta do quarto de Lucas vivia trancada. Ele nem tinha visto o sobrinho ainda desde que chegara.

— Se você não participar do café, dá uma impressão ruim. Parece que você está usando a casa pra fazer sua reportagem, como se a sua família não significasse nada pra você.

Os dois se olharam. Daniel não conseguiu falar. Deco suspirou, apoiou as mãos pesadas nos ombros do filho, tentou de outro jeito.

— Queremos que você esteja presente. Se você perdeu a fé, pelo menos finja que se importa. Por respeito. Pode ser?

Daniel assentiu com relutância. Deco deu um sorriso falso.

— Ah, e não use preto hoje. É feriado do Noivo — disse, antes de sair.

Daniel soltou baixinho um palavrão cabeludo e desceu cinco minutos depois, vestindo calça e tênis preto, mas um suéter de listras coloridas. Em volta da mesa, todos conversavam agitados, mas, assim que Daniel chegou, o assunto cessou.

Não foi difícil concluir que Ivan envelhecera mal. Não porque ele havia engordado pelo menos uns quinze quilos nos dez anos em que não haviam se visto, mas pela expressão do rosto. A cara de mal-amado, as olheiras esquisitas, o cabelo grisalho com falhas. Nem se parecia com o irmão que poucas vezes ele lembrava ter.

— Desculpe a demora — disse Daniel, aproximando-se. A vontade de fazer um social em família não chegava a um por cento. Ainda assim, ele ocupou uma das cadeiras vazias.

— É você que é o meu tio esquisito? — perguntou Lucas.

A família reprimiu-o, e Daniel finalmente reparou no menino. Achou graça nos olhos claros dele, assim como os de Lisa, a mãe, que estava ao lado da criança. Com cabelos curtos, rosto comum afunilado e pele clara, ela exibia uma aliança reluzente no dedo.

— E aí, irmão? Como vai a vida em São Paulo? — perguntou Ivan enquanto esticava o braço até a jarra de suco. O gesto liberou a família para começar as atividades na mesa.

— Você mora em outro país? — perguntou Lucas.

— Em outro estado — adiantou-se Lisa. Depois esticou a mão até Daniel. — Prazer, Lisa.

Daniel apertou a mão dela, fingindo não perceber o olhar dos pais examinando-o como se ele fosse um animal a ser domesticado.

— Tá recebendo bem, pelo menos — comentou Ivan. — Carro legal, hein!

Como um bom menino, Daniel aguardou a garrafa de café chegar.

— Pode levar as becas? Meu carro já tá cheio — falou Ivan. — Quero dizer. Você vai pro batismo, né? O Luquinhas é o mais novo a se batizar esse ano. Graças a Deus que ele tomou essa decisão. Somos iluminados, de verdade.

— Eu não quero me batizar — resmungou Lucas, lentamente.

Daniel observou o sobrinho, desacreditado. Algo acordou os gafanhotos que moravam em seu cérebro e eles voltaram a chiar. A lembrança de Ivan importunando-o no feriado do Noivo vinte anos antes, no dia de seu batismo. As lasquinhas da pele do Apóstolo encolhidas em suas unhas quando se rebelou. A mão fechada em sua cabeça chamando-o de demônio.

— Daniel? — chamou Deco.

Daniel retornou, fazia silêncio no cômodo. Todos os olhos estavam voltados para ele. O tempo brincava de embaralhar sua mente. Não fazia noção de quanto havia levado para retornar.

— Estávamos perguntando se podemos contar com você pra carregar as becas. No seu carro — explicou Deco.

— Sim, claro — respondeu Daniel apenas para fugir daqueles olhares. *Droga!* Esticou o braço, pegou a garrafa de café, serviu-se e espiou Lucas de relance. O garotinho também o espreitava com interesse, enrolando para comer o mingau.

— Foi perturbar os caras da metalúrgica ontem? — perguntou Ivan enquanto comia o pão caseiro feito por Ednalva. — Eles não têm nada a ver com isso. Ninguém tem. Cara, com as Cinco Virgens, mas o cara fez isso por covardia.

— Pois eu acho que é preciso muita coragem pra tirar a própria vida.

Os dois irmãos se encararam com leves faíscas.

— Deixar a noiva, a igreja, as obrigações, responsabilidades, todo um legado. Isso parece corajoso pra você?

Daniel não respondeu. A família continuou escolhendo o que queria comer na mesa repleta, como naqueles cafés da manhã de novelas ou filmes americanos em Dia de Ação de Graças.

A luz do sol brigava para invadir a casa, entrando pelas poucas frestas das cortinas. Daniel não entendia por que eles gostavam de viver com pouca luz.

Deco terminou de emplastar uma torrada com requeijão sabor cheddar e retornou ao assunto com sua voz expansiva:

— Não tem nada de mais nessa história. Até eu posso escrever esse artigo pra você. Não vai levar dois minutos.

— E não precisa importunar ninguém por aí — completou Ivan. — Deve ser uma profissão muito difícil essa. Ser obrigado a se meter onde ninguém te chamou. Jornalistas parecem urubus rodeando carniça, gente morta. É só o que vocês sabem fazer.

— E o que vocês sabem fazer? — Daniel não conseguiu ficar quieto. — Essa carniça é a comida que a imprensa dá na boca das pessoas todos os dias, e elas continuam ali, pedindo mais.

Ninguém gostou da resposta. Ednalva coçou as pálpebras, desanimada. O restante encarou Daniel como se ele tivesse acabado de trair a família.

A mãe soltou um pigarro e forçou um sorriso.

— Devíamos falar apenas sobre coisas boas hoje — disse ela. — Deixar o passado para trás e seguir adiante. Hoje é dia do batismo do Luquinhas, e nós somos uma família muito abençoada por isso. Amém?

— Amém — disse a família em uníssono.

Depois disso, ninguém observou Daniel. Comeram, beberam, sorriram. Tudo como se as palavras de Ednalva evocassem uma magia capaz de invisibilizar Daniel à mesa.

Ele não se sentiu desconfortável com isso. Pelo contrário.

CAPÍTULO 17

Água Doce, 11 de julho de 2019

O semáforo exibiu a luz vermelha, obrigando Daniel a frear o carro. Estacou, checou os retrovisores, a manhã fria e a rua deserta. Parecia que alguém ocupava o banco de trás do seu carro, mas era apenas a presença das becas de batismo deitadas em silêncio. Se pudesse, atearia fogo em todas, mas tinha se comprometido.

O sinal ficou verde. Daniel pisou na embreagem, passou a marcha e, quando acelerou o carro, viu uma garota se jogando em sua direção. Ele afundou o pé no freio. Os pneus cantaram em atrito com o asfalto. O coração de Daniel quase atravessou o vidro dianteiro do veículo, tamanho o salto dentro do peito.

— Você é maluca? — gritou, abaixando o vidro do único carro na estrada.

A garota de olhar atrevido devia ter dezenove anos.

— Foi só uma brincadeira — respondeu ela, aproximando-se do vidro às gargalhadas. Usava um diadema para conter os cachos vermelhos.

— Não sei qual é a graça, sério. Eu podia ter atropelado você — respondeu ele, irritado, sem imaginar que estava prestes a atropelar alguém ainda naquela manhã.

— Meu nome é Melissa, e você é o jornalista investigando o caso do Romeu — disse ela, debruçando sobre a janela do veículo.

Daniel sentiu um perfume que combinava com plantas. O olhar dela invadiu o interior do carro com interesse.

— É religioso ou está indo visitar o batismo? Eu posso te guiar — adicionou.

Daniel ouviu o barulho de um carro se aproximando e espiou pelo retrovisor. Era uma viatura da polícia. Estavam em uma via de mão dupla.

— Tenho que ir.

— Eu posso ajudar.

— Conheço o lugar. Se me der licença.

— Sou do grupo de teatro, caso não se lembre. Quer me entrevistar?

Nervoso, Daniel checou o carro da polícia.

— Por que eu entrevistaria uma pessoa louca?

— Não sou tão louca assim — disse ela. — Só procuro vivenciar o ápice das experiências na minha própria pele pra usar na atuação.

— É isso que a Cora pede que vocês façam?

Ocupada por dois policiais nos bancos da frente, a viatura diminuiu a velocidade e passou em primeira marcha pelo carro de Daniel. Os homens fardados analisaram o máximo possível da cena. Melissa acenou com um sorriso. Daniel percebeu que um dos policiais era Silva. Então aceleraram o veículo e seguiram adiante.

— Sabe o que eu acho? — continuou Melissa. — Que eles deviam patrulhar Ubiratã, e não ficar aproveitando qualquer desculpazinha pra viver enfurnados nas coisas da igreja. São virgianitas. Todos esses policiais.

— Ubiratã não precisa de patrulha. Água Doce é minúscula. Ninguém é roubado aqui.

— Sabia que aqui as pessoas envenenam as outras e fazem parecer que foi suicídio? Não é essa a história que você quer escrever?

Daniel fitou Melissa e seu sorriso inadequado. Queria dizer que não era um colunista da *Capricho*, mas percebeu-se desconfiado da própria incapacidade de parecer um profissional da *Vozes*.

— Preciso ir.

— Mas por que não me entrevista? A única coisa útil desse batismo é que é feriado aqui. Não é mais como antes. Não tem quase ninguém lá além dos poucos bitolados. *Eu* posso te contar os segredos desta cidade de merda. Me dispensaria assim tão fácil?

Daniel pensou duas vezes, mas as becas no banco de trás clamavam para que ele cumprisse sua responsabilidade.

— A gente se vê por aí.

CAPÍTULO 18

Água Doce, 11 de julho de 2019

Daniel achou que precisaria da ajuda de Rihanna para continuar. Com o bluetooth do celular, colocou "Loyalty" para tocar, um dueto da cantora com Kendrick Lamar, seu rapper favorito.

Pelo alto-falante do carro, a canção encheu seus ouvidos, lutando para distraí-lo de seus fantasmas.

I said I'm geeked and I'm fired up (fired, fire)
All I want tonight is just get higher (high, high, high)

A margem do rio não era tão distante. Muita coisa no caminho ainda permanecia igual, inclusive a estrada final cujo asfalto dava lugar a um pasto de poeira ladeado por cortinas de árvores.

Bad girl RiRi now
Swerve, swerve, swerve, swerve, deeper now
On your pulse like it's edm
Gas in the bitch like it's premium

O ódio de Daniel crescia cada vez mais diante daquela fragilidade estúpida. As mãos suando ao volante. O pé no acelerador. A voz de Melissa. *Sabia que aqui as pessoas envenenam as outras e fazem parecer que foi suicídio?* Depois, Kendrick e Rihanna perguntando a quem ele era fiel e se existiria alguém por quem ele morreria.

I said, tell me who you loyal to
Is it anybody that you would lie for?
Anybody you would slide for?
Anybody you would die for?

Tudo foi muito rápido quando o segundo suicida apareceu. A criança pulou na frente da estrada e o carro se chocou contra o corpo. Daniel pisou fundo no freio, mas o carro já tinha se sacudido ao passar por cima da vítima.

Quando o Toyota parou, Daniel fechou os olhos, sem conseguir respirar. O coração retumbando forte no peito. *Merda. Merda. Merda.* Sob uma descarga elétrica de ansiedade, ele ligou o pisca alerta e desceu do carro com o semblante apavorado. Matar uma pessoa era tudo o que ele não precisava agora.

Quando seus olhos acompanharam a traseira do carro, Daniel estagnou diante da visão. *Merda!* Cobriu o rosto com as mãos. Alisou a cabeça, angustiado.

Um garoto de não mais que doze anos jazia estirado no chão empoeirado. A pele negra como a noite e os membros dobrados e retalhados. Uma poça de sangue e água escura se avolumava entre a criança e o asfalto imundo.

Daniel abaixou de cócoras perto do garoto e, quando mirou seu rosto de perto, fechou as pálpebras, fervendo por dentro.

— Estou salvando você — disse o menino, movendo apenas a boca. Os olhos pregados nos de Daniel, arrepiando-o por inteiro. — Você não pode chegar mais perto agora. Não está pronto.

Daniel não queria mais olhar. Parecia impossível que seu cérebro criasse uma imagem tão real. Não! Esse tipo de coisa devia ser proibida. Sentia-se apunhalado por si mesmo. Inimigo de si.

— Eu preciso que você pare — implorou Daniel.

— Eu estou salvando você.

— Você não sabe nada sobre mim — contrapôs Daniel com a voz fraca. *Merda! Como era mesmo o mantra?* — Você não existe. Jonas é uma projeção da minha mente. Você não existe. Jonas é uma...

— Nem você acredita nisso.

Daniel apertou os olhos e decidiu encarar Jonas, emputecido. Ao contrário dele, o olhar do menino retalhado era de súplica.

— Se você continuar... não vai sobreviver — avisou Jonas. — Ele expulsará outra vez o que você tem.

Daniel sentiu todos os pelos do corpo envoltos em uma onda fria. Estremeceu.

— Eu não tenho nada — disse Daniel, engolindo em seco.

Seco de verdade. A ansiedade parecia drenar seu corpo inteiro, ao contrário da água no chão da estrada que parecia fluir do corpo do garoto, lavando-o das manchas vermelhas. Daniel viu a poça avolumando-se sob seus pés. Queria poder sentar e chorar.

— Eles estão criando uma armadilha pra você — avisou Jonas. — Siga os seus instintos. Não confie em ninguém.

Daniel pensou nas becas em seu carro. Se não seguisse adiante, compraria uma briga sem precedentes. Os pais tinham a responsabilidade de garantir que tudo saísse perfeito, mas sua sanidade estava em jogo, e nenhuma daquelas pessoas sabia o que era permanecer sob vigilância psiquiátrica.

Ele encarou Jonas mais uma vez. As cavidades de seu rosto pareciam desmanchar-se em umidade.

— Você vai sobreviver? — perguntou, antes de se levantar.

Jonas fez que não.

— Todos eles morrem e afundam.

CAPÍTULO 19

Água Doce, 11 de julho de 2019

Não foi difícil descobrir onde Mauro morava, pois todo mundo parecia conhecer o casal gay da cidade. Daniel parou o carro para perguntar a duas pessoas e finalmente estacionou na calçada da vila onde o ator residia.

Saiu andando sem olhar para as becas no banco de trás. O celular não tinha tocado, porque ninguém ali sabia seu número. Imaginou se deveria começar a deixar um cartão com os entrevistados, como os detetives fazem nos filmes.

A vila estreita comportava dez pequenas casas. Tinham todas o mesmo estilo, dois andares e pequenas árvores plantadas e bem distribuídas pelo espaço. Latões de lixo beiravam postes pintados de branco até a metade. Matinhos rebeldes brotavam por entre os espaços do chão de pedras simétricas.

Um tapete com as listras do arco-íris e o desenho de um unicórnio saltitante deu a Daniel o que ele precisava para identificar a moradia do casal. Bebedouros encartelados de todas as cores balançavam de leve pendurados pelo alto da varandinha. Nenhum beija-flor à vista.

Daniel bateu à porta e um outro homem negro a abriu. Era mais magro que Daniel e vestia apenas uma cueca samba-canção.

— Posso ajudar? — ele perguntou.

— Oi. Você é o Mauro?

— Sérgio — respondeu ele. — Mauro tá dormindo. Feriado do Noivo.

— Foi mal. Posso voltar mais tarde.

— É importante?

Daniel confirmou com a cabeça. Sérgio fez um gesto para que o convidado entrasse.

A sala pequena e charmosa tinha paredes de tijolinhos, um sofá branco de couro diante da televisão, móveis feitos de caixotes e objetos coloridos por toda parte. Aos fundos, provavelmente a cozinha, banheiro e uma escada de caracol que conduzia ao segundo andar.

— Eu já te vi antes — disse Sérgio, passando a chave na fechadura. — Não lembro onde.

— Meu nome é Daniel. Trabalho na revista *Vo...*

— Ah, sim. Tudo bem — interrompeu Sérgio, atento. — Estamos sabendo de você.

— Aparentemente, todo mundo.

Os dois concordaram meio sem jeito. Sérgio estendeu uma mão para Daniel.

— Pode me chamar de Sé. Não sou muito fã do meu nome.

Daniel apertou-a. Deu aquele sorriso sem mostrar os dentes. Fingiu não observar as tatuagens no braço de Sérgio nem o formato de sua bunda enquanto ele se afastou e desapareceu pela escada de caracol. Era um rapaz jovem e simples com um jeito de olhar interessante, pensou Daniel.

Aproveitou a solidão no primeiro andar para bisbilhotar a casa. Lembrou-se de Mauro quando observou a primeira foto do casal sobre uma mesinha. Ele tinha o rosto delicado com bochechas rosadas e cachos castanhos. Romeu e Mauro poderiam ser substitutos um do outro no teatro. Eram compatíveis, embora Daniel achasse a beleza de Romeu superior.

Mauro desceu as escadas seguido pelo companheiro. Os dois eram magros e não faziam questão de usar nada além das cuecas samba-canção.

— Cara, foi mal. Eu não queria te acordar nem nada — desculpou-se Daniel, constrangido com a cara amassada de Mauro.

— Não tem problema. Quer tomar um café? — disse Mauro, aproximando-se e apertando-lhe a mão. Aperto firme.

— Não. Não quero incomodar.

— Senta aí — pediu Sérgio, indicando o sofá de couro.

Daniel obedeceu, acomodando o traseiro na ponta do sofá de dois lugares. Mauro sentou ao seu lado e Sérgio, pelo braço do sofá, se agarrou ao companheiro. Os dois entrelaçados de um modo descontraído e um tanto provocativo.

— Eu me lembro de você. Todo mundo lembra — disse Mauro.

— Quem não lembra, finge.

— Eu não lembrei de cara — disse Sérgio. — Mas é claro que sei quem você é. Era o único amigo do Romeu. É difícil de acreditar que ele se foi.

Daniel observou-os, quieto. Gostaria de desviar o olhar, mas não queria parecer vulnerável. As condolências dos rapazes atingiram-no, provocando uma atração pelos dois, como se estivesse em um lugar seguro. A contragosto, as palavras de Jonas ecoaram em sua cabeça, e ele recordou que todos eram suspeitos. *Não confie em ninguém.*

— Como podemos ajudar? — perguntou Mauro.

— Bom, eu sei que o Romeu substituiu você na peça — disse Daniel enquanto pegava bloco e caneta no bolso da jaqueta. — Ele fez um teste ou algo do tipo? Você achou justo?

A expressão de Mauro mudou na hora. As bochechas rosadas ganharam um tom mais intenso. Sérgio observando cada milímetro do rosto de Daniel.

— Isso me coloca na lista de suspeitos?

— O que você acha?

Mauro riu pelo nariz, sem graça.

— Ok, você é bom nisso. Vou falar. Ninguém sabe se teve um teste de verdade — respondeu ele. — Até então, eu estava ensaiando fazia um mês para ser o Romeu. Um belo dia, a Cora apareceu, apresentou-o e disse que eu seria substituído. Do nada.

— Ele já tinha participado de alguma atividade do teatro antes?

— Ninguém nem conhecia ele direito, além de saber que era o filho do Apóstolo.

— Ninguém gostava dele — disse Sérgio.

— Não, não é que ninguém gostasse dele — corrigiu Mauro, apressado. — A galera só não engolia essa história de ele entrar já sentando na janela.

Daniel tentou imaginar a situação no palco do teatro durante um ensaio.

— Ele atuava bem — disse Mauro, com um olhar meio distante. Um sorriso. — Ele mandava *muito* bem. Foi uma pena o que aconteceu.

— Não rolaram boatos de que você tivesse envenenado ele pra ficar com o papel na peça?

Mauro engoliu em seco. Trocou um olhar com Sérgio.

— Nossa, você é direto — disse Mauro, um tanto atônito. — Mas tá falando isso porque não conhece o grupo. A gente é uma equipe muito unida. Infelizmente, quem parecia sempre um pouco mais distante era o Romeu. Nas últimas semanas as coisas tinham mudado, e ele tentou se enturmar daquele jeito dele. Introvertido fora do palco.

— No palco, cara, ninguém diria que era o Romeu — comentou Sérgio, aninhando-se em Mauro. — Você viu alguma gravação? Ele tava ali. Colocando tudo pra fora. Atorzão mesmo. Eu tava na plateia. Vi tudo.

— E você? — perguntou Daniel para Mauro. — Tava onde quando ele tomou o... veneno?

— Na coxia — respondeu ele. — Vi tudo de lá. Foi a coisa mais horrível que eu já presenciei.

— Percebeu algo suspeito antes ou depois do que ocorreu? Algum estranho que pudesse ter entrado no camarim... Não sei.

Mauro e Sérgio se entreolharam.

— Olha... eu contei isso pra polícia da outra vez, mas, pra falar a verdade, acho que eles não queriam fazer um trabalho como você... de investigar.

Daniel esperou Mauro continuar. O casal se entreolhou mais uma vez, conversando sem precisar falar. Depois do que pareceu um minuto, Mauro voltou-se para Daniel e usou um tom de voz mais baixo. Parecia incomodado com um ouvinte indesejado.

— Um pouco antes da peça começar tinha muita agitação, entra e sai nos camarins. Bom, o Romeu e o Patrik tinham gabinetes separados dos outros atores e... eu vi um cara saindo do camarim deles.

— Não, você não sabe se era um cara mesmo — interveio Sérgio, apressado.

Mauro abriu a boca para protestar, mas balançou a cabeça e desistiu. Daniel fitou os dois jovens atentamente. Sua pouca experiência na área dizia que não tinha jeito, se algum tipo de merda estivesse escondido debaixo do tapete, uma hora o cheiro escaparia.

— O que exatamente você viu? — insistiu ele.

Mauro pigarreou.

— Eu não tenho certeza. Parecia um homem, com certeza. Mas estava tudo muito movimentado e todo mundo nervoso demais com a estreia.

— Era fácil o acesso aos camarins? — perguntou Daniel. — Digo, qualquer um podia entrar?

— Não. Definitivamente, não — respondeu Mauro.

— Mas num dia como aquele não dá pra ter essa certeza toda — interveio Sérgio. — Eu nunca tinha visto tantas pessoas da cidade em um só lugar.

— Você consegue descrever o que viu?

O casal se entreolhou. Mauro esfregou o rosto um tanto irritado.

— Eu só sei que parecia um homem alto — respondeu ele. — Foi muito rápido. É tudo o que eu sei.

Daniel assentiu, estranhamente animado com a informação nova. O rosto não demonstrava nada disso.

— E você não fez nada a respeito? Não ficou curioso?

— Tinha muita coisa acontecendo. Depois eu até achei que era da minha cabeça.

— Era da sua cabeça ou você viu?

— Eu vi.

— E o homem te viu?

— Ele não sabe se é um homem — interrompeu Sérgio com a voz tranquila.

Mauro pigarreou um tanto nervoso.

— Eu realmente não faço ideia — disse ele.

— E mais ou menos quanto tempo essa pessoa ficou por ali?

— Eu realmente não sei dizer.

Algo no tom de Mauro disparou um alarme e, instantaneamente, Daniel entendeu que ele não entregaria muito mais.

— Posso fazer uma última pergunta? — arriscou ele.

Os dois fizeram que sim.

— Vocês ensaiavam com a mesma arma cenográfica todos os dias?

— Acredito que sim — respondeu Mauro, intrigado. — Por que isso é importante?

Daniel encolheu os ombros e não entregou a resposta. Anotou o celular na última folha do bloco e entregou para Mauro. Os dedos do jovem demoraram alguns segundos a mais sobre os de Daniel. Pela visão periférica, Daniel observou o fino sorriso nos lábios de Sérgio.

— Não quero mais incomodar vocês — disse Daniel, ficando de pé. — Se lembrarem-se de algo, podem me ligar.

— Você parece um investigador de verdade — provocou Mauro, sorrindo. Sérgio deu-lhe um tapinha na cabeça.

Daniel não gostou do tom irônico, mas resolveu deixar pra lá, porque uma pergunta interessante surgiu em sua cabeça.

— Ah, eu... Queria falar com o Patrik, mas tenho a informação de que ele saiu de Ubiratã. Sabem dele?

— Por quanto tempo você vai ficar na cidade? — quis saber Sérgio, desempoleirando-se de Mauro.

Daniel percebeu sua pergunta ser ignorada.

— Pouco tempo.

— Tem uma parada aqui que não tinha na era virgianita — disse Sérgio. — O Bar da Garagem. Aparece lá hoje à noite e eu pago um drinque especial pra você.

Daniel viu Sérgio abrir a porta e despedi-lo com um sorriso maroto. Quando voltou para o carro, ainda não tinha decidido se havia gostado do casal.

CAPÍTULO 20

Água Doce, 11 de julho de 2019

Daniel dirigiu de volta ao Teatro Don Juan na esperança de encontrar suas portas abertas no tal feriado do Noivo. A imagem do atropelamento de Jonas ainda não tinha saído de sua cabeça. Tudo tão real que ele se perguntava o que faria sem seus remédios. E se piorasse como no passado? E se uma poça de água surgisse no meio da estrada ameaçando sugá-lo até a morte? Valia a pena obedecer a Jonas?

Quando estacionou e saiu do carro, Daniel decidiu checar a dianteira do veículo, mas quase se arrependeu. Respingos de sangue sujavam a frente, a placa do carro e uma das lanternas. Daniel piscou uma, duas, três vezes. Nada mudou.

Quanto tempo tenho até pirar completamente?, perguntou-se, decidindo ignorar o rastro de sangue com relutância e, pela primeira vez, apreciar a entrada do Don Juan. Não fazia ideia de por que tinham escolhido aquele nome cafona e colonizador, mas era uma fachada muito bonita. O pé-direito alto, todos os detalhes frontais revestidos com uma madeira da cor de mogno, brasões entalhados e uma estrutura de vidro na entrada.

Avançou pelo hall silencioso e encontrou Cora logo na última fileira de cadeiras da plateia. A mulher vestia um quimono alaranjado com aspecto indiano. Fazia anotações em um caderno, até ver o jornalista. Colocou um sorriso no rosto e levantou-se, animada.

— Você outra vez — disse ela, chamando-o para um abraço. Ele devolveu o gesto, meio deslocado. — Achei que o batismo fosse um lugar interessante pra você hoje.

Daniel quase disse que não sabia se o ritual aconteceria, já que fora impedido de entregar os roupões por conta de uma alucinação que o alertou a não cair nas armadilhas da cidade.

— Contabilidade? — Daniel chutou, apontando para o caderno de Cora.

— Ah, não. Tentando escrever uma peça nova. Nada tão polêmico desta vez.

Ele assentiu com a cabeça. Queria pedir licença para visitar a parte interna do teatro, mas havia algo em Cora que colocava seu instinto em alerta. Seria a simpatia forçada?

— Podemos andar um pouco? Preciso de um pouco de ar — disse ela, deixando o caderno no banco e caminhando para fora, mesmo descalça. — Me conta. Avançou na matéria? O pen drive rodou direitinho?

Daniel fez que sim, acompanhando-a até o hall.

— Surgiram outras perguntas para entender melhor a cena. Eu só não queria sentir que estou sendo chato com você.

— Imagina! Daniel, eu não quero que o nosso teatro apareça por aí em um mal-entendido ou de uma forma malvista. O que aconteceu aqui foi uma tragédia. Uma coisa terrível. Odeio ter a imagem desse lugar, construído com tanto carinho, associada a isso. É lamentável.

Daniel acompanhou a expressão séria dela e também franziu as sobrancelhas, anuindo com a cabeça. Continuou acompanhando os passos tranquilos de Cora pelo hall. A luz natural ajudou-o a perceber melhor a beleza dela. Quase nenhum cabelo na cabeça, olhos verdes cintilantes e expressão madura. Com aquele quimono, lembrava uma monja deslocada.

— Queria saber como era a relação dos atores com Romeu — falou Daniel.

— Bem, ele era o protagonista. Fica aquele clima de competitividade às vezes, mas nada de mais. Todos se dão muito bem aqui. Somos uma família.

Claro.

— Ele fez teste para o personagem como todo mundo?

— Ah, vejo que você já ouviu algumas coisas por aí, não? — disse ela, contemplativa.

Os dois percorreram o corredor sem pressa. Cora passando os olhos pelos acabamentos da parede macilenta, um espaço elegante demais para Água Doce.

— Quando eu decidi terminar esta obra, eu queria que ela fosse mais do que uma casa de atuação. Talvez até mais do que o ato de emocionar o auditório — disse ela. — Queria passar uma mensagem relevante em um lugar cinza. Eu *acredito* que a arte pode transformar, e foi isso que eu vi no Romeu quando ele chegou até mim.

— Não sei se entendi.

— O Romeu precisava ser salvo — disse ela, com uma pausa para absorção. — Ele estava clamando pela chance de não ser um religioso. O que eu dei a ele foi uma oportunidade que nenhuma outra pessoa aqui podia entender. Posso ser bem honesta com você?

Cora virou-se para ele perto da porta de vidro.

— Romeu foi feliz aqui. Ele se encontrou na atuação. Eu podia ver nos olhos dele. Todos nós vemos o quanto ele se transformava nos palcos. Ele tinha nascido pra isso. É uma pena que tenha acabado como acabou.

Daniel vislumbrou o lamento emplastado nas palavras dela, as pausas dramáticas. Se não estivesse sendo sincera, era uma ótima atriz. Além disso, Daniel visualizou frases que poderiam abrir os primeiros parágrafos de sua matéria.

— Eu queria falar sobre a arma.

De repente, a magia das palavras anteriores se dissipou. A mulher tossiu. A expressão anuviada.

— Sobre o quê?

— A arma que o seu filho segurou.

— Meu filho não segurou arma nenhuma — disse ela, alto demais, rápido demais.

— A arma cenográfica — disse Daniel, com calma. — Um pouco antes do Romeu morrer.

— Ah — disse ela, então umedeceu os lábios e sorriu, desconcertada. — Entendi outra coisa, perdão. Que é que tem?

Cora suspirou com calor. Tentou disfarçar o lapso de aflição, mas já era o suficiente para Daniel voltar atrás em sua opinião sobre a boa atuação da dramaturga, a não ser que quisesse incriminar o filho.

— Na verdade, eu queria falar com o Patrik. A senhora sabe onde posso encontrá-lo?

Cora voltou a caminhar pelo hall em direção à porta de vidro.

— Eu não entendo. O que quer saber? Temos aqui todos os instrumentos cenográficos utilizados. Se quiser vê-los, posso procurar.

— Seria uma boa ideia.

— Mas por quê? Daniel... eu não entendo aonde quer chegar.

— Eu só gostaria de falar com o Patrik. Acho que não tenho muito mais o que fazer na cidade. A senhora entende que ele é uma peça importante na reportagem? Ele *viu* o Romeu morrer... muito de perto.

Cora cruzou os braços e virou-se para ele com a cara emburrada.

— Olha, meu filho viajou porque esta cidade é um inferno e virou um caos pra ele. Um lugar tóxico demais. E provavelmente ele estava certo ao se prevenir de pessoas como você.

— Desculpe?

— Olha, querido, não me leve a mal. Mas até que ponto isso vai? Estou muito preocupada com o nome do meu teatro. Colocar isso em São Paulo, no mundo. Imagina se atrai atenções erradas? Você sabe quão difícil foi pra mim erguer um lugar como esse? Acho que não.

Cora abriu a porta de vidro e deslizou os pés pelo tapete da entrada. Daniel xingou baixinho quando se lembrou do sangue na placa do carro, mas depois se acalmou... Jonas não passava de uma alucinação.

— Estou bastante ocupada escrevendo algo novo, se me der licença — disse ela.

— Bom, eu não quero incomodar — disse Daniel. — Vou fazer o possível para...

A voz de Daniel foi morrendo aos poucos conforme os olhos de Cora se apertavam em direção à quantidade de sangue sujando a parte frontal do Toyota. Ela olhou do sangue para ele, dele para o sangue. Apertou o quimono com os braços e piscou assustada.

Daniel mais ainda. *Como é que ela pode estar enxergando isso?*

— Se puder me avisar sobre onde encontrar o seu filho — insistiu, sem graça. — É importante conversar com ele, Cora.

— Mantenha o nome do meu teatro em sigilo — ordenou ela. — Não pode usar o meu nome sem a minha permissão.

Os dois se olharam, e ele sabia que não poderia mais contar com ela. Cora checou uma última vez os respingos de sangue, depois olhou para a câmera recém-posicionada no alto da fachada. Daquele ângulo, ela, com certeza, filmaria o carro. Os dois se encararam uma última vez.

— Acho que eu me esqueci de te dizer algo sobre mim — disse ela. — Antes de ser atriz, eu sou advogada. Tome cuidado pela cidade.

CAPÍTULO 21

Água Doce, 11 de julho de 2019

O estômago de Daniel rosnou de leve, apenas para avisar que estava vivo. Passara o dia inteiro com a barriga vazia. Não dormia fazia muito tempo. No espelho do retrovisor do carro, ele percebeu os primeiros indícios das olheiras que demoravam, mas chegavam. Talvez devesse tomar os últimos dois comprimidos de dormir, mesmo sabendo que, àquele ponto, eles não fariam efeito. Precisava tentar.

Tinha passado o restante da tarde dentro do carro, depois de limpar aquela mancha nojenta de sangue. Usou o Kindle para baixar uma versão digital de *Romeu e Julieta*, mas terminou de ler a tragédia sem encontrar pistas. Criou uma conta falsa no Grindr e mapeou a cidade. Para sua surpresa, até que havia um bom número de caras para uma região no meio do nada. No entanto, não havia fotos nem informação suficiente nos perfis. Sérgio e Mauro sorriam no *app*, em perfis separados, cada um exibindo o rosto e o título "Buscamos A3". Fora eles, uma mulher trans mostrava o rosto e alguns usuários de mais idade em um raio de distância para além de Água Doce.

Por volta das oito horas da noite, Daniel foi em busca do drinque prometido por Sérgio. Na verdade, procurava loucamente por uma porção de pastéis ou salgadinhos. Como o Google Maps não mapeava quase nada da região, Daniel precisou pedir informação até encontrar seu destino.

O Bar da Garagem não tinha esse nome à toa. Ficava mesmo na garagem de uma casa de dois andares, no final de um beco que ele nem lembrava existir. Daniel sempre tinha evitado aglomerações e inferninhos, mas ali, no meio daquele labirinto opressor chamado Água Doce, o Bar da Garagem, com seu letreiro de neon e as rodinhas de jovens jogando conversa e fumaça de cigarro fora, soava como o melhor lugar do mundo após um dia conturbado.

Estacionou um pouco mais à frente, evitando olhar para as becas acusadoras no assento de trás, e andou até o interior do estabelecimento, atraindo pouca atenção. A música tecno combinava com as lâmpadas de neon num tom cafona.

Sérgio, por trás do balcão, exibia um avental preto. Dezenas de garrafas gordurentas com bebidas alcoólicas acumulavam-se pelas prateleiras ao redor. Uma jovem de pele muito clara e cabelo rasteiro dividia o espaço com Sérgio, sentada à frente da tela de um computador.

— Como foi o dia de trabalho? — perguntou o barman. — Tudo certo?

Daniel acenou com a cabeça e tentou sorrir. Os olhos procurando o menu.

— Fico feliz que você tenha vindo — disse Sérgio, animado.

— Vim buscar meu drinque grátis.

— Opa! — Sérgio foi até o canto onde a colega trabalhava e puxou um livreto preto. — Tem um menu aqui. A primeira bebida é sempre por conta da casa. Ah, esta é Joyce.

Daniel acenou para a jovem. Ela retribuiu com um sorriso.

— Você é jovem demais pra ser um investigador — disse ela.

Daniel revirou os olhos. Será que alguém não sabia o que ele tinha ido fazer ali?

— Ele era jovem demais pra ir embora assim — foi o que Daniel decidiu responder.

Sérgio e Joyce concordaram com gestos breves e silenciosos. Joyce largou o caixa e foi até Daniel, debruçando sobre o vidro e diminuindo o tom de voz.

— Aqui você pode fumar, beber, fazer o que quiser, tá? O que acontece aqui fica aqui. É nosso esconderijo.

Daniel conseguiu sorrir. Gostou daquilo. Passou os olhos pelo lugar mais uma vez. Na verdade, era uma garagem bem legal e descolada. As paredes destacadas acrescentavam rusticidade ao visual de um modo alternativo e agradável.

No menu encontrou opções baratas para o que estava acostumado na capital de São Paulo. Pediu pastéis de shitake com batata frita e cerveja de limão com coentro.

Comprou um cigarro de maconha no próprio balcão e depois foi até a esquina para fumá-lo. Quando percebeu que... *droga*!

— Precisa disso? — perguntou Melissa com um isqueiro e um *gloss* na mão.

A jovem do cabelo vermelho cacheado e armado usava um short curto, moletom com o Mickey estampado e um par de tênis desbotados. Os lábios brilhantes e melosos.

Daniel reconheceu-a instantaneamente. Pensou mais duas vezes se fumar um baseado ali queimaria sua reputação como jornalista. No final, apertou o foda-se. Jornalistas nunca tiveram boa reputação.

— A garota que se joga na frente de carros.

Melissa abriu um sorriso, caminhou até ele e acendeu seu baseado. Ele agradeceu e ofereceu o primeiro trago a ela.

— Não, eu tô bem — dispensou ela. — E eu não me jogo na frente de carros, tá? Me joguei na frente do *seu*.

Daniel tragou e soltou a fumaça que se juntaria à nuvem local.

— Quer tanto assim aparecer na imprensa?

— Ué, normalmente não tem nada de interessante nesta cidade chata — disse ela. — Estou atenta às oportunidades.

— Tem mais de dezoito? — perguntou Daniel, olhando-a de cima a baixo num relance.

— Porque isso faz diferença pra validar o depoimento ou porque você não gosta de novinhas? — perguntou ela, com um olhar brincalhão.

Daniel tragou outra vez. O corpo parecia saudar a fumaça e a noite. Foi tomado pela vontade de correr. Isso faria com que ele se sentisse em casa, definitivamente. Endorfina.

— Você gosta da Cora? — perguntou ele. — Se dá bem com ela?

Melissa ponderou a pergunta e brincou de rolar o vidrinho de *gloss* entre os dedos.

— Ela é legal. Uma mulher muito guerreira. Eu gostaria de ser como ela, talvez. Mais bonita e menos cafona.

— E a galera toda do teatro pensa que nem você?

— Sei lá — respondeu ela, balançando os ombros. — Acho que os inimigos dela não estão ali. Estão no resto da cidade.

— O que quer dizer?

— Patrik, o filho dela — respondeu Melissa. — Ele é gay assumido, e isso incomoda as pessoas por aqui.

Daniel assentiu. Sabia muito bem disso.

— Sabe o que eu não entendo? — perguntou ele. — Por que o teatro ficou lotado se tanta gente era contra o que ia acontecer ali? Entende? Se você não curte, cai fora.

Melissa riu.

— Se você estivesse aqui antes de tudo acontecer, as coisas fariam mais sentido pra você — disse ela, parecendo repentinamente mais madura. — As pessoas queriam *ver*. Não queriam ouvir falar. Ninguém estava ali pela inauguração do teatro. Elas queriam ver o que ia rolar na peça. Era tudo! O filho do Apóstolo beijando um cara.

— Teve propaganda?

— E precisou? — disse ela, rindo. — Na mesma semana em que a gente recebeu o texto, a cidade inteira já sabia. O vereador chegou a ir no ensaio e mandar parar tudo, sabia?

Daniel gostaria de anotar aquilo e pensou se conseguiria se lembrar da informação no dia seguinte, tendo dado uns tragos no baseado.

— É por isso que eu digo que ela é uma mulher forte. Imbatível — disse Melissa. — Se eles pudessem, comeriam ela viva. Mas ela foi até o fim.

Daniel tragou uma última vez antes de o cigarro se apagar sozinho.

— Não faz sentido ela fazer isso tudo em protesto pela vida do filho se só atrairia o caos — disse Daniel. — Ou você acha que os conservadores da cidade deixariam de ser homofóbicos por causa de duas horas de peça? Ela queria confronto.

— Nunca poderia imaginar que uma pessoa vinda da cidade grande pensaria assim — disse ela, olhando para Daniel com certo desprezo. — A gente acreditava, sim, no papel da arte. Da expressão. Isso muda as pessoas, sim. Desenvolve pensamento crítico e faz elas refletirem.

Daniel observou-a agitar com um gesto ressentido os cabelos avermelhados. Concordou com a cabeça de leve, cruzou os braços.

— Acho que você tem razão — disse ele. — Não quis ofender.

— Sou uma mulher poderosa demais pra me sentir ofendida com tão pouco — disse ela, olhando-o novamente como se fosse um pedaço de carne. — Será que você é como a maioria dos homens desta cidade? Tem medo de mulheres dominantes?

Daniel observou-a dos pés à cabeça, refletindo sobre a pergunta. Não sabia, de verdade, o que responder. Lembrou-se de Melissa em seu papel na peça, interpretava a ama de Júlio. Deviam ter passado semanas ensaiando juntos, ela e Patrik.

— Acha que o filho da Cora ajudou Romeu a conseguir o *veneno*? — tentou ele.

Ela não gostou de não ter recebido sua resposta.

— Ajudar? Patrik é um egoísta hipócrita puxa-saco da mãe e que só se importa com o próprio umbigo. — Ela apontou o *gloss* na direção dele como se fosse uma arminha de laser. — E eu sou uma feminista.

Ele franziu a sobrancelha, tentando entendê-la.

— Digo, não é porque eu me espelho na Cora que aprovo tudo o que ela faz ou deixa de fazer, entende? Feminismo não é sobre acobertar cegamente o erro de uma pessoa só porque ela é uma mulher.

Daniel esperou que ela continuasse.

— Se eu te desse uma informação, você prometeria conseguir algum contato pra mim na cidade grande? — quis saber ela, brincando com o *gloss*. — Procuro uma oportunidade pra continuar atuando, entende?

Ele fez que sim.

— Tenho amigos que podem te ajudar.

— Tem que me prometer sigilo absoluto. Se eu te contar o que sei e descobrirem que isso veio de mim, posso perder o pouco que eu tenho. Prometa!

— Eu prometo.

Melissa estudou-o por um tempo. A dúvida convertia-se em finas dobras na testa, mas, por fim, ela destampou o *gloss*, pintou os lábios com aquela cola brilhosa e resolveu dizer:

— Eu vi quando o Patrik saiu da boca de cena, depois que o alvoroço começou. Ele tava extremamente perturbado e... não sei explicar por que... é só esse meu jeito de querer meter o nariz em tudo... mas eu fui atrás dele.

Daniel sentiu um calor subir pelo pescoço. Um mau presságio.

— Viu alguma coisa?

— Eu tive medo — disse ela com o olhar vago. — O Romeu tinha acabado de... Aquela merda aconteceu no palco. Tava todo mundo sem norte.

Melissa balançou a cabeça como se desistisse de falar. A guerra que travava consigo mesma chegava a ser visível.

— Eu apenas o segui em direção aos camarins, mas ele tava indo pra outro lugar. Pra sala da mãe.

— Ele viu você?

Ela fez que não.

— Posso ser bem sorrateira quando quero. Acho que por isso eu vi o que vi.

— Diz logo, pelo amor de Deus.

Melissa brincou com o peso do corpo e encarou-o, saboreando o momento e deixando Daniel descobrir que ela narrava sua história por puro prazer.

— Era uma arma de verdade — disse ela. — Ele segurava com todo o cuidado do mundo. E, quando chegou na porta da sala da Cora, ela tava trancada. Ele xingou, olhou pros lados, eu me escondi. Tenho certeza do que eu vi. Ele deu uma olhada na arma e não era a cenográfica.

Daniel e Melissa se encararam por longos segundos. Ele percebeu que agora o lábio dela estremecia de leve. Se não estivesse reagindo à lembrança do medo, merecia o troféu não dado à Cora.

— Eu nunca te disse isso — falou ela. — Tenho sua palavra?

Ele fez que sim. Ela selou os lábios dele com os dela e deixou-o na esquina, de volta para o bar.

CAPÍTULO 22

Água Doce, 11 de julho de 2019

Daniel ainda tinha a cola do *gloss* de Melissa nos lábios quando abriu a porta de casa com um tanto de dificuldade. Carregava nos braços uma pilha gigante de becas alvas. Pensou em calcular cada passo milimetricamente para não fazer nenhum ruído, mas de nada adiantou.

Ednalva estava sentada no sofá, com respirações prolongadas, enquanto uma enfermeira tomava sua pressão. Os olhares das duas sobre Daniel contrastavam. A enfermeira exibia traços de pena. Ednalva, de ódio reprimido.

Daniel tragou o ar e prendeu-o no pulmão, liberando-o com cansaço. Trancou a porta, desejou boa-noite baixinho e apoiou as becas sobre uma das poltronas acolchoadas. Ednalva acompanhou tudo com os olhos. Não quis checar o resultado de sua pressão, por isso expulsou a enfermeira com um gesto. A mulher baixou os olhos, recolheu suas ferramentas.

Daniel nada falou, apenas atravessou a sala e subiu as escadas. *Merda*. Ele tinha prioridades. Precisava falar com Galáctica. Tinham que descobrir onde Patrik se escondia. Uma arma de verdade não verificada na cena do crime soava como o suficiente para a reabertura do inquérito. Seu tempo estava acabando ali. Não poderia ser atrapalhado pelas armadilhas da família. Todavia, a sombra da mãe perseguiu-o até o quarto, encostando a porta atrás das costas.

— Foi a única coisa que eu te pedi. Participar desse momento comigo e com sua família — disse ela com a voz ácida, moída.

Daniel virou as costas para a mãe, nervoso. Ela arrastou as pantufas pelo chão de forma lenta.

— Mas você não está aqui pra se reintegrar, não é mesmo?

— Você também pediu que eu trouxesse o dinheiro do meu...

— Cale-se quando eu estiver falando — ordenou ela, sem elevar a voz. O peso empregado em cada palavra carregava anos de ofensa pulverizada. — Você nunca ficou satisfeito por me envergonhar uma única vez. Quis fazer isso de novo. Foi pra isso que você veio?

Daniel respirou com dificuldade. *Como era mesmo o mantra?*

— Sua família esperando por você e enquanto isso você xeretava a vida...

— Quer falar de família? — Daniel finalmente encarou a mãe. Os músculos tremulavam de nervoso por baixo da pele. A voz saiu vacilante, mas forte o suficiente: — Que família?

— Não tente virar o jogo pra você, Daniel. Não é porque você saiu daqui, fez faculdade e conseguiu diploma que agora você é mais inteligente do que a gente. É isso o que você acha.

— Eu nunca achei nada disso.

— E o que custava assistir à cerimônia do teu sobrinho? Precisava nos envergonhar dessa forma? Você disse que levaria as becas, e o que eu vejo diante de mim é um homem sem palavra. Sem honra.

Ednalva cuspiu no chão na direção do filho. O gesto atingiu-o por dentro e, prestes a explodir, ele colou os dentes para barrar o ódio dentro de si.

— Eu *odeio* homens sem honra — disse ela.

— Você quer saber por que eu não fui naquele maldito ritual? — soltou ele. A ira resplandecente em seus olhos. — Porque eu sou *doente*. Esta cidade me deixou doente. Tá entendendo?

Ela olhou-o enojada. Negou com a cabeça.

— Achei que você tivesse mudado, Daniel, mas eles ainda perseguem você.

Daniel disparou até uma das paredes e socou-a com toda força. Voltou-se e apontou para a mãe como se carregasse uma arma letal.

— Você não sabe nada sobre mim!

— Eu estava responsável por aquilo, e essa é a única coisa que eu sei fazer na minha vida — protestou ela com a voz aguda, deixando-o arrepiado. — Entreguei uma tarefa a alguém em quem eu deveria confiar. Você poderia ter feito isso. Pelo seu sobrinho. Por mim.

— E o que *você* já fez por mim?

Ednalva olhou-o abismada. A ofensa nas feições.

— Eu resgatei você quando *ninguém* te queria aqui. Eu *achei* você. Limpei você. Trouxe você de volta. Fiz seu pai te aceitar outra vez. Eu *salvei* você.

— Você não fez nada além da sua obrigação. Eu passei meses internado em uma clínica. As vozes na minha cabeça nunca foram embora. Elas levaram um pedaço da minha memória, e agora eu sinto que... — Daniel sentiu a voz morrer, envergonhado pela exposição. — Não importa.

Ednalva examinou-o com seriedade no olhar.

Inspirou e expirou com pesar.

Então ergueu as mãos para alcançar o rosto do filho, acolhendo-o em palmas frias, velhas e tristes.

— São as vozes do demônio — sussurrou ela. — Estão dentro de você.

— É estranho, porque é a *sua* voz que está aqui — disparou ele de volta, incendiado pelo ódio reprimido. — A sua e a do meu pai. São vocês os demônios?

Ednalva sustentou o olhar do filho. Uma lágrima cristalina escorregou-lhe pelas rachaduras da pele. Ainda com o rosto de Daniel preso nas mãos, ela disse:

— Às vezes, eu acho que Deus não é tão misericordioso assim. Se ele tivesse realmente misericórdia de mim, teria me poupado de ter um filho como você.

CAPÍTULO 23

Água Doce, 12 de julho de 2019

Daniel se jogou na madrugada em busca de um refúgio para sua alma conturbada. O suor escorrendo pela cabeça, os músculos das coxas em movimentos brutos e certeiros, em busca da endorfina.

Correr em Água Doce não era como correr em São Paulo. Ali os cachorros latiam, cabeças brotavam nas janelas e as lâmpadas amareladas dos postes projetavam um aspecto pouco convidativo. Ainda assim, não achou outra coisa capaz de resgatá-lo das palavras da mãe.

Enquanto corria e ganhava doses de adrenalina por desafiar o perigo na calada da noite, Daniel viu um carro de ambulância deixar o bairro. Anotou na mente que o ambulatório de Água Doce seria o próximo lugar a receber sua visita. A unidade móvel passou por ele. Tinha um lado um tanto amassado na dianteira. Ele saudou a motorista do carro, sem resposta. Seguiu para seu destino.

A rua do Cigarro tinha esse nome porque uma marca de cigarros havia comprado todas as casas e terrenos da extensão, montando um conglomerado. A fábrica faliu e todas as instalações se tornaram sombras da noite para pegação. Um verdadeiro motel gratuito para jovens mais ousados atrás de liberdade, e também um ponto interessante para as míseras prostitutas do bairro. Várias vezes a igreja tentou demonizar o local e fechar aquela rua sem saída, porém a fábrica abandonada continuava ali. Mal-iluminada, mas, para Daniel, reluzente.

Mesmo com os anos passados, tudo estava no mesmo lugar, constatou Daniel. Uma garota de programa se aproximou em poucos segundos, abrindo a jaqueta. Num tubinho de oncinha, ela exibia pernas grossas e depiladas.

— Carne nova — disse ela.

— Oi. Tem um isqueiro?

A mulher não demorou para acender seu cigarro de tabaco. Ele acenou e seguiu, demonstrando conhecer o lugar. Pulou o mesmo muro de sempre, que dava acesso à área dos relógios de eletricidade. Dali, só precisou pular para uma escada de ferro e subir um dos edifícios. Cinco andares. Quantas vezes ele e Romeu haviam feito aquele mesmo exercício na adolescência?

Lá do alto, tudo era nostálgico. Daniel se deitou de barriga para cima sobre o prédio mais alto. Inspirou, expirou. Mentalizou a ansiedade como uma fumaça pronta a escapar de seu corpo e esvair pelo ar.

Pensou em ligar para Galáctica e cobrá-la pelas informações que tinha pedido sobre Cora, mas isso não terminaria bem. Precisava esperar.

A contagem dos dias o aterrorizava. A sensação de estar aprisionado às suas próprias decisões. *Eu odeio homens sem honra*, ele se lembrou. Podia voltar para casa e sua psicóloga, fingir que tudo não passava de um sonho mal contado, mas tinha uma missão.

Antigamente, um cara subia até aquele edifício com ele nas tardes de domingo para ouvirem música juntos e assistirem ao pôr do sol. Às vezes fumavam juntos. Às vezes um deitava sobre o peito do outro, e ali ficavam em silêncio por mais de uma hora. Podiam aproveitar a quietude juntos por longas horas. As palavras importavam menos do que os gestos. Os gestos às vezes resumiam-se à mão de Daniel pelos caracóis na cabeça de Romeu. Às vezes era o beijo suave carimbado por Romeu no pescoço do amigo. Não o fazia delirar ou algo parecido. Parecia a renovação de um selo ressaltando o quanto se amavam. Mesmo assim, Daniel tinha ido embora, e agora Romeu poderia ter sido assassinado.

* * *

Observado pelas estrelas, Daniel conseguiu dormir por, pelo menos, cinco horas. Acordou com o calor do sol, que finalmente havia aparecido para saudá-lo em sua terra natal.

De volta à casa dos pais, Daniel esbarrou em Ivan e Lucas logo na entrada.

— Bom dia, tio Daniel — disse o sobrinho, com o nostálgico uniforme escolar.

Havia uma mudança aqui e ali, mas ainda lembrava sua infância.

Ivan apenas o ignorou. Lucas seguiu o pai em direção ao Sandero prateado estacionado na entrada, não sem antes piscar para o tio com um dos olhos. O gesto surpreendeu Daniel, mas ele não teve tempo para achar legal, já que as fuças de Ivan acumulavam toda a raiva e desprezo do mundo. Apressada e mal-humorada, Lisa também passou por ele sem se dar o trabalho de cumprimentá-lo.

No quarto, Daniel comeu uma lata de Pringles em menos de cinco minutos. Abriu o computador e começou a escrever sua história. Tinha o suficiente para começar, mas o texto não passou de um bom rascunho cheio de buracos mal resolvidos. Quando deixou pra lá, já era noite. A cabeça doía. As latas de Pringles espalhadas pelo chão. Deitou, esticou as pernas, ignorou os barulhos na casa, aguardou uma chamada de Galáctica. Se ela não desse notícias, interrogaria todos os atores até descobrir onde Patrik tinha se enfiado.

Uma nova olhada no vídeo ajudou Daniel a constatar que a arma utilizada no terceiro ato, definitivamente, não era a mesma dos outros. Assim, concluiu que Patrik não sabia que a arma utilizada depois do último sinal, até então presa na cintura de Romeu, era uma pistola de verdade. Só suspeitou disso quando percebeu a morte de Romeu. Ali, naquele tablado maculado, percebeu que alguém tinha tramado para os dois. Afinal de contas, a peça terminaria com o tiro da pistola atravessando-lhe os miolos.

A teoria parecia incompleta. Daniel podia enxergar um largo e óbvio furo. Afinal, se Patrik surpreendeu-se com a arma e se estava correndo perigo, por que esconderia o objeto da investigação da polícia? Por que Cora acobertaria a ação?

Seu celular tocou, bloqueando seus devaneios. Ele correu para atender Galáctica, mas, para sua surpresa, o visor dizia: *Jéssica*.

— Já foi engolido por sua família? — perguntou ela.

Daniel levou um tempo para entender o que ela queria dizer.

— Ah, bom... Tô tentando sobreviver... — respondeu ele. — E você? Tudo bem?

— Sim. Quer jantar aqui em casa? Não conseguimos conversar desde que você chegou e tal.

Daniel gostou da ideia. Além disso, precisava comer algo além de batatas e amendoins.

— É bondade sua me tirar daqui um pouco.

— Venha quando quiser. Já tá tudo adiantado.

No banheiro do andar de cima, Daniel passou pelo menos vinte minutos deixando as lágrimas quentes do chuveiro deslizarem por sua pele. Elas pareciam externalizar o que ele não conseguia, o choro.

Arrumou-se de preto, para variar. Passou a chave na porta do quarto e esbarrou nos sons da família reunida na sala. Deslizou em silêncio para a porta dos fundos e decidiu seguir o restante do caminho a pé.

Água Doce o espiava em silêncio. Ele até sentiu falta do barulho de gente no Bar da Garagem e do drinque que Sérgio preparara para ele na noite anterior. Um rastro de culpa borrava uma parte da lembrança. Tinha fumado maconha ali. Não podia parecer vulnerável. *Não confie em ninguém.*

Tocou a campainha da casa de Jéssica e aguardou. Cruzava os braços, apertando-os no moletom para se esconder do frio. Com o cabelo trançado e roupas caseiras, a jovem atendeu-o com um sorriso encantador.

Daniel entrou e observou, sobressaltado, enquanto Jéssica fechava os seis trincos pregados na porta.

— Precaução extra — disse ela com um sorriso falso.

Ele anotou aquele movimento na mente e se permitiu ser aliviado por algo mais leve: o clima da casa. Móveis novos, de bom gosto, paredes amarelas e cheias de penduricalhos e plantas. Ali dentro era quentinho como se tivessem acendido uma fogueira no meio da sala.

— Fiz yakisoba. Você gosta? — perguntou ela.

— Acertou na mosca — disse ele. — Eu podia ter trazido uma garrafa de vinho, sei lá. Mãos abanando aqui.

— Ah, não liga pra isso. Na verdade, eu nem deveria ter bebido álcool — disse Jéssica, passando uma das mãos pela barriga.

— Nossa, verdade. Tinha esquecido. Você não tem uma barriga de grávida.

— Sem essa — disse ela, revirando os olhos.

Minutos depois, ambos jantavam o yakisoba em bowls de porcelana, acomodados cada um em um sofá. Era de camarão e tinha o aroma tão saboroso quanto o gosto. Daniel poderia comer quatro ou cinco vezes mais.

— Você é um bom cozinheiro? — quis saber ela, puxando assunto.

— Sou mais preguiçoso do que cozinheiro.

— Nem me fala. Tem sido um pesadelo isso.

— O quê?

— Cozinhar pra mim mesma. Ainda não acostumei. Estou pensando em voltar pra casa dos meus pais, porque não tenho um emprego e... bem, meu pai tá me ajudando com o aluguel. Nossa, por que estou te contando isso?

Daniel deu de ombros. Comeram em silêncio por um tempo. Quando decidiu continuar, ela exibia um sorriso constrangido.

— Me desculpe por ter te assustado daquele jeito. Toquei a campainha da sua casa do nada. Me convidei.

— Parece que tem semanas isso — comentou ele. — É estranho que tudo o que eu tinha era o áudio do Apóstolo e... até agora não falei com ele.

Jéssica desviou o olhar para a jarra com um suco vermelho sobre a mesa de centro.

Serviu-se.

— E você já avançou na investigação? O tempo passa rápido.

Daniel deu uma pausa no yakisoba e copiou o gesto dela, servindo-se de suco.

Enquanto isso, respondeu:

— A gente não costuma usar o termo "investigação". O que a gente faz é apurar. Nos filmes parece muito fácil, mas não é. Tem horas que... bom, eu não sei se vou conseguir alguma coisa, essa é a verdade.

— Com certeza vai.

Ele duvidava. Às vezes pensava sobre o que ele representava para Mirela, a editora da revista. Nunca recebera um "oi" no WhatsApp desde que chegara. Também não tinha falado com ela. Afinal, aquela reportagem importava para quem? Teria Mirela apenas o liberado para que ele resolvesse seus problemas pessoais? Sem qualquer interesse na apuração?

— É estranho investigar a vida de alguém que... — Foi difícil encontrar palavras diante de Jéssica. — Eu queria dizer que conhecia tudo sobre o Romeu. Sabíamos tudo um do outro. E agora eu tô aqui.

— Dez anos podem mudar muito uma pessoa. Olha só pra você.

— Todo mundo nesta cidade parece ter mudado bastante — comentou Daniel, lembrando-se de Camila. Fez uma pausa breve antes de continuar: — Posso perguntar uma coisa? Você e o Romeu brigavam?

Ela levantou as sobrancelhas, surpresa.

— Olha! Hmm... sim. Como qualquer casal.

Daniel terminou seu copo de suco com paciência, pensando em como fazê-la falar mais.

— Eu não tenho um anel de noivado e... eu não namoro — disse ele. — Quais são as brigas comuns de todo casal?

Ela olhou-o durante um tempo. Depois, riu.

— Ele buscava perfeição em cada detalhe — respondeu ela. — Tinha as manias estranhas dele. Manias de organização. E sempre, sempre tinha razão. Era muito difícil fazê-lo mudar de ideia. Mas, bom... disso você sabe.

Romeu era exatamente como ela descreveu. Um aperto no peito quase silenciou Daniel e fez com que ele pedisse desculpas e fosse embora. Porém, precisava continuar.

— Ele era depressivo?

— Ele tinha as dificuldades dele.

— Ele traiu você?

— Nunca faria isso.

Jéssica abandonou o copo em cima da mesa e agasalhou-se com os braços. Afundou os pés no sofá, pensativa.

— Nem com o cara da metalúrgica? O Yuri.

— Que merda é essa, Daniel? É sério isso?

— Só estou perguntando. Não precisa se ofender.

— Você tá perguntando se o meu noivo me traía com caras.

— Você disse que ele tinha as *dificuldades* dele.

— Que poderiam ser qualquer coisa?

Daniel tentou esconder o sorriso. Ela observou-o com um olhar curioso e fez a mesma cara de menina arteira que ele pensou ter visto quando eram crianças e estudavam na mesma sala. Jéssica caminhou até ele e obrigou-o a dividir o sofá.

— Eu nunca entendi isso de vocês. Um homem gostar de outro. Como é?

Daniel franziu a testa, um pouco assustado com a empolgação repentina.

— Não vem com um tutorial — respondeu ele.

Ele desviou os olhos para o suco e virou tudo para dentro. Abandonou as louças na mesinha e cruzou os braços, voltando-se para ela. Piscou as pestanas com velocidade e fez uma cara engraçada.

— O que quer saber?

Ela continuou estudando-o. Cada centímetro da pele de seu rosto.

— Ele poderia ter saído com esse Yuri, sim. Poderia. Eu não sei. Ele não era como você. Resolvido. Quer dizer... pra ele, ele era. Mas eu não sei. Eu acho que ele se cobrava demais.

— Ele traiu você em algum desses anos de namoro?

— Só com você — disse ela sem rodeios.

Em vez de esfriar, o olhar entre os dois se aqueceu.

— Em pensamentos, que eu saiba — disse ela.

— Você tá tornando as coisas mais difíceis.

— Por quê?

Jéssica ergueu apenas uma sobrancelha. Um magnetismo brincando de atraí-los estranhamente.

— Eu queria que ele fosse como você, Daniel. Não era um problema pra mim, porque eu sabia que ele também me desejava e era... era incrível. E ele me amava. Amor verdadeiro é algo que se sente. Eu nunca deixaria ele por isso...

Daniel não movimentou nada além das pupilas, escrutinando-a. Nunca tinha imaginado um pensamento tão delicado da parte dela. Romeu tinha tirado a sorte grande. Uma mulher atraente e livre. O que mais poderia querer?

— Nós éramos uma família e, apesar de todos os problemas, nos amávamos — continuou ela. — A gente só queria criar o nosso bebê, Daniel. A gente falava cada vez mais em fugir dessa cidade, mas sempre foi muito difícil pra ele... se livrar das garras daquele homem.

Daniel olhou para Jéssica e não soube explicar para si mesmo, mas, naquele exato momento, enquanto encarava os olhos da jovem, a pele macia de seu rosto e as roupas largadas que escondiam um corpo aquecido... Daniel sentiu o sangue correr para uma área indesejada.

Merda. Ela está falando sobre sua gravidez. Pense com a cabeça de cima.

— Eu nunca tive certeza se o Romeu gostava realmente de caras — confessou Daniel. — Tivemos o nosso lance, mas a verdade é que éramos adolescentes fragilizados compartilhando a amizade um do outro. Não significa tanta coisa.

— E você?

— Eu o quê?

— Do que você realmente gosta?

Jéssica sabia o que estava fazendo. Seu olhar transformou-se na ponta de um anzol lançado para ele. Ele disfarçou. Balançou os ombros, um tanto constrangido.

— Pessoas bissexuais não são como Trakinas meio a meio.

De súbito, Jéssica jogou a cabeça para trás em uma gargalhada gostosa. Daniel sorriu, desejando-a.

— Não tem uma ordem — falou. — Gosto de tudo e de nada.

Os dois se olharam até Jéssica deixar de sorrir e morder o lábio inferior. Daniel acompanhou o movimento. Ela fitou os lábios dele. O calor repentino prestes a empurrá-los para mais perto, quando...

— Acho que você deveria ir — disse ela, olhando para baixo.

Daniel prendeu a respiração. O corpo negando e a consciência concordando.

Ficou de pé um pouco atordoado, agradeceu pela comida e caminhou até a porta com ela sempre por perto. Depois de uma breve despedida sem toques, ela deu um tchauzinho e disse:

— Obrigada por vir.

Ele acenou com a cabeça, mas não verbalizou o pensamento sujo: *Poderíamos ter feito um belo* ménage à trois.

CAPÍTULO 24

Água Doce, 12 de julho de 2019

O sol da manhã não significava que a noite seria quente. Daniel agradeceu a Deus por ter saído de casa com uma blusa de mangas compridas. Àquela hora da noite, ele caminhava com tranquilidade pela rua mal-iluminada. A maioria dos postes tinha suas lâmpadas funcionando. Todavia, a claridade fraca e amarelada dava característica à noturna Água Doce, lotada de sombras e silêncios.

Daniel caminhou sem tirar Jéssica da cabeça. Ela nunca parecera tão incrível em seu imaginário. Agora em múltiplos sentidos. Imaginou a vida do casal e tudo o que Romeu e Jéssica poderiam viver fora dali num futuro alternativo. Mas, de repente, os pelos de sua nuca se arrepiaram. A sensação não tinha a ver com o frio, mas com o que viu adiante.

Um garoto se ajoelhava na frente da calçada sobre um dos paralelepípedos. Em uma das mãos, tinha um pincel grosso que enfiava no balde de líquido escarlate e lambuzava no paralelepípedo com tranquilidade. A canção escapava de seus lábios como um sussurro:

Oh, vem afundar
Seus pecados limpar
E a morte outra vez passará.

Daniel engoliu em seco. O menino virou lentamente o rosto para Daniel, sorrindo.

— Você tem medo da noite?

Daniel não sabia se prendia a respiração ou se respirava aliviado. Não estava diante de uma alucinação. Aquele era Lucas, seu sobrinho. Estavam a, pelo menos, cinco minutos de casa.

— Como veio parar aqui?

— Ele me mandou aquilo. Na escola.

— O quê? Ele quem?

— Eu também não queria me batizar.

— Eu... — Daniel perdeu-se ao olhar para a tinta vermelha da cor de sangue. De tão bizarra a cena, ele imaginou que acordaria a qualquer instante. — Vamos para casa, agora.

Lucas encarou Daniel, decidindo se obedeceria ou não. Optou pelo sim. Com uma mão, carregou o balde de tinta. Com a outra, suja, segurou a mão de Daniel.

Os dois caminharam até a casa sem dar uma palavra. Daniel não sabia por onde começar. A quem acordaria? Lavaria o menino primeiro?

Mas não precisou pensar em nada, porque, assim que fechou a porta e conduziu Lucas pela sala, ele abriu a boca e começou a berrar como se estivesse sendo brutalmente atacado, acordando a casa inteira.

CAPÍTULO 25

Água Doce, 13 de julho de 2019

Daniel abriu os olhos, tentando entender onde começava e onde terminava seu sonho. O celular tocava. Rolou pela cama, esticou a mão tingida de vermelho para atendê-lo. Parou por cinco segundos, reparando as crostas de tinta presas entre as unhas.

— Daniel? — Do outro lado da linha, a voz de Mirela tinha um tom urgente. — Não recebi nenhum retorno até agora. Você está vivo?

Daniel não conseguiu espreguiçar o corpo.

— Achei que nem estivesse ligando — disse ele, constatando que conseguira dormir por duas horas depois de ter engolido os últimos dois comprimidos antes de deitar.

— É, mas você não tá de férias — disse ela com rispidez. — Eu tô pagando pra você conseguir uma boa história pra gente. Preciso de um feedback da sua apuração, você sabe. Quando podemos conversar?

Mirela não pagava coisíssima nenhuma. Quem fazia isso era a *Vozes*. O comentário fez Daniel se forçar a levantar.

— Estou perto de ter informações que podem fazer o inquérito ser reaberto.

Ela silenciou por um momento enquanto o ouvia contar, em linhas gerais, o que já tinha apurado. Daniel ouviu os barulhos das teclas sendo digitadas com velocidade. A mulher trabalhava no sábado.

— Interessante. Estou pensando... Sua história por si só não é boa o suficiente. Precisa ter o tom da *Vozes*.

— Sei disso. Estou apurando. Quero voltar pra São Paulo até a metade da semana.

Ela riu, mas, paradoxalmente, o tom de voz ficou ainda mais afiado.

— Como assim? Eu acho que você não está entendendo. Não tá pensando em voltar pra cá *sem* a história completa, né? Não sou a única que conta com a reportagem. Você já está no local. Vai precisar de mais tempo para trabalhar.

Mirela fez uma pausa para Daniel absorver a urgência do tema. Ele se levantou da cama, nervoso. Deu passos até a janela e viu uma viatura da polícia lá embaixo. Será que estavam ali por conta do que havia acontecido de madrugada?

— Você insistiu que daria caldo — disse ela. — E eu até acho que dá. Mas você precisa encontrar alguma coisa mais... e no tom da revista.

— Não quero me prolongar aqui.

— Eu só quero que você faça o seu trabalho. Um bom trabalho.

Eu odeio homens sem honra, Daniel se lembrou.

— Vou te dar o que você quer.

— Hum. Já falou com o tal do padre?

O silêncio de Daniel imprimiu desconfiança em Mirela quando ela disse:

— Se cometemos um erro e não tem uma história boa o suficiente aí, eu quero ser avisada o quanto antes, entendeu?

— Eu preciso ir.

— Eu também. Tenho um babado sobre o secretário de Comunicação da Presidência pra resolver. Tá acompanhando as notícias?

Ele deu de ombros.

— Estou em outro mundo — assumiu ele.

Ela digitou mais. Daniel ouviu o barulho de alguém batendo na porta e ela mandando a pessoa entrar. Ela falou com a pessoa por alguns segundos, depois voltou com um sussurro urgente.

— Ok. Qualquer coisa, me liga. E lembre-se: trabalhamos com provas. Consiga a minha história.

CAPÍTULO 26

Água Doce, 13 de julho de 2019

Daniel desceu as escadas esperando encontrar os dois policiais com quem almoçara no primeiro dia: Silva e Fragoso. Fez questão de tirar todo o resquício de tinta vermelha dos dedos, sem poder se esquecer de como a madrugada havia terminado.

Lucas tinha berrado e acordado a casa inteira, que correra até a sala e estacara durante longos segundos, tentando interpretar a cena. Os dois juntos no meio da madrugada, a tinta vermelha, o berro do garoto.

— O que é que você está fazendo com o meu filho? — perguntou Lisa, desesperada e aos gritos.

Daniel só teve tempo de ser empurrado para trás por duas prensas fortes no peito. Ele cambaleou atordoado e precisou de alguns segundos para entender que fora atacado pelas mãos de Ivan. A fúria antiga retorcida no rosto do irmão mais velho aparecia mesmo com as luzes da sala apagadas.

— Eu te avisei pra não voltar mais aqui — rosnou Ivan. — Deve estar se achando forte agora, não é? Veio pra arranjar briga comigo? Vamos terminar essa conversa lá fora.

— Não tenho nada pra conversar com você — respondeu Daniel, recuperando-se do susto aos poucos.

Então os olhos de Ivan se detiveram nas mãos avermelhadas do irmão, depois correram desesperados para Lucas. À beira de uma nova crise histérica, Lisa encarou o esposo, mandando-o fazer alguma coisa.

— Isso é... sangue? — perguntou Ivan, desacreditado. — Você...

Um clique e as luzes da sala se acenderam. Daniel deu um passo para trás e viu Ednalva apertar os olhos próxima ao interruptor, enrolada em um roupão, buscando entender a cena. Ao lado dela, Deco tinha os olhos atentos, mas a cara inchada e amassada pelo sono.

— É tinta — explicou Daniel, apressado. — É só tinta vermelha, e eu não sei como isso foi parar nas mãos dele. Eu juro — completou, erguendo as mãos para o alto em um gesto de defesa.

O silêncio dominou-os por longos segundos até que Ednalva se aproximou do neto, evitando trocar um olhar com Daniel.

— Tudo bem, ele é sonâmbulo como o avô. Todos sabemos — disse ela. — Não há mal algum nisso. — A mulher fez um carinho na cabeça de Lucas, virou-se para Lisa e ordenou: — Vá lavá-lo. Está tudo bem. Vão dormir antes que os vizinhos acordem.

Lucas desembestou a chorar enquanto Lisa o conduzia para os fundos da casa. Ednalva apertou o roupão e acompanhou-os. Deco respirou fundo, observou Daniel de cima a baixo, balançou a cabeça decepcionado e saiu mudo. Por fim, Ivan mirou o irmão com uma expressão de nojo e raiva.

— Você me ouviu. Ninguém te quer aqui. Deixe o meu filho em paz — disse ele, aproximando-se alguns passos com o dedo em riste.

— E se eu souber que você tem alguma coisa a ver com o que aconteceu no colégio, eu mato você.

Daniel não fazia ideia do que ele estava falando, porque tentava evitar o máximo de contato possível com a família. Mas, pela primeira vez, sentiu-se arrependido por não se envolver. Mais pelo garoto. O que é que poderia fazê-lo reagir daquele modo? Daniel sabia qual costumava ser o fim para rapazes problemáticos.

O modo como a família acolheu o menino e encarou Daniel como um monstro perverso era o bastante para qualquer pessoa fazer as malas e nunca mais voltar. No entanto, Daniel preferia forçar a barra. As palavras da mãe ainda queimavam dentro dele, e ele fingia não se importar. *Às vezes, eu acho que Deus não é tão misericordioso assim. Se ele tivesse realmente misericórdia de mim, teria me poupado de ter um filho como você.*

Quando chegou ao andar de baixo, os PMS tomavam café sentados à mesa com Deco. Os três se entreolharam quando Daniel fez questão de chegar perto e se servir com uma xícara de café.

— Eu estava contando pra eles sobre a última madrugada — disse Deco com um tom sombrio. — Essas coisas estranhas que acontecem neste lugar.

Daniel conhecia o olhar de Deco como a palma de sua mão. Se pudesse calcular o limite de paciência em percentuais, diria que o pai estava ali nos setenta por cento. Antigamente, quando batia os cem por cento, Daniel levava uma surra de fios de cobre.

— As ruas daqui sempre foram desertas e estranhas — Daniel comentou, adicionando açúcar ao café. Precisava extrair o máximo possível dos policiais. *Consiga a minha história.*

Ninguém falou nada durante um tempo. Todos analisando Daniel, e Daniel analisando seu café.

— Foram vocês que trabalharam no caso do Romeu? — perguntou. — Quero dizer. Entrevistaram as pessoas, trabalharam no inquérito e tal...

Os policiais se entreolharam. Desta vez, Silva aparentava mais desconforto do que o outro.

— Sim — respondeu Fragoso. A voz pesada feito um pedregulho. — Tudo muito fácil e rápido.

— Vocês nunca sequer suspeitaram que poderiam lidar com um caso de...

— O rapaz fez um grande drama pra se matar. Queria um show — interrompeu Silva. — Temos um inquérito preciso e arquivado. Ponto-final.

— Vocês fizeram um croqui do local pra entender o que aconteceu? — perguntou Daniel, despejando o que o vinha irritando nas últimas horas. — Porque não há nada público sobre a dinâmica da cena. Com quem ele falou nas últimas horas? Por onde andou?

— Por que isso interessa à imprensa?

— A imprensa se interessa por casos desconexos arquivados tão rapidamente. Vocês entrevistaram todo mundo, se é que entrevistaram, em uma semana ou menos. Não era um caso qualquer, vocês mesmos disseram. O filho do Apóstolo — espetou Daniel.

Os policiais se entreolharam emputecidos. Deco cerrou os punhos.

— Está sugerindo que a polícia não fez o trabalho direito? — perguntou Fragoso. — Há quanto tempo você trabalha com isso que chama de jornalismo? Desculpe, Deco, mas não tenho condições de ouvir isso sem questionar.

O rosto de Deco era um assomo de vergonha. Fuzilava o filho com um olhar penetrante. Por sua vez, Daniel bebericou o café pensando em como fugiria da pergunta.

— Não incomodamos a cidade igual você — disse Silva. Fragoso lançou-lhe um olhar de enfado, como se dispensasse sua participação. Mas ele insistiu. — As pessoas estão extremamente perturbadas com você por aí brincando de detetive. Já basta o que aconteceu.

— Não é uma brincadeira.

— Mas parece — disse Silva. — E, cara, se você continuar, a gente vai ter que tomar providências.

Quê? Daniel sustentou o olhar de Silva. Depois, o de Fragoso, até terminar em Deco.

Aquilo era uma ameaça e, se estava incomodando, o caminho era bem ali.

— Você pode prender um jornalista por investigar um caso?

— Um animal morreu atropelado anteontem na estrada para o rio — informou Fragoso. — Você não fez um bom trabalho na frontal do seu carro. Há quem possa depor dizendo que você está psicologicamente perturbado.

Quem, Cora?, pensou Daniel, achando o café, de repente, amargo. Então foi isso! Tinha matado um animal e imaginado Jonas. E se mais à frente começasse a matar pessoas?

— Podem me prender por isso?

— Eles podem prender você por porte de drogas — disse Deco.

Daniel esforçou-se para não demonstrar apreensão. Será que Deco tinha mexido em suas coisas? Talvez tivesse uma chave extra do quarto. Talvez tivesse um olho em cada canto da cidade, até mesmo no Bar da Garagem.

A sensação de estar sendo vigiado encurralou-o. Mas, por mais que desse uma pontada de medo, não podia ceder tão fácil. Era o caçador, e não a caça. Tinha que virar o jogo e conseguir sua história... por Romeu.

— Talvez todos vocês possam participar nominalmente da matéria — arriscou Daniel, mantendo a voz tranquila. — Eu posso contar pro país inteiro sobre como vocês me ameaçaram ou sobre como passavam as manhãs tomando café aqui sem nada mais importante pra fazer.

O silêncio dominou a guerra de olhares. Fragoso riu e entregou para Deco uma expressão de descrédito.

— Você deve tá brincando comigo. Ele é um filho da puta — disse o policial apontando para Daniel.

Deco continuou metralhando o filho com o olhar. Sua contagem tinha subido para oitenta e cinco por cento em poucos minutos. O celular de Daniel tocou. Número desconhecido. Finalmente! Apressado, ele terminou o café como se os policiais ou o pai nem estivessem ali. Apenas retirou-se da mesa e da casa, atendendo no meio do quintal, debaixo do sol.

— Pronto.

— Sou Sky de novo.

Ele foi até o carro e se apoiou sem saber lidar com a ansiedade comprimida em si.

— Sempre volta pra esse.

— Sei lá. Eu me sinto como se meu nome fosse "Celeste", mas em inglês é mais legal. — O tom de voz desprovido de sentimentos era o melhor daquelas conversas para Daniel. Sky era a única pessoa viva que conseguia arrancar sorrisos dele com facilidade.

— Acabei de provocar dois policiais sentados na mesa do café da manhã — revelou ele.

Sky ficou muda por um instante.

— Tá brincando?

— É sério. São amigos do meu pai. Tomam café aqui de farda e tudo.

— E você toma café com eles? — perguntou ela, sem querer acreditar.

— Sinto que, se eu espremer mais, sairá algo daqui.

— Bom, você não está pronto pra saber o que eu tenho.

Daniel esperou ela continuar.

— Cora é advogada, mas nunca exerceu a função. Casou-se com Reinaldo Pinto Oliveira. Ele era herdeiro de uma pequena rede de restaurantes na cidade de Paraty e arredores. Falecido há três anos. Está pronto pra saber como?

Daniel franziu a testa, esperando.

— Envenenado. Ele foi encontrado morto dentro de casa, em Paraty. Tomou um copo de suco com aldicarbe, mais conhecido como chumbinho.

A garganta de Daniel ressecou na mesma hora. Mal conseguiu falar.

— Envenenado?

— Antes de morrer, ele acusou uma das cozinheiras, mas o caso foi fechado sem conclusão.

— Ela participou como advogada?

— Não. Eu não tenho certeza se ela queria mesmo o marido vivo.

— Por quê?

— Era o quarto casamento dela. Todos esses homens com algumas posses. O último foi o mais pobre. Mesmo assim, deixou para ela três casas e os restaurantes. Ela passou a franquia adiante e ficou com o dinheiro.

— Os outros três maridos estão vivos?

— Quatro maridos. Dois vivos, dois mortos. O anterior morreu por atropelamento em 2011. Deixou uma fortuna pra ela.

— Talvez isso explique por que ela se esconde em Água Doce — disse Daniel, o cérebro trabalhando a todo vapor. — Você disse que ela tem casas no nome dela.

— São cinco imóveis no total. Todos eles alugados, com exceção de um. Fica no centro de Angra dos Reis. Tenho que desligar. Já acessei seu notebook no modo remoto e coloquei tudo em sua pasta.

Daniel ouviu Sky desligar e quis abraçá-la em agradecimento.

CAPÍTULO 27

Angra dos Reis, 13 de julho de 2019

Angra dos Reis era um daqueles lugares do mundo em que, passeando de carro, a qualquer momento você poderia encontrar um pedaço de praia para chamar de seu durante uma tarde comum. Uma cidade de duzentos mil habitantes, composta por trezentas e sessenta e cinco ilhas, uma para cada dia do ano. Apesar disso, por mais que a quantidade de árvores fosse deslumbrante, Daniel preferia os prédios altos e o cinza da poluição. Não se importava com a opinião de quem achava o contrário.

O jornalista costumava se sentir sempre confortável dentro de seu carro, mas, naquele momento, conforto era a última coisa sob sua pele. Tinha levado quase duas horas dirigindo até o endereço de Cora, considerando que a viagem poderia ser em vão. Patrik poderia ter ido para qualquer lugar do mundo. Mas ali, da esquina do apartamento, Daniel olhava para a única janela gradeada do quarto andar e podia jurar que a vista combinava com uma das fotos do Instagram do ator.

Ele só havia postado duas imagens, por sinal bastante melancólicas, nos últimos meses. Na primeira, a legenda era sobre luto. Na segunda, sobre amor. O restante do *feed* narcisista ostentava dezenas de selfies e fotos com os amigos do teatro. Romeu não estava em nenhuma delas.

A rua em que ficava o apartamento não alugado de Cora era estreita e feita por casas muradas, todas de dois andares. E, no final, uma montanha com uma mata fechada.

Parado ali havia, pelo menos, duas horas à espera de Patrik, Daniel se ajeitou no banco do carro e suspirou, cansado. Já não aguentava mais. A mente tinha desenhado um milhão de possibilidades para invalidar sua viagem. Um "e se" atrás do outro. Tantos que ele sentia o peso do corpo com desgosto. Tirou um cigarro da mochila, mas então não mais se moveu. Era ele!

Patrik tinha a pele bronzeada, olhos grandes e cabelos castanhos. Levava consigo uma echarpe enrolada no pescoço, combinando com os tons de bege da blusa e da calça. Desceu de uma bicicleta diante do condomínio, um prédio de quatro andares. Na fachada de mármore preto, um portão eletrônico impedia a entrada de intrusos.

Ele segurou a bike com uma mão e, com a outra, abriu a fechadura. Olhou para os lados antes de entrar.

Cinco minutos depois, Daniel apertava o 402 e aguardava, com o coração aos pulos.

— Pronto — disse Patrik.

Daniel ouvira aquela voz na gravação da peça por tantas vezes que poderia reconhecê-la em qualquer lugar. Era grossa e viril.

— Patrik Coral?

— Sim — respondeu ele, hesitante. — Quem é?

— Meu nome é Daniel. Sou jornalista da revista *Vozes*.

— *Vozes?*

— Isso. Eu queria trocar uma ideia sobre o caso de suicídio no Teatro Don Juan. Pode me ajudar?

Silêncio. Daniel aguardou. Não deveria estar nervoso.

— Não vai dar — respondeu Patrik.

— Não vai demorar.

— Eu tô de saída. Tenho um compromisso. Pode ser outro dia?

— Eu assisti à peça inteira gravada, mais de uma vez — disse Daniel rapidamente, com medo de o cara colocar o interfone no gancho. — Sua atuação foi uma das melhores coisas que eu já vi. É uma pena que tenha terminado como terminou, ou a montagem poderia estar rodando o país hoje — tentou.

Silêncio mais uma vez. Feito um processador em alta velocidade, Daniel costurava alternativas mais persuasivas na mente.

— Achei que, se tivesse alguém pra me falar sobre o que aquela peça de fato expressava, esse alguém era você. Viajei muitos quilômetros pra conseguir uma foto sua e um depoimento artístico — disse ele. Esperou. Nada do outro falar... *Merda*. — Na *Vozes*, não sei se você é um leitor da revista, a gente sempre procura humanizar os temas, apresentar bem os personagens.

— Ah... sério? — Patrik não conseguia esconder o tom lisonjeado misturado à hesitação. — Bom... Se for algo rápido, talvez eu possa ajudar.

A trinca do portão eletrônico se abriu com um estalo. Daniel buscou câmeras com os olhos, mas não as encontrou. Respirou fundo, orgulhoso da conquista.

Em geral, ele costumava encarar os prédios sem elevadores como oportunidades para praticar exercício físico. Diziam que subir escadas de três em três degraus engrossava as coxas e endurecia a bunda. Era assim que ele subia sempre que podia.

Patrik abriu a porta antes que Daniel tocasse a campainha. Com um sorriso, revelou um apartamento agradável e reformado.

A primeira coisa que Daniel percebeu foi que ele borrifara no pescoço um perfume importado. A segunda, que o rapaz tinha medo de que o gato escapasse, por isso prendeu-o no colo e soltou-o quando fechou a porta.

Daniel abaixou e fez carinho na cabeça do animal de pelos brancos, mas o bicho não deu a mínima para ele. Era daqueles gatões obesos.

— O nome dele é Kyra — disse Patrik.

Daniel forçou um sorriso e ficou de pé. Parecia quase errado que Patrik usasse aquela voz fora do vídeo da inauguração.

— Bonito apartamento — elogiou.

Patrik liderou o caminho pela sala, alcançando a mesa de jantar. Pela aparência dos móveis e a arrumação, Daniel concluiu que o ator nunca mobiliaria uma residência daquele jeito em três meses.

— Como me encontrou aqui?

— Sou jornalista.

Patrik riu de nervoso. Puxou uma cadeira e sentou-se. Indicou outra para Daniel.

— Tá, mas como? Você já foi em Ubiratã? Ninguém sabe que eu tô aqui.

— Trabalho pra uma revista com bom investimento em apuração, que parece um pouco com investigação — disse Daniel, com a esperança de que isso explicasse tudo. — A gente ficou sabendo da peça e do que aconteceu no teatro. É uma história... interessante.

— Mas já tem três meses. Isso ainda é pauta? Vou sair no jornal?

— Na revista — corrigiu Daniel. Não podia correr o risco de perder a confiança de Patrik agora que estava ali. — Para uma revista como a *Vozes*, isso é pauta, sim. A pauta ideal pra *Vozes* é aquela que não tem um gancho noticioso imediato, pra podermos contar as histórias como elas merecem ser contadas. Nossa ideia é fazer um trabalho diferente do que a gente vê nos jornais, buscando nuances, expandindo a história e revelando pro Brasil personagens novos. Quando você ficar mais famoso como ator, vai lembrar que a *Vozes* foi a primeira revista que reconheceu o seu trabalho.

As noites em Angra dos Reis costumavam ser acompanhadas por uma brisa fria, mas, apesar disso, uma gota de suor escorria pela testa de Daniel. Ele fez silêncio e aguardou uma resposta. Para seu alívio, Patrik encarou-o, desta vez com uma análise mais amena.

— Não te ofereci nada pra comer. Deixa eu ver o que tem na geladeira.

— Não — disse Daniel, impedindo que Patrik se levantasse. Poderia tentar ligar para Cora e aí já era. — Eu tô ótimo. Na verdade, não quero demorar.

O jornalista tirou o celular do bolso e clicou no gravador.

— Tudo bem se eu gravar a gente?

Patrik olhou para o dispositivo como se fosse uma arma. Daniel conhecia o olhar. Deixou o dedo indicador tocar o botão vermelho.

— Pode falar seu nome completo e idade?

— Patrik Valle é meu nome social. Prefiro assim. Tenho vinte e quatro anos.

— Ok. Eu fiquei muito comovido com sua encenação na peça, sério. Poderia me falar um pouco sobre sua carreira como ator?

— Claro — respondeu ele. O tom ainda muito desconfiado. — Deixa eu ver... Eu sempre amei atuar. Minha mãe é uma grande incentivadora do meu trabalho. Sempre morei aqui em Angra. Participei de algumas oficinas por aqui e... bom, estou planejando viajar pra São Paulo em busca de novas oportunidades.

— Ótimo você mencionar isso — disse Daniel. — A peça *Romeu & Julio* foi escrita por sua mãe, certo?

Ele confirmou com a cabeça.

— Ela sempre soube que você seria o Julio? Como foi esse processo?

Ele deixou os lábios criarem um sorriso de lado.

— Ela via o Julio em mim. Escreveu o personagem pensando em mim, entende? Eu mergulhei em um intenso processo de pesquisa e caracterização pra dar o meu melhor, mas já tinha muita coisa da minha história no personagem. Isso acelerou as coisas.

— Bacana. E o personagem do Romeu? Ela também já havia escrito pensando no ator?

Kyra deu um pulo no colo de Daniel, fazendo suas pernas estremecerem de susto. Ele reprimiu um gemido e recuou com as costas, não sem perceber os modos de Patrik. O rapaz fechou as pálpebras, buscando forças para continuar. O nervosismo fazia seus dedos tremerem.

— Ele é manso.

— Ah, eu não sou fã — disse Daniel, afastando o gato.

Patrik estendeu a mão sobre a mesa e puxou o celular do jornalista. Deletou a gravação.

Daniel manteve a calma. Um silêncio esquisito pairando entre os dois.

— Olha, eu sei quem você é — revelou Patrik. — Minha mãe me avisou. Eu não acreditei nela, mas vocês são piores do que a polícia.

Óbvio. Ele devia ter contado com isso, mas estava ali de qualquer forma e não sairia sem a verdade. Precisava estabelecer o controle, embora seu celular ainda repousasse sobre a mão do entrevistado.

— Estou aqui pra ajudar.

— Ajudar o quê? Em quê? Você tá revirando uma história que já foi deixada pra trás.

Silêncio. Daniel procurando um caminho para continuar.

— Água Doce detesta pessoas como você e eu. Não entendo por que defende aquele lugar.

— Não estou defendendo — contrapôs Patrik. — Pelo contrário. Eu só não quero ter mais nada a ver com tudo aquilo.

— Deixa eu te ajudar.

— Você ajuda melhor do lado de fora da minha casa.

— Se eu sair agora, minha última imagem sua será a de um cara que descobriu que segurava uma arma de verdade na cena do crime e escondeu-a por um motivo até agora desconhecido.

Patrik gelou. Os olhos cresceram. Daniel aguardou, porém nada mais veio.

— É por isso que estou pedindo ajuda. Você seria vítima de uma segunda morte naquela noite. Não parece ter sido um suicídio.

Patrik levou muito tempo até resolver abrir a boca.

Quando falou, as sobrancelhas desenhavam um v no alto da testa.

— Se eu disser algo, posso colocar minha mãe em problema.

— Se você e ela são inocentes, não tem problema nenhum. Você o viu morrer diante dos seus olhos. Ele era uma pessoa do bem.

Patrik fechou os olhos e xingou um palavrão entre os dentes.

Desviou a atenção durante um tempo razoável para algum lugar vago. Daniel esperou pacientemente. Então, desmontando a postura requintada de minutos antes, ele respirou e confessou:

— Foi a coisa mais horrível que já vi em toda a minha vida. Até hoje acordo de madrugada com aquela imagem gravada na minha cabeça. Às vezes, acho que nunca vou esquecer.

Daniel esperou que ele continuasse, decidindo o quanto acreditava no rapaz.

— Você disse que não foi suicídio, mas como eu vou saber que não? Porque eu não descarto a possibilidade de que ele quisesse se matar e me levar junto. E por isso trocou a arma cenográfica por aquela, pra que eu me matasse também.

— Essa teoria faz sentido pra você? De que ele tentou te matar?

— tentou Daniel.

Um pesar passou pelo olhar do ator, que abaixou a cabeça, aparentemente desacreditado da própria teoria.

— Repassei isso milhares de vezes em minha cabeça e nunca fez sentido. Ele se matar ou me levar junto... Mas, olha, eu não sei.

Os dois assentiram em silêncio.

— Quando foi que você *percebeu* que a arma cenográfica era verdadeira? — perguntou Daniel na tentativa de conduzi-lo.

— Depois que eu percebi que ele podia ter tomado... veneno de verdade, que vi um olhar de angústia que ele nunca havia feito, em nenhum ensaio. A arma tava apontada pra minha cabeça.

— Ele poderia ter colocado a arma verdadeira na cintura antes da cena sem perceber? Alguém da equipe poderia ter trocado as armas?

— Não consigo imaginar alguém fazendo algo parecido. Você não sabe o que está dizendo. Sabíamos quem estava no palco e não havia ninguém além dos nossos. Costumávamos ser como uma família.

Família. Daniel nunca acreditou em famílias.

— Mas havia um movimento diferente antes da peça começar, não? Alguém poderia ter falado com ele no camarim?

— Até poderia, mas ninguém viu nada parecido.

Mauro viu.

— O que você fez com a arma verdadeira? — perguntou Daniel.

O homem levou mais um tempo até resolver contar.

— Quando todo mundo cercou o corpo do Romy, chamaram a ambulância e a polícia. Eu já tinha descoberto que aquela não era a arma falsa, mas... as minhas digitais estavam naquilo, e eu fiquei assustado. Corri até a sala da minha mãe pra tentar pensar. Um escândalo daqueles. A inauguração era importante e... uma arma de verdade. Minha quase morte. Entrei em choque. Hoje parece ridículo eu não ter deixado a arma ali.

— O que fez depois?

— Mexi nela e vi que estava carregada.

— Já tinha carregado uma arma antes?

— Meu pai tinha uma espingarda. Tentei seguir o mesmo esquema.

— Viu se estava destravada?

— Eu não lembro. Juro que não lembro. Foi tudo muito rápido.

Patrik tremia tanto que Daniel achou que ele não fosse capaz de continuar. A voz grossa não combinava com o nervosismo.

— Eu escondi a arma na gaveta da minha mãe, mas depois eles disseram que a polícia ia vasculhar tudo, então dei um jeito de levar aquilo pra casa. Você é a primeira pessoa que fala sobre isso. A polícia... Nunca perguntaram nada.

— A arma tá aqui?

Ele fez que não.

— Desapareceu — disse. Daniel esperou Patrik anunciar a pegadinha. — Não tava onde eu e minha mãe escondemos. Simplesmente sumiu.

— Simplesmente sumiu?

Daniel apertou os olhos, desconfiado. Patrik deu de ombros.

— Alguém mais tinha acesso à sua casa?

— Não.

— Vocês notaram algum sinal de arrombamento ou algo parecido?

— Não.

— Nunca contaram isso pra polícia?

— Não.

Puta que pariu. Daniel encarou Patrik sem acreditar. Ele só podia estar blefando. Precisava controlar a situação, mas não fazia a menor ideia de como não se perder outra vez. Então, de repente, o ator soltou um sorriso inadequado e, ao mesmo tempo, nervoso.

— Você se lembrou de algo? — perguntou Daniel.

Patrik assentiu com um olhar distante.

— Pode parecer ridículo e também não se encaixa porque isso foi muito antes do que aconteceu, mas... Teve esse dia em que eu perdi minhas chaves.

— Como assim?

— Perdi no camarim, eu acho. Não tenho certeza. Tinha a chave de casa e a do teatro. Mas... cara, todo mundo já perdeu a chave um dia, não é?

Daniel encarou Patrik com a certeza de que, no fundo, não queria acreditar em coincidências.

— Isso foi quando exatamente?

— Chega, isso não importa. Eu... não tenho mais nada a dizer.

— Você entende que nada disso incrimina você e sua mãe? — tentou o jornalista. — Vocês só estavam assustados e queriam proteger a reputação ameaçada do teatro. Não fizeram nada de errado.

— Ah, tá. Não somos idiotas. Escondemos uma das evidências que podia conter as digitais do assassino. Cometemos um crime.

— Patrik, alguém colocou uma arma na sua mão. Alguém queria você morto, e você... não quer saber quem fez isso? *Mataram* ele.

— Se eu não quero saber quem foi? Cara, eu tenho dificuldade pra sair de casa até hoje — disse ele, com falta de ar. Parecia prestes a ter um ataque asmático. — Tenho câmeras na varanda, por toda parte da casa. Estou monitorando seu carro há horas. O Toyota preto. Acha que não tenho medo?

Daniel assistiu enquanto o rapaz tentava manter a voz vacilante sobre os trilhos.

Mas que merda. Estava sendo vigiado o tempo todo e por todos. Precisava tomar mais cuidado.

— O depoimento de vocês pode reabrir o inquérito — retomou Daniel. — Se você quer saber quem fez isso, eu preciso que me autorize a usá-lo.

Mas ele negou com a cabeça, decidido.

— Eles são muito mais poderosos do que você pode imaginar. Minha mãe tá cansada. A gente não tem força pra lutar contra eles.

— Contra quem?

Patrik cruzou os braços sobre a perna. Olhou para os lados como se estivesse sendo visto. Abaixou o tom da voz para continuar:

— No dia em que a arma desapareceu, eu e minha mãe estávamos no velório do Romy. Quando a gente entrou no carro de volta pra casa, nem precisou falar um pro outro, já tava decidido, entregaríamos a arma pra polícia. Não queríamos aquilo com a gente.

A pista poderia ajudar de alguma forma. Mas, quando chegamos em casa, tinha desaparecido.

— Tem certeza de que foi nesse dia?

— Minha mãe tinha visto a arma de manhã cedo.

Kyra pulou outra vez no colo de Daniel, e dessa vez ele quase caiu para trás, tamanho o susto. Ficou de pé, irritado. Tentou engolir a saliva, mas a boca estava seca.

— Se importa se eu pegar meu celular de volta? Quero retornar hoje ainda.

— A estrada não é segura à noite.

— A estrada nunca é segura pra mim.

Os dois se encararam. Patrik entregou o dispositivo de Daniel.

— Quer dormir aqui e viajar de volta amanhã?

Daniel fez que não e deslizou até a porta fazendo cálculos mentais.

— Então a arma sumiu no dia do velório?

Patrik fez que sim.

— E vocês não têm nenhuma pista de quem poderia ter... agido?

— Nada concreto.

— Você disse "eles". Disse que sua mãe não quer lutar contra eles. Eles qu...

— Olha, eu tô muito cansado. Se você vai, por favor, vá logo.

Daniel encarou-o, detestando o corte. Tinha a impressão de que já sabia de quem se tratava, mas queria ouvir do ator.

— Quer anotar meu telefone? Se lembrar alguma coisa e quiser falar depois...

— Ok.

Daniel falou o número. Patrik anotou e deu um toque para Daniel antes de pegar Kyra no colo e abrir a porta.

— Olha, foi mal ter sido... inconveniente — disse Daniel, já do lado de fora. — É um trabalho muitas vezes desagradável.

— Tudo bem. Eu sei que é pessoal pra você. Esse caso.

— Como assim?

— Você deve ter visto a fita mil vezes pra perceber que eu notei aquilo. Eu tentei disfarçar e sou bom nisso.

Daniel enfiou o celular no bolso, ainda sem entender.

— Deve ter visto que eu passei um tempo olhando pra ele. Tentando entender o que ele queria dizer. Ele disse uma única palavra antes de morrer. Tenho certeza do que ouvi.

O coração de Daniel acelerou no peito.

— Que palavra?

— O seu nome. Daniel.

PARTE 3

ANGÚSTIA

CAPÍTULO 28

Água Doce, 12 de julho de 2019

Lisa afofou os cachos da parte de trás, testou um sorriso e alisou o vestido rendado. O último carro à vista cruzou a rua, então ela viu-se livre para atravessar. O saltinho cravava no asfalto fazendo toc toc toc conforme ela andava. Carregava uma sacola com a marca de uma empresa de cosméticos.

Por que as crianças e os adolescentes falam tão alto, mesmo em horário de aula?, ela se perguntou depois de atravessar a rua e cruzar o portão de entrada da Escola Estadual Eça de Queiroz. Não gostou muito do que viu. Se parasse para pensar bem, aquele prédio poderia ser um presídio. Não fosse pelos murais coloridos e pelo muxoxo dos alunos, poderia estar num campo de presidiários. Não que já tivesse pisado em um, mas havia tantas grades pintadas de azul-marinho pelos cantos... Sem falar nos buraquinhos na parede disfarçados de decoração ou circulação de ar. E a pouca luz. A pintura toda descascada.

Deixou para lá. Endireitou o sorriso. Gostaria de ter os lábios pintados, mesmo sabendo que não era permitido. Bateu com os ossinhos dos dedos na porta da diretoria. Uma voz pediu a ela que entrasse.

— Boa tarde, dona Abrantes — saudou ela, com o sorriso ensaiado. Mas, então... — Opa! Rute.

— Ah, é você? Entra.

Antigamente, Rute gostava de ser lembrada pelo sobrenome do esposo, mas, depois que virou uma desassociada, passou a usar o primeiro nome. Se pudesse, Lisa cuspiria em cima da mesa daquela negra estúpida e... desassociada. Mas orgulhava-se por saber como tratar as pessoas nos lugares onde precisava causar boa impressão. O sucesso de Luquinhas importava. Quanto melhores fossem as notas dele, mais chances teria de ser elevado ao plano sacerdotal na membresia. Foi pensando nisso que Lisa retirou o bolo de frutas da sacola, oferecendo-o à mulher com as duas mãos.

— Gentileza da sua parte — disse a diretora, forçando um sorriso. — Estou fazendo dieta de açúcar. Não passa nadinha. *Boca chiusa.*

A expressão de Lisa não murchou, mas ela também não soube como reagir. Como se aquela resposta estivesse fora do roteiro.

— Pode botar na sacola. Deixa aqui que eu entrego a alguma funcionária. Você não se importaria, certo?

Lisa fuzilou a diretora com o olhar, esforçando-se para manter o brilho, a pompa e o sorriso. Mas aquela maldita! Estava testando sua paciência.

— A senhora tem alguma noção do motivo pelo qual mandei chamá-la? — perguntou a diretora.

Terminou de assinar um documento enquanto Lisa guardava o bolo e largava a sacola no chão.

A diretora encarava a mulher à sua frente como se não acreditasse que ela fosse de verdade. Apoiou os cotovelos sobre o móvel e cruzou os dedos.

— Eu chamei a senhora aqui para entender um pouco melhor o comportamento do Lucas.

— Hum. Comportamento.

— Pois é. A senhora tem notado alguma diferença no comportamento dele, no dia a dia? Dentro de casa... Alguma coisa diferente do comum?

Será que ela se refere ao retorno daquele infeliz? O que eles queriam com seu filho?

— Nada de mais — respondeu Lisa. A julgar pelo olhar, estava pensando em um céu azul, um sol radiante e nuvens de algodão-doce. — O mesmo menino doce, comportado e responsável de sempre.

Houve um silêncio. A diretora tinha um vinco na testa. Lisa agora sentia um pouco mais de calor naquele inferno de presídio.

— Ouvi dizer que o tio dele retornou para a cidade. O jornalista, não é?

— Aham.

— Isso é uma alteração na rotina dele, não?

— Meu filho não tem contato algum com aquele jornalista, se é isso que a senhora está insinuando — disse ela, quase deixando cair o disfarce. — Ele quase não fica em casa e, quando fica, não sai do quarto. Faço o possível para que não haja nenhum contato.

— Por quê? Ele tem alguma doença contagiosa?

— Tem. A falta de fé — respondeu Lisa com um olhar afiado.

A diretora permaneceu intacta mesmo diante da acidez do veneno. Lisa contente com a prévia do que era capaz de insinuar na cara daquela desviada.

— Acho que a cidade inteira sabe que a *criança* se amembrou à seita de vocês ontem — comentou a diretora, tamborilando com os dedos sobre o documento carimbado pela igreja. — A senhora acha que essa decisão pode ter afetado ele de alguma forma? Estresse... algo do tipo...

— Primeiramente, dona Abrantes, não é uma seita, e a senhora bem sabe.

— É Rute. Meu nome é Rute.

— Rute. — Desta vez, Lisa precisou de muito esforço para engolir o nome. Gostaria de vomitá-lo. — A senhora não compreenderia. Não leve pro pessoal. Meu filho é uma criança abençoada por Deus e pelas Cinco Virgens. Ele foi escolhido pra fazer coisas grandes na Terra.

— A senhora quer dizer que ele não escolheu isso. Está além dele.

— A senhora não entenderia... — respondeu Lisa.

A diretora cravou os olhos em Lisa, transmitindo pensamentos indecifráveis. No final, forçou um sorriso amargo.

— Eu gostaria de mostrar à senhora algo que a *criança escolhida* fez hoje aqui.

* * *

Toc toc toc toc toc. A cada cinco passinhos curtos de Lisa, a diretora dava um. Porém, em velocidade. Aborrecida. Transformando o corredor numa passarela.

Lisa não estava gostando nada daquilo. Nem de passar muito tempo com a desassociada, tampouco do modo como se referia a Lucas. Mas a escola era da dona Abrantes, mesmo que ela a tivesse arrancado das mãos do irmão Alfredo Abrantes, o querido diácono que a dirigia tão perfeitamente e sob as leis de Deus.

Dona Abrantes conduziu Lisa até o final do corredor, obrigando-a a descer as escadas para a quadra. Lisa gostou de estar de volta ao ar livre, mas a diretora tinha uma presença tão pesada que ela não conseguia mais aproveitar as coisas ao redor.

— Seu filho veio pra cá na hora do recreio. Não voltou pra sala — falou a diretora, levando Lisa para um canto da quadra.

— As crianças não ficam na quadra na hora do recreio.

— Ele veio. Encontraram ele aqui fazendo isso.

Lisa reprimiu o gemido quando viu a obra de arte no chão. Dois pombos degolados repousavam em um montinho de mato, como se fossem uma oferenda. As cabeças haviam sido cortadas do restante do corpo. Sangue banhava a obra e manchava o caminho com respingos.

— Meu filho nunca faria isso! — exclamou Lisa, horrorizada.

— Não só faria como fez com as próprias mãos — disse a diretora. — Ele foi encontrado aqui com mãos e boca sujas de sangue.

— Isso é impossível.

— Lisa — disse Rute, com a voz cansada —, isso não é sobre sua guerra contra os desfiliados da sua seita. É sobre o *seu filho*. Quer ajudá-lo ou condená-lo?

CAPÍTULO 29

Água Doce, 14 de julho de 2019

O pai. Ele não estava lá. Não teve uma reza, uma missa, nada. O remorso deve ter carcomido aquele filho da puta dos pés à cabeça.

A fala de Jéssica reverberava fazia horas na cabeça de Daniel. O que ela tinha dito para ele dentro do carro enquanto ele dirigia para Água Doce colocava o líder religioso novamente em sua mira. Por que fugira daquele homem e daquele lugar por todo esse tempo?

Eram cinco da manhã quando Daniel se sentou no banco corrido de madeira. Inalar o aroma do passado corroía suas narinas. A igreja dos virgianitas tinha sofrido algumas reformas, mas ainda era o mesmo lugar. Ele achava a construção claustrofóbica e assustadora. O piso quadriculado lembrava os cálculos que ele fazia durante os cultos, enquanto olhava para o chão e preocupava-se apenas em contar pisos. As duas compridas fileiras de bancos separando homens de mulheres ainda estavam lá. Os vitrais ortodoxos, o teto alto imitando uma capela e aquele altar... O púlpito, a cadeira do Apóstolo, a banheira de prata...

Às vezes, as memórias estabelecem-se por inteiro em menos de um segundo. Você apenas se lembra do acontecido como um todo, não como um filme ao qual assiste. Foi isso o que Daniel sentiu quando fitou a banheira de prata cavada em um ângulo do altar. Seu aniversário de nove anos tinha caído num domingo. Ednalva e Deco tinham decidido comemorar levando-o para o culto, mas ele se sentiu mal, abafado, preso, contou pisos e pisos, nada adiantou.

Não queria que tudo aquilo acontecesse de novo. Desmaiou. Acordou deitado na banheira. O corpo inteiro mergulhado em puro óleo enquanto o culto continuava. Já fora obrigado a dormir ali e só sair no dia seguinte. A igreja dizia que era uma forma de purificá-lo. Os pais não ficavam mais chateados ou envergonhados como no início. A rotina estava estabelecida. Eles só queriam que aquilo acabasse. Queriam que Daniel fosse curado.

Daniel piscou e desviou o olhar para os bancos do lado esquerdo, onde estavam sentadas duas senhoras, agarradas cada uma a uma criança. Uma menina e um menino. Ninguém trocava uma palavra. Era falta de reverência.

Todos aguardavam a presença do Apóstolo nos primeiros horários antes do culto matinal. Só Deus podia saber o que as pessoas tanto conversavam com ele depois de entrar pela portinha de madeira no canto do altar.

Daniel não aguentou mais ficar ali. Levantou-se, tomou um gole de ar puro, o dia estava bom. De repente, sentiu como se a ponta de uma unha gelada arranhasse seu antebraço lentamente.

Virou para o lado, assustado. O vulto de uma criança correu para o corredor na lateral direita. Não tinha certeza do que vira. Desceu os degraus da entrada e seguiu até a passagem formada entre o muro e a igreja. Piscou. Não havia sinal de presença humana ali. Nem daria tempo para uma criança percorrer todo o espaço em tão pouco tempo e sem fazer barulho.

O caminho desaguou no largo jardim aos fundos da igreja. O sol batia na grama e nas pequenas árvores. O canto de passarinhos tornava o ambiente convidativo.

Daniel vasculhou a área com os olhos e não encontrou ninguém. Já estava pronto para voltar para a fila quando observou melhor o pequeno cômodo escondido entre árvores maiores. Na verdade, era um casebre silencioso que, aos olhos de Daniel, brincava de se esconder feito uma criança atrás de uma árvore em uma partida de pique-esconde.

Sem perceber, seus pés já o levavam em direção ao casebre. Daniel checou novamente o silêncio ao redor, certificando-se de que estava sozinho. E então decidiu ser rápido, tocando na maçaneta. A porta se abriu e, sem pensar duas vezes, Daniel entrou.

Já estivera ali outra vez. Um fragmento de memória vibrava em sua mente, mas nunca se completava. O cheiro de estofado de sofá antigo acordava sua vontade de espirrar. A casinha parecia ter aquele cômodo e mais um outro. Tudo bem apertado e iluminado apenas pela luz do sol atravessando o basculante de vidro no alto da casa. Daniel umedeceu os lábios. Observou a cadeira de balanço parada, as poltronas cheias de almofadas, um gaveteiro de madeira escura repleto de miniaturas, estátuas, caixinhas, vidros de óleo e objetos de bronze em cima. Estranhou a pequena escultura empoeirada de um tridente. Esculpido em ouro velho, aquele símbolo não tinha nada que representasse a religião virgianita, pelo contrário. Tridentes costumavam fazer referência ao diabo.

Daniel balançou a cabeça para os lados e continuou alisando as peças dispostas. O olhar logo se fixou em uma moldura simples que carregava um retrato preto e branco comido pelo tempo. Ainda era possível ver que um daqueles seis homens abraçados e sorridentes era o Apóstolo, com não mais do que vinte anos. O outro poderia ser seu avô. Três outros homens usavam chapéus escuros e ternos elegantes, diferente das batas do Apóstolo e dos outros dois.

Daniel apanhou a foto e prendeu-a sobre a calça, debaixo da camisa.

— Implacável como sempre.

Na passagem para o cômodo seguinte, estava o homem que Daniel procurava. O cabelo grisalho e o rosto largo e endurecido.

Daniel olhou-o sem ter qualquer noção de há quanto tempo estava sendo visto. Observou o Apóstolo com azedume. Apesar de ter envelhecido absurdamente nos últimos anos, tamanhas as rugas em seu rosto, que lhe pareceram acentuadas demais para o homem de cinquenta e poucos anos que ele era, os olhos famigerados haviam mantido a frieza da juventude.

— Pessoas como você acham que tomamos o dinheiro dos fiéis — disse o homem. A voz envolvente de locutor ainda era a mesma.

Um pouco mais rouca, talvez. — Mas nunca precisamos de nada disso. Sempre fomos a família mais bem apossada desta cidade. Não existia muita coisa quando chegamos aqui. Nós construímos. Recebemos o que é justo.

Daniel não sabia se conseguiria falar alguma coisa diante do homem. Não poderia levar tudo para o pessoal naquele momento. Não estava ali para cuspir as mágoas do passado. Precisava ser profissional, conseguir a história de Mirela. Tinha um aluguel para pagar. Uma vida.

— Vamos falar ao ar fresco — sugeriu o homem, indicando com um gesto a porta.

Daniel, sem graça, obedeceu sem sorrir ou emitir qualquer sinal simpático. Fora do casebre, dava para respirar melhor. O que será que o homem fazia ali dentro quando pessoas o aguardavam para o confessionário?

— Hoje é dia de se confessar, sabia? — disse o Apóstolo depois de trancar a porta com uma chave e se aproximar. — Você ficou mudo?

Droga. Daniel não sabia que palavras escolher. Queria ser direto e perguntar sobre a arma ou sobre o áudio. *Jornalista de merda!* Nada o tinha preparado para aquele momento.

— Deixa eu te ajudar — disse o Apóstolo. — Você não está na cidade para rever seus pais, não é mesmo? — perguntou.

— Estou apurando o caso do Romeu. — A voz saiu falha.

— Entendo — disse o Apóstolo. Com o passo lento um pouco mais à frente, conduziu Daniel pelo jardim. O sol tocando sua pele.

— Vejo que está bem focado em sua pesquisa. Invadindo propriedades. O que mais?

Daniel não sentia um pingo de vergonha por ter entrado no casebre, mas agora a foto presa debaixo da camisa parecia queimar sobre sua pele.

— É um caso muito... difícil — disse Daniel. — Só estou tentando entender como as pessoas estão lidando com isso. Como reagiram.

— Você chegou tarde para o velório do seu amigo. Além disso, poderia ter vindo até mim antes. Estou sendo gravado?

— Não.

— Bom, o Romeu era meu filho. Meu único filho homem. O que aconteceu com ele foi muito pessoal. Você o conheceu bem. Eram amigos próximos, não eram?

Daniel percebeu-se estranhamente hipnotizado pelo olhar do Apóstolo. O modo como o olhava sugestionava sua inocência no caso de uma maneira que o jornalista nunca imaginara. Um certo charme em sua voz. Algo no jeito de falar.

— Sim. Era muito querido.

— Por todos, até certo momento — confessou o Apóstolo. Passou um tempo escolhendo as palavras, encolheu os ombros. — Não posso dizer que foi fácil pra mim, pra mãe, pra gente... ver meu filho *naquela posição*. Aquilo cruzava uma linha que separava nossas crenças. Era ameaçador pra tudo o que temos construído nesta cidade dando a nossa vida.

— Está falando da peça? — perguntou Daniel.

O Apóstolo não respondeu o que parecia óbvio.

— O senhor imaginou que, no final das contas, ele poderia acabar tirando a própria vida?

— Eu mesmo pensei em tirar a vida dele — disse o homem com um olhar baixo. — Eu pensei em um modo de ajudá-lo a superar todo o peso que ele não conseguia carregar sozinho. Você já se sentiu perdido na vida? Fracassado? Meu filho estava à beira de um colapso.

— Talvez ele só não quisesse mais ser um virgianita. Ele nunca quis.

— Não, ele sempre quis. Mas então voltava a não querer e queria, depois não mais — disse o homem com um sorriso amargo. — Meu filho sempre foi cercado por gente que não o compreendia. Influenciado por pessoas erradas.

Daniel olhou para os próprios pés, quieto. A culpa serpenteando pelos calcanhares. O Apóstolo não estava mentindo. Ele sabia do poder de influência que tinha sobre Romeu. Fizera aquela pergunta tantas vezes para si. Sobre o quanto ele influenciava o amigo a não gostar da igreja, a enfiar lagartixas nos sapatos dos sacerdotes, a se tocarem...

Consiga a minha história.

— Quando foi a última vez que o senhor o viu?

— Eu estava bem em frente a ele quando se matou em um ato covarde e cansado. Pelas Cinco Virgens, que Deus o tenha.

O Apóstolo fez o sinal da cruz três vezes.

— Não, antes do teatro. Quando foi a última vez?

— No dia anterior. Ele estava aqui, nas fileiras de trás, como costumava se sentar. Tinha vindo sem a noiva. Passou a sessão inteira olhando para essa minha cara velha. Hoje eu compreendo que ele estava se despedindo.

Os olhos do Apóstolo ficaram marejados. Ele arregalou-os e sorriu, sem graça.

— Acho que você nunca me viu emocionado, filho. Demonstrar vulnerabilidade não seria algo inteligente para alguém com as minhas responsabilidades, e a inteligência é o único meio que possuímos para dominar os nossos instintos.

Daniel forçou uma parada. Achou que já tivesse ouvido aquela frase em algum lugar, ou talvez estivesse se deixando levar pelo impacto que o homem causava.

O sol batia nas feições do Apóstolo e tornava sua pele mais macilenta, seu olhar quase dourado.

Não. Ele não é um homem bom. Está me enfeitiçando.

— Como foi o velório?

— Eu não estava lá. Fiquei em casa. Eu... fiquei abatido demais. Não gosto de falar desse dia nem desse assunto — disse o Apóstolo.

O jeito de ficar incomodado lembrava o de Romeu, e Daniel não conseguiu deixar de notar.

— O senhor preferiu ficar sozinho a velar o próprio filho?

Ele balançou os ombros.

— Olga não demorou muito lá. E eu também não fiquei sozinho. Meu avô ficou o tempo todo comigo. Provavelmente pensando em como seria a igreja sem um herdeiro.

O homem parecia ter um álibi.

— E como vai ser?

— O quê?

— A igreja.

— Acharemos um caminho. Eu não pretendo morrer jovem.

Os dois trocaram um olhar demorado.

— Se não tiver mais perguntas, meu filho, tenho duas mães me esperando no salão. Posso atendê-las?

Daniel fez que sim.

— Como posso falar com o seu avô?

— Ah, me desculpe, ele não pode falar. Perdeu a fala e quase todos os sentidos. A paralisia.

— Hum.

— Você pode vê-lo, fique à vontade. Ele não é um homem muito simpático, mas... — O Apóstolo achou graça na própria fala. — E também minha esposa, a Olga. Você se lembra dela. Por que não faz uma visita à minha casa agora mesmo? Acho que faz muito bem a ela falar com pessoas. Com as Cinco Virgens.

O homem fez um gesto de cabeça e partiu. Daniel não sentia a foto queimar mais. Todo o fogo tinha se aquietado e, de repente, seus instintos diziam que qualquer pessoa poderia estar por trás daquilo, menos aquele homem. Como aquilo podia ser possível?

CAPÍTULO 30

Água Doce, 14 de julho de 2019

Daniel esperou o sr. Origami entregar-lhe a notinha depois de ter enfiado o cartão de crédito na maquininha. Esperava ser ressarcido pela *Vozes*.

— Quanto mais se reza, mais o diabo aparece — resmungou o homem enquanto aguardava o sinal com a maquininha na mão.

— O que disse? — perguntou Daniel de dentro do carro.

— Você ouviu. Todas aquelas horas na banheira não foram suficientes?

Daniel encarou o homem percebendo os olhos azuis por trás dos óculos com aro de tartaruga. Todos ali sabiam de sua história. Nunca se livraria daquilo. Pouco importava agora.

A notinha saiu. Daniel recebeu-a junto com seu cartão.

— Não planejo ir embora tão cedo, velho de merda — provocou antes de acelerar o carro de leve e estacioná-lo.

Com cada gesto sendo acompanhado pelo atendente, Daniel andou até a loja de conveniência. Camila jogava no celular meio despojada na cadeira. Acenou animada.

Daniel forçou um sorriso, sentindo-se confortável no corpo de um rebelde. Aquela porra de cidade obrigava-o a ser assim. Vagou pelas prateleiras entupindo uma cesta com produtos. Pringles, amendoins, biscoito recheado, iogurte, sacos de Fini. De vez em quando, espiava Camila antes de se aproximar. A garota tinha levantado as suspeitas sobre Patrik e, por causa disso, ele sabia da arma.

Restava saber quem tinha roubado o revólver da casa de Cora no dia do velório, se tivesse sido afanado.

— Trabalha no domingo a essa hora — disse ele, exibindo suas compras.

— Estou me lavando dos domingos traumáticos do passado. Como andam as coisas? — perguntou Camila, enquanto passava o visor vermelho de uma máquina nos códigos de barra dos produtos.

— Você tá na capa do jornal imaginário da cidade.

— Sério? Não compro jornais — disse ele. Ela sorriu de leve. — Só quero fazer meu trabalho bem feito.

— O bairro está de cabeça pra baixo. Fale sobre isso na revista — sugeriu ela. — Voltaram a comentar sobre o caso como se tivesse acontecido ontem à noite.

A curiosidade mandou Daniel tentar extrair de Camila quais eram as fofocas a respeito dele, mas a culpa por revirar a história e afetar a irmã da vítima falava mais alto. E se ela estivesse correndo algum tipo de perigo?

— Desculpe por incomodar, de verdade.

— As pessoas têm mais é que falar mesmo. Não podem deixar isso morrer. Se houver um assassino, quanto mais falarem, melhor será.

Daniel não sabia se concordava.

— Acabei de ver seu pai — resolveu dizer.

— Já pode incriminá-lo?

— Gostaria tanto assim de ver isso acontecer?

Ela ficou séria.

— Ele provavelmente já fez você acreditar que ele é, de fato, um santo.

Daniel odiou-se por dentro e preferiu nada dizer. Concentrou-se em colocar as compras em uma caixa de papelão.

— Ele me aconselhou a conversar com a sua mãe.

— Provavelmente porque ela tem se recusado a ir à igreja desde o que aconteceu. Está de luto, acamada.

— E por que ela melhoraria com a minha presença?

— Por uma chance de falar do Romeu com alguém — respondeu ela como se fosse óbvio. — Não sei se ela vai querer falar com *você*.

— Que tal seu bisavô?

— Ele não fala mais.

— Desde quando?

Daniel se lembrava do homem sempre preso à cadeira de rodas. Participava da maioria das reuniões, sempre recebendo todo o suporte de Olga, da esposa já idosa e de alguma enfermeira. Até onde Daniel sabia, o homem tivera um AVC quando ele e Romeu eram bebês. Foi quando decidiram consagrar o novo Apóstolo. O pai do Apóstolo atual morrera ainda jovem de alguma doença que Daniel não lembrava qual era. A mãe se mudara da cidade logo depois, deixando o Apóstolo ser criado basicamente pela avó.

— Deus deve querer muito que aquele ali continue na Terra — disse Camila. — Ele teve um novo AVC uns cinco anos atrás. Noventa e cinco e cinquenta.

— Débito.

— Já tem cadastro, senhor?

— Não, não, obrigado.

Os dois riram. Ele inseriu o cartão, digitou a senha.

— E sua bisavó?

— Morreu ano retrasado. Ela tava bem cansada — comentou Camila. Pelo tom de voz, ela gostava da idosa. — Pode retirar o cartão.

Daniel obedeceu. Aproveitou e retirou da cintura a foto que roubara do casebre do pastor. Mostrou à Camila.

— Pode identificar essas pessoas?

Camila franziu a testa quando tocou a fotografia. Olhou dela para Daniel e depois novamente para a foto. Quando falou, a voz saiu meio ressequida:

— Meu pai, meu bisavô, um dos sacerdotes amigos da família. E esses outros são os europeus.

Daniel conhecia a expressão "europeus". Aquelas pessoas carregavam no sangue a linhagem dos construtores de Ubiratã. Podres de ricos. A maioria deles tinha migrado dali para cidades mais importantes. Ainda assim, sempre se ouviu que eles recebiam uma grande parte do dinheiro que circulava pela cidade. Pouca gente sabia como esse esquema funcionava.

— Eu sei que parece estranho, mas... eu não lembro o nome do seu pai. Todo mundo o chama de Apóstolo.

— Euclides Velasco. Meu bisavô é Melquisedeque.

— Você estava no velório do Romeu?

Camila quis manter os olhos na fotografia.

— Foi silencioso. Fizemos uma oração comunitária. — Ela sorriu de forma esquisita, doída. — Meu pai não tava lá pra fazer o restante, e muita gente chegou atrasada porque teve um acidente na cidade.

— De carro?

— Não. Uma casa abandonada pegou fogo. Disseram que foi coisa de criança brincando no terreno.

— Quando foi isso?

Camila voltou a encará-lo com um olhar sombrio.

— No final da manhã. Algumas horas antes do enterro.

— Não sabia.

— Você não deve ter perguntado a ninguém — disse ela, devolvendo-lhe a foto envelhecida. — Enfim, foi um dia conturbado, e eu detesto me lembrar dele.

— Me desculpe. — Daniel guardou tudo no bolso e pegou a caixa de papelão com os produtos. — Posso te perguntar mais uma coisa?

— O que quiser.

— Posso usar seu depoimento em minha reportagem?

Ela balançou os ombros.

— Só não quero acordar morta.

— Beleza. Me passa seu número.

Ela falou o número para ele, que agradeceu e fez um gesto com a cabeça em despedida. Mas travou os pés quando ela voltou a falar:

— Sabia que ele gostava de pintar?

Daniel esperou apreensivo porque... não. Romeu nunca pintava. Meninos não pintavam. Na escolinha da igreja, essa atividade pertencia às meninas. Os garotos tinham tarefas mais importantes e espirituais.

— Não sabia disso — disse ele.

— Você não sabe de muitas coisas.

Os dois trocaram um olhar demorado.

— Ele pintava muito bem — disse ela. — Acho que procurava formas de aliviar a mente.

— Será que... Acha que Jéssica poderia me ajudar com isso? Encontrar essas pinturas.

Ela fez que não.

— Aquela ali? Com certeza, não. Era segredo. Eu era uma das poucas pessoas que sabia disso. Ele chegou a me mostrar alguns trabalhos pelo celular. Bom, achei que essa informação poderia ajudar. Eram desenhos curiosos. Você deveria encontrá-los.

CAPÍTULO 31

Água Doce, 14 de julho de 2019

Em pleno domingo, Daniel tocou a campainha da Metalúrgica Rosa do Sul porque não conseguia imaginar outro lugar onde Romeu pudesse guardar as pinturas antes de morrer. Não era uma ideia muito inteligente, afinal Romeu tinha sido demitido. Provavelmente limpara sua sala e levara tudo o que tinha. Mas Daniel conhecia Romeu em muitos sentidos. Quando queria esconder alguma coisa da família, ele compartilhava com a pessoa mais próxima. Aparentemente, Yuri era o melhor amigo de Romeu até que eles perdessem contato depois da demissão. Logo...

O homem abriu a porta da metalúrgica para ele, mas, diferente de antes, deixou-o ali, do lado de fora. Daniel tinha esquecido que os músculos de Yuri chamavam atenção. Não estava preparado para uma visão tão atrativa de repente, a poucos centímetros de distância.

Barulhos de homens gritando e brincando surgiam lá de dentro. Um martelo batendo incessantemente em uma chapa de aço, soldagens...

— Todo mundo trabalha no domingo? — perguntou Daniel, surpreso.

— Todo mundo, não. A hora extra é bem paga — respondeu ele.

— Posso entrar?

Yuri abriu o portão, e a curiosidade empurrou Daniel para dentro. Logo, os dois passeavam pelo corredor da metalúrgica. O barulho do pátio de máquinas a pleno vapor.

— Sempre que pegamos uma obra para petroleiras ou empresas grandes, o trabalho é reforçado — disse Yuri. — Aqui a gente trabalha pra gente grande. Pra fora também.

— Não tinha isso na minha época.

— Pois é. Os estaleiros em Paraty estão cada vez mais importantes — comentou ele. — As pessoas vivem bem aqui com um salário-mínimo. O custo de vida é diferente, a mão de obra também.

— Sei.

— Estamos trabalhando na construção de portas corta-fogo. Você quer conhecer o espaço? Só vamos precisar pegar alguns EPIS pra ficar aqui.

— Não. Minha visita é rápida. — Pensou um pouco e resolveu ir direto ao ponto. — O Romeu passava um bom tempo aqui. Sabe se ele tinha algum escaninho, armário...? Acharam coisas dele por aqui?

— Não que eu me lembre. Ele foi demitido, lembra? Se achássemos algo, teríamos entregado a ele depois.

— Faz sentido... — Daniel se sentiu um idiota por alguns segundos. — Você sabia que ele pintava?

Yuri mexeu a testa, hesitante.

— Ah... sim. Ele às vezes pintava na hora do almoço.

— E você chegou a ver alguns desses trabalhos?

— Não eram trabalhos. Parecia mais uma distração. Ele costumava pintar quando estava entediado também. Mas era uma coisa dele... Como chegou até isso?

— Falando com as pessoas — disse Daniel.

Aguardou mudo. Yuri precisou de uns poucos segundos até dizer alguma coisa.

— Se você puder me encontrar hoje no final do expediente, talvez eu possa te ajudar com isso. Acabamos às duas da tarde.

— Eu não posso esperar. Isso é importante.

Yuri fez uma cara de quem não poderia ajudar.

— Olha, eu não sei como eram as pinturas dele, mas tenho certeza de que isso pode ajudar a entender o que se passava na cabeça dele — insistiu Daniel. Aguardou um pouco mais até acrescentar, em um tom diminuto: — Já parou pra pensar que pode não ter sido suicídio e que a única forma de a gente saber disso é entender o que de fato estava acontecendo com ele?

Enquanto Yuri decidia o que faria, Daniel tentava lidar com o barulho de uma insistente marreta socando repetidamente uma superfície de ferro. Fora o barulho das soldagens, a falação, o cheiro de graxa.

Por fim, Yuri soltou o ar com estranheza e prometeu:

— Me dá dez minutos e eu te ajudo. Vou te levar pra aguardar na ouvidoria.

* * *

Yuri não foi pontual. Meia hora depois do combinado, entrou na sala onde Daniel mofava às moscas. O jornalista já tinha ouvido o áudio do Apóstolo pelo menos doze vezes, aquele que Jéssica dizia ser o abridor de inquéritos. Que irônico. O homem ameaçara Romeu de morte naquele áudio e, naquela manhã, havia confessado para Daniel que sim, tinha feito aquilo, mesmo sem ser sua intenção. Agora, aquela prova parecia ridícula. Ele precisava de mais.

— Me desculpe pela demora. Fiquei agarrado no trabalho — disse Yuri com um sorriso constrangido.

Colocou em cima da mesa um envelope gordo de tamanho A3.

— Encontrei isso no armário dele com as botas e outros EPIS.

— Ele não quis voltar pra buscar?

Yuri apertou os dedos, limpou a garganta.

— Eu encontrei o Romeu uma última vez antes da peça. Por acaso, no mercado. Foi estranho, como se não tivéssemos mais a mesma amizade de antes, sabe?

Daniel fez que sim.

— Chegaram a conversar?

Yuri balançou os ombros.

— Ele só disse que eu poderia ficar com todos os desenhos.

— Se importaria em deixar eles comigo durante um tempo?

Yuri devolveu-lhe mais seriedade.

— Eu não posso.

Daniel assentiu com a cabeça. Abriu o envelope com uma pontada de ciúme e já foi capturado pela primeira imagem que viu. O desenho feito em tinta acrílica não tinha os traços de um artista amador, mas de alguém que sabia o que estava fazendo. Com cores amarronzadas e técnicas de sombreamento, Romeu havia desenhado uma gaiola vazia.

No desenho seguinte, a pintura mostrava montanhas arroxeadas e um mar de flores em tons magenta. Daniel nem percebeu seu queixo caído. Qualquer pessoa ficaria absorta com a riqueza de detalhes e cores.

— Esse é o meu preferido — disse Yuri, apressando os dedos entre os pôsteres de papel couché e selecionando uma das pinturas.

No momento em que Yuri colocou-a sobre a mesa, Daniel foi golpeado por uma ânsia de vômito. Sentiu-se um frouxo por isso, mas não pôde controlar o redemoinho dentro de si, como se fosse feito de água e terra.

A pintura exibia um menino em uma técnica que usava riscos. Os pés descalços, a cor da pele preta, as roupas talvez molhadas, a poça de água nos pés. *Jonas.*

Daniel virou o rosto para o lado, baixou a cabeça e abriu a boca. O jato de água suja escapou de sua boca como se ela fosse uma mangueira de apagar incêndio. Seu estômago repuxou-se por dentro por quase dez segundos até ele se agarrar à cadeira e tudo voltar ao normal.

Yuri, que encolheu o corpo, afastando-se do vômito, transformou o rosto em um assombro.

— Tá tudo bem? Você precisa de ajuda?

Daniel não respondeu. Por mais que estivesse enjoado e sentisse o corpo pulsar, fechar os olhos e fingir demência era parte de uma atuação.

— Temos um técnico de segurança do trabalho.

— Não, só preciso limpar o chão.

Yuri contemplou-o com um vislumbre de medo.

— Limpar o chão? De quê?

Daniel olhou para o conteúdo líquido derramado na ardósia.

Junto com o vômito, havia folhas e pequenos gravetos. Uma pontada agulhou seu peito. *Merda.*

— Pode chamar o médico?

Yuri fez que sim, confuso. Quando saiu da sala, caminhou sobre o vômito sem sujar as botas. Assim que ele saiu, Daniel bateu a porta, tirou o celular do bolso, ativou a câmera e capturou o primeiro desenho. O segundo. E então todos, um por um.

— Vou te dar sua história, Mirela.

CAPÍTULO 32

Água Doce, 14 de julho de 2019

Tinha começado a escurecer, e as mãos de Daniel suavam sobre o volante. Não fazia nem uma hora desde que tinha enviado o primeiro retorno detalhado, por escrito, para Mirela. A tarefa consumiu seu dia e o deixou nervoso mesmo após o último ponto-final. Incluíra depoimentos, as fotos das pinturas encontradas e também a do Apóstolo. Forçou um pouco a barra para justificar a retomada do caso, torná-lo mais interessante. De qualquer modo, estava satisfeito com o resultado até ali, então só precisava distrair a cabeça.

Empurrando constantemente a vontade de pensar sobre as pinturas de Romeu e como elas lhe pareciam familiares, Daniel estacionou a meio caminho do Bar da Garagem e caminhou até lá. Em pleno domingo, os arredores do beco estavam lotados de grupinhos felizes e falantes. Rodinhas de gente com latas de cerveja ou longnecks na mão. Fumaça de cigarro aqui e ali. Funk carioca tocando. Tudo muito atrativo para um domingo de culto. Desde quando aquilo existia por ali?

Daniel sentiu a vergonha de quando se chega a uma balada desacompanhado. Percebeu um olhar ou outro sobre si. Dentro do bar, o barulho da música despertava em parte o que ele fora procurar.

— Quando o mel é bom, a abelha sempre volta — disse Sérgio com um sorriso aberto, entregando um pratinho com pastéis para um cliente. Dessa vez trabalhava sozinho.

— E aí? — saudou Daniel.

— Tudo de boa. Não está no culto?

Daniel sorriu como quem diz "óbvio que não". Aquele canto parecia muito mais interessante. Atrativo, descolado, vibrante.

Melissa sorria abraçada com um cara em um dos cantos. Ela deu um tchauzinho para Daniel, e ele sorriu de volta na hora em que o acompanhante dela saudou-o com uma piscada. Uma mão carimbou-lhe um tapa na bunda.

— E aí? — cumprimentou Mauro, entrando no campo de visão de Daniel, sorridente.

Vestia um blusão colorido com apenas os dois botões de baixo fechados.

Mauro fez questão de um abraço e aproveitou para falar no pé do ouvido de Daniel:

— Reconheceria essa bunda em qualquer lugar, rapaz.

Daniel sorriu. Disfarçava a timidez com um olhar misterioso que costumava funcionar na maioria das vezes.

Mauro riu de volta. Sérgio também. Os dois trocaram um selinho por cima do balcão.

— Amor, você podia aproveitar e apresentar ele pra galera — sugeriu Sérgio.

— Claro! Tá a fim?

Daniel fez que sim.

— Vamos lá fora.

— Só não saiam de mãos vazias. Vai querer o quê?

— Vou de cerveja — disse Daniel. — A Heineken mais gelada que você tiver.

Dois minutos depois, Daniel e Mauro emergiam do bar para a beirada do beco, cada um com uma garrafa na mão. Mauro deixava o ombro roçar no de Daniel, que se afastava de leve, embora agora o achasse muito mais bonito do que antes, mesmo com as bochechas rosadas que não faziam bem o seu tipo.

— Posso falar a verdade? — perguntou Daniel. — Nunca imaginei um lugar como este em Água Doce. Nunca mesmo.

— Quem imaginava, né? — disse Mauro. — Tem cinco anos já. Sabia que o Bar da Garagem é de um virgianita desassociado que cansou daquela porra e decidiu chutar o balde?

Daniel ergueu as sobrancelhas, surpreso. Bebeu um gole e travou os pés, acompanhando o movimento de Mauro. Ficaram na esquina do bar, ainda meio que iluminados pela luz de neon e envolvidos pela batida de brega funk. Mauro balançando o corpo de acordo com o ritmo.

— Não era isso aqui tudo não — continuou Mauro. — Nem tinha movimento. A gente é má influência pra caralho. Olha só como é que tá agora.

Daniel deu uma olhada ao redor, reconhecendo alguns rostos. A galera do teatro! A maioria dos atores conversava, gargalhava e exibia roupas descoladas. Daniel brincou de identificá-los.

— Na minha época de Água Doce, o máximo de diversão era a pegação na rua da fábrica de cigarro.

— Pode crer! Mas eu era muito novo, era muito difícil sair de casa.

— Todos os nossos pais megarreligiosos.

Os dois riram, beberam, se olharam.

— Nunca imaginei que eu ia trocar uma ideia com Daniel Torres. — Mauro riu. — Você era o maior estranho, confessa.

— Ainda sou — disse Daniel. — Sempre fui na minha.

— Os quietinhos são os piores. Quer um cigarro?

Daniel negou, bebeu a Heineken quase toda enquanto Mauro puxou um Lucky Strike mentolado e o acendeu.

— Como vocês dois se conheceram? — Daniel perguntou.

— Na escola — respondeu ele. Tragou. Soltou a fumaça. Riu. — Éramos os dois viadinhos assumidos da cidade. Isso aproximou a gente, mas aqui é osso. Vamos na contramão. Porra de cidade preconceituosa do caralho.

Daniel assentiu.

— Imagino.

— Era difícil pra ele também.

— Pro *Romy*?

Mauro sorriu devagar.

— Então você conversou com o Patrik.

— Ele foi embora porque tem muitos gays concentrados em um único bairro.

Mauro soltou uma gargalhada. Arriscou uns passinhos ao som do brega funk. Chamavam aquilo de sarradas.

— Você disse que achava difícil pro Romeu. Mas o quê? Por quê? — continuou Daniel. — Ele não era gay.

Mauro tragou e soltou a fumaça. Sorriso divertido.

— A gente tem esse mal de achar que só porque o cara quis entrar pro teatro tinha que ser viado obrigatoriamente. Somos uma merda federal. Ele podia ser perfeitamente um hétero curioso, e tá tudo bem.

— Preciso de mais cerveja.

Os dois voltaram para a garagem andando devagar.

— Mas aí a galera do teatro não ia com a cara dele por isso — disse Mauro. — Ninguém gostou da ideia dele entrar só porque era filho do pastor. Pra piorar, ele não era gay, pelo menos não assumido. Nem bissexual, nada. Tinha um ator gay pra fazer um personagem gay, porra.

— Que no caso era você — disse Daniel, atento.

Mauro confirmou sem rodeios.

— Você acha que ela preferiu ele pra atrair a cidade? — perguntou Daniel.

— Você tem dúvida disso?

Sérgio apenas colocou um copo com um drinque azul no balcão, sorrindo para Daniel.

— Tá a fim de bagunçar de verdade?

Daniel sorriu de lado e cheirou a bebida. Tinha receio de ingerir qualquer coisa de tonalidade azul, mas virou metade de uma vez sem nem perguntar a procedência. Merecia fugir da realidade.

Uma hora depois, o som pulsava em seu ouvido junto com as cores dançantes projetadas pelo *moving light* e pelo globo de luz. O bar apinhado de gente bombava tanto que ele apenas se deixou levar pelo ritmo da música e pelos corpos se esbarrando na fritação máxima do brega funk. Entregue à batida, Daniel sentiu as gotas de suor escorrerem pelo seu corpo. Arrancou a blusa, fechou os olhos para absorver a *vibe* de uma mão ou outra que deslizava pelo seu corpo. Não conseguia acreditar que estava em Água Doce, escondido no meio de toda aquela gente jovem bêbada, sorridente, cantando alto e trocando ondas de calor.

Uma mão segurou firme em seu pulso e puxou-o da muvuca para o lado de fora. Ele se deixou levar e, finalmente, foi vomitado da aglomeração. Na rua, a bagunça se estendia, porém mais espaçada e menos intensa.

— Tá de carro? — perguntou Sérgio. No lugar do avental de barman, exibia o peito nu magro e definido. Uma camisa enrolada na cabeça dando-lhe um aspecto indiano.

Daniel fez que sim.

— Eu não bebi. Meu turno acabou — disse Sérgio. — Te levo pra casa.

Daniel testou seu nível de álcool quando meteu a mão no bolso certo e apanhou as chaves com precisão.

— Pra sua casa — disse.

— Tá. — Sérgio sorriu e pegou a chave de Daniel. Não demorou para caçar Mauro, e os três entraram no carro.

Mauro, na parte de trás, não conseguia parar de falar sobre a faculdade de engenharia que seus pais queriam que ele fizesse, na capital do Rio de Janeiro. Ele não tinha passado e queria tentar para Artes Cênicas.

Sérgio dirigiu com atenção, explicando para Daniel as partes da história de que Mauro se esquecia. Pelo visto, ele era um cara detalhista e paciente. Estacionou do lado de fora da vila, e caminharam para a casa do casal. Dependendo do movimento, Daniel via o mundo entortar e esbarrava com Mauro. Então, os dois riam e voltavam a andar direito.

— Quer tomar um banho? — perguntou Sérgio assim que todos entraram.

Daniel não conseguiu responder, pois os lábios de Mauro já marcavam os seus, as mãos correndo-lhe o corpo. Os beijos provando a pele de seu pescoço. Os dedos apressados puxando seu cinto.

Sérgio separou-os, sorrindo. Balançava a cabeça para os lados achando graça da ansiedade de Mauro.

— A presa não vai conseguir subir a escada desse jeito. Calma.

Daniel deixou o riso de lado embelezar seu rosto. Esforçou-se para não bambear. Deu alguns passos pela sala e pegou um dos porta-retratos do casal próximos aos vidros de perfume e barquinhos de papel. Pareciam dois homens felizes. Por que para alguns aquilo era pecado?

— É isso o que eu sou pra vocês? Uma presa?

O calor do corpo de Sérgio por trás do seu causou um arrepio. As mãos do cara avaliando sua condição lá embaixo. Ficaram cheias.

— É o melhor jantar que já conseguimos em anos — respondeu Sérgio. — Bom que estou sóbrio pra apreciar cada pedaço.

CAPÍTULO 33

Água Doce, 15 de julho de 2019

De vez em quando, Ednalva sentia saudade da vida quando só tinha um filho para criar. A infância de Daniel havia trazido marcas e costumes permanentes, mesmo depois que o garoto decidira abandonar a família. Um deles era o costume de nunca abrir as pesadas cortinas. Elas ficavam sempre ali, bloqueando a vista, mesmo em um dia bonito como aquele. Ainda que o hábito impedisse a passagem da luz pelas manhãs e onerasse a conta de energia elétrica, era mais importante preservar a família da curiosidade alheia. Daniel continuava causando problemas...

Deco encostou as costas no armário da cozinha, em silêncio. Lágrimas escorreram pelo rosto de Lisa enquanto Ivan a abraçava, como um bom marido. As sobrancelhas questionando a mãe.

Ednalva roía as unhas dos dedos da mão. O cérebro a mil. Não podia acreditar na desgraça que estava acontecendo. A sombra aproximando-se da casa outra vez, como se uma nuvem pesada decidisse se alojar não apenas sobre seu lar, mas sobre a cidade inteira.

Tinha arrepios ao perceber como as peças todas se encaixavam. Lucas sempre fora um menino obediente. Quando foi que decidiu se recusar a ir ao batismo? Quando foi que começou a falar sozinho, escrever coisas estranhas na parede, perambular pela casa à noite...? Como se não bastasse isso, tinha o sacrifício diabólico na escola, quase impossível de acreditar.

Tudo tinha começado quando seu filho mais novo se aproximara. Não havia outra razão. Todos sabiam da época difícil em Água Doce. De uma forma ou de outra, a cidade estava entregue ao maligno. Com a chegada de Daniel revirando a morte daquele rapaz nojento, pecador e problemático... Será que o coração do filho havia sido atraído pelas sujeiras da cidade? Será que era por isso que estava ali?

Ednalva ignorou o calafrio que percorreu seu corpo e colocou as mãos sobre os ombros de Ivan e da nora.

— Eu vou fazê-lo falar. Ele sempre fala comigo.

— Não vai conseguir nada, mulher — disse Deco, desacreditado.

— Você não tem fé?

— *Fé*? Não se trata de fé — reagiu Deco. Então mudou o tom para um sussurro atemorizado: — Todos nós vimos os dois entrarem juntos naquela sala. Você precisa aceitar que estamos lidando com coisa forte aqui.

Ednalva respirou fundo.

— Sou *eu* que tenho o dom de visão, não você — disse ela, nada tímida. Confiava no que falava, no que Deus tinha lhe dado. — Daniel vai ser curado *aqui*. Se ele está nessa casa justo agora, é por um propósito maior.

— Só pode estar louca... — murmurou Deco, mas toda a família sabia que ele não queria dizer aquilo. Todos sabiam o quanto Ednalva fora tocada por Deus. As revelações que ela entregava em nome das Cinco Virgens.

Ednalva examinou o marido durante algum tempo. Depois, voltou-se para o filho amado.

— O que foi que o Apóstolo disse, meu bem?

Os lábios de Ivan tremiam, como se lutassem para não dizer o que precisava ser dito.

— Disse que, se o Lucas persistir assim, vai ter que ir pro lavatório.

Ednalva cobriu a boca com os dedos. O olhar assombrado. Aquela vergonha outra vez? Não podia permitir isso de novo no seio de sua família.

Lisa começou a chorar mais alto, e Ivan apertou os braços em torno dela.

— Tá vendo o que você tá causando, mãe? Ele tem que ir embora daqui.

— Nós não entendemos o caminho das Cinco Virgens nem do Senhor — disse ela com convicção, embora o coração titubeasse. — Vou falar com o Lucas e tudo vai se acalmar.

— O Apóstolo não quis fazer a imersão com ele? — perguntou Deco.

— Disse que ele não tem preparo — respondeu Ivan. — Vão testar o lavatório, mas, pelo menos, ele vai melhorar logo.

— Só quero meu filho de volta outra vez — resmungou Lisa.

— Vou falar com ele. Não fiquem em cima — disse Ednalva, determinada.

Caminhou dali até a sala de estar, onde Lucas desenhava sentado no tapete da sala. Tinha que dar certo. Ednalva enfiou um sorriso no rosto, repetiu uma prece como um chiado e ajoelhou-se ao lado da criança. Lucas nem chegou a tirar o olhar do desenho.

— Aí está você! — disse ela, animada e com a voz aguda. — Está desenhando, meu amor?

Lucas continuou rabiscando com o giz de cera. Ednalva espiou o desenho disforme, tentando compreender se os traços representavam algo. Parecia um boneco comum e nada mais.

— Tomar café é importante, filho. Quer que a vovó prepare algo muito gostoso pra você?

Ednalva teria mais sucesso conversando com as paredes.

Alguém girou a chave na porta. Ednalva virou a cabeça e notou a chegada do outro filho. Sabia que ele não havia dormido em casa, embora faltassem tantas informações a respeito dele. Que horas ele comia? O que comia? O que fazia além de perturbar as pessoas? Daniel era como uma sombra debaixo de seu teto e, na maioria das vezes, ela até preferia que fosse assim. Nunca tinham sido de conversar muito.

Desde que revira o filho depois de dez anos, na semana anterior, entendera que ele não tinha mudado. Ednalva então voltara a ter dificuldades para dormir, preocupada com o filho que tinha se transformado em um homem longe de suas vistas. Todavia, todas as noites se deitava no horário de costume e mantinha os olhos fechados na cama, para Deco não desconfiar de que ela enxergava algo errado. Precisava garantir que o filho ficasse por perto, pois sentia que, se pudesse ajudá-lo, a cura viria a qualquer momento. Ednalva acreditava na voz de Deus e das Cinco Virgens mais do que em qualquer outra coisa.

— Bom dia — disse Daniel tanto para o sobrinho quanto para o restante da família, que continuava reunida na outra extremidade da sala, quase na cozinha, todos com semblantes tensos.

— Bom dia, tio — disse Lucas, o único a responder.

Ednalva prendeu a respiração. Observou Lucas sem acreditar no que estava mais claro do que ela gostaria. O modo como ele olhava para Daniel com empolgação.

Espiou o marido, o filho e a nora. Os três pareciam prestes a cair em cima de Daniel, atribuindo a ele a responsabilidade pela incógnita demoníaca. Mas ela sabia que ele não era tão responsável assim. Era apenas um instrumento que o inimigo usava para atingi-los.

— Vem cá, meu filho. Fale com o Lucas — chamou Ednalva.

Daniel franziu a sobrancelha, em dúvida se o chamado era para ele mesmo. Ednalva confirmou com a cabeça, e ele se aproximou, desconfiado.

— E aí, Lucas? — disse ele para o sobrinho.

— E aí? Quer pintar comigo?

— Ahn... o tio tem algumas coisas pra fazer. Trabalho.

O menino fez um beicinho e cruzou os braços. Ednalva com uma cara de pena.

— Não pode nem um pouco? — perguntou ela.

Do outro lado da sala, Lisa fazia que não, desesperada, sem Daniel perceber.

— Desculpa, mãe. Eu realmente tenho trabalho.

Ednalva conhecia a sinceridade de Daniel, mas não a aprovava. Ele não se importava com a família.

— Ele não falou com ninguém a manhã inteira. Só agora, com você.

Daniel ficou em silêncio, um tanto espantado, mas finalmente desceu os joelhos até o tapete. Ednalva quase se derreteu por dentro com o sorriso que o filho deu para Lucas. Era forçado, mas tão bonito. *Seu filho.*

— Posso ver seu desenho? — perguntou Daniel.

Lucas olhou-o de soslaio, mas estava na cara que ele queria atenção. Decidiu entregar a folha ao tio. Ednalva acompanhou o movimento e observou os olhos de Daniel. O brilho transformando-se em sombra.

— É um garoto em uma poça de água? — perguntou Daniel com a voz um tanto rouca.

— Meu amigo imaginário — respondeu Lucas.

Do lado de lá, Lisa só faltava começar a berrar. Ivan e Deco compartilhavam a mesma expressão de indignação, mas também ficaram quietos. Ednalva franziu o cenho. Não gostava daquela conversa.

— Não temos amigos imaginários nesta casa, meu amor.

— TENHO SIM! — berrou Lucas.

Ednalva chegou a estremecer. Os pelos do braço ouriçados.

— Eu tenho que ir — disse Daniel, embaraçado, levantando-se.

Ednalva segurou-o pelo pulso com uma mão firme. Mesmo sentindo o cheiro de cerveja e cigarro que emanava de Daniel, ela insistiu:

— Fique perto — implorou ela, reforçando o pedido com os olhos.

Daniel olhou com repulsa para a mão da mãe presa em seu pulso. Nos olhos dele, ela percebeu algo inacessível. Pior ainda, algo que ela tinha medo de traduzir. Custaria muito. Estragaria o baile de máscaras construído por ela mesma por questão de sobrevivência.

Não. Não estava pronta. Preferia a sua sanidade. Preferia acreditar no demônio que conduzia o filho e na nuvem diabólica que pairava sobre a cidade.

Com um fio de expectativa pela conversão nas poucas horas que restavam, ela descolou a mão do braço do filho e fez o sinal da cruz.

— Com as Cinco Virgens — disse ela.

Em breve, tudo ficaria bem.

CAPÍTULO 34

Água Doce, 15 de julho de 2019

Conforme se aproximou do casarão, Daniel começou a se lembrar do quanto a família do Apóstolo era bem abastecida de dinheiro. Sua entrada ali tinha sido permitida pouquíssimas vezes no passado. Uma casa amarela extensa e dupla, marcada pelo estilo colonial, daquelas que se conta umas quinze janelas apenas na frente.

Era curioso como a mente se organizava aos poucos. Daniel viu o esboço de um homem tomando sol sentado em uma cadeira de rodas, imóvel sobre o gramado. Antes de olhar para Melquisedeque de perto, lembrou-se de como sempre fora odiado pelo rabugento. De como Romeu dizia ter medo dele muito antes de o primeiro AVC deixá-lo paralítico. E agora, depois de um segundo episódio, a fúria que emanava parecia impressa em cada ruga de seu rosto.

— Tudo bem, Daniel? — perguntou a moça vestida de branco, parada logo atrás do velho. Estendeu uma mão simpática. — Eu sou a Rosa.

— Conheço você — disse Daniel depois do aperto de mão. Era estranho nunca precisar dizer seu nome, como se fosse uma espécie de celebridade. — Estava atendendo minha mãe um dia desses.

Ela apresentou um sorriso curto, mas Daniel não conseguiu ficar nele por muito tempo. Precisava voltar para Melquisedeque e conferir se aquela expressão horrível estava de fato paralisada. Os olhos frios do homem assemelhavam-se aos do neto: belos, mas famintos.

— Posso ajudar em algo? — perguntou Rosa.

— Queria falar com a dona Olga.

— Com a dona Olga?

— Ela tá em casa?

— Sim... Só é um pouco difícil eu chamá-la agora porq...

— Não tem problema — interrompeu Daniel, aproveitando a deixa para adentrar a casa em busca do revólver na expectativa de identificá-lo. — Obrigado.

Daniel avançou em direção à porta principal e abriu-a sem pensar duas vezes. Só depois espiou por trás dos ombros, e, mesmo que Rosa falasse com Melquisedeque, distraída, ele podia jurar que estava sendo vigiado por ela dois segundos antes.

A casa dos Velasco cheirava ao óleo ungido que costumava ser distribuído na porta no fim das reuniões. Daniel jamais se esqueceria daquele cheiro. Ele imaginou as horas diárias que Olga devia gastar ungindo cada umbral, janela e porta para atrair a proteção divina e livrar a habitação de todo mal. Bom, ele estava ali.

Daniel evitou fazer barulho enquanto andava pela casa. De repente, Olga surpreendeu-o.

— O que faz aqui?

Daniel mexeu a boca, sem graça. Sobre os ombros cansados e a pele pálida, Olga vestia um roupão preto, exibindo no rosto bolsas arroxeadas em torno dos olhos pequenos.

— A enfermeira disse que eu podia entrar.

Olga afastou as longas madeixas do rosto e esticou o pescoço, bisbilhotando o quintal por uma das janelas. Depois, voltou-se para Daniel.

— O que veio fazer aqui?

— Gostaria de conversar com a senhora, se for permitido.

— Comigo? Sobre o quê?

— O Apóstolo pediu que eu viesse aqui. Disse que seria bom para a senhora... conversar com alguém.

— Ele disse isso?

Daniel confirmou com a cabeça. Ela o avaliou dos pés à cabeça.

— Eu não acho que Água Doce esteja fazendo bem a você. Seu espírito está perturbado.

A senhora tem razão.

— Estou tentando me resolver.

— Está? — provocou ela, movendo-se até a estante da sala. Apanhou os óculos e encaixou-os acima do nariz. — Espero que realmente esteja. Aceita uma oração? — Quando chegou bem pertinho de Daniel, quase sussurrou: — Vamos lá pra cima que aqui embaixo as paredes têm ouvidos. Os empregados...

Atento a cada milímetro da casa, o jovem seguiu a mulher pela escada de madeira. Foram parar em um andar ainda mais silencioso, inundado pela luz solar. Olga conduziu Daniel até um dos quartos, que ele logo descobriu ser o dela. No cômodo, entrava uma surra de claridade, banhando a cama de casal, as duas escrivaninhas, a penteadeira de Olga. Todos os móveis antigos.

Daniel mal podia acreditar que a mulher tinha levado ele ali. Por mais que a casa fosse gigante, um quarto íntimo soava como um bom lugar para esconder uma pistola.

— Na varanda — indicou ela, adiantando-se até uma portinha e revelando um balcão que dava para o lado de fora.

Daniel acompanhou o gesto.

— Muito bonita a casa — mentiu, para manter algum assunto. Parecia uma casa de sinhá.

— Moro na primeira fundação de Água Doce — disse ela. — Acha que é uma coisa boa?

Pela visão estratégica, talvez sim. Daniel apreciou a vista. A casa ficava exatamente no final de uma rua sem saída. Dali de cima, ele podia contemplar a rua inteira. As folhas gastas caídas sobre ela e os carros estacionados nas poucas casas muradas compartilhando a vigilância. Todas elas ocupadas pelos alto sacerdotes, Daniel sabia bem.

Desviou a atenção para Rosa e Melquisedeque lá embaixo. Por um breve momento, Rosa espiou-o de relance, como se soubesse exatamente para onde Olga o levaria.

— Estou aqui pra falar sobre o Romeu — disse Daniel.

— Falar o que sobre ele?

— O que a senhora quiser.

Em silêncio, ela apertou o corpo com os braços. Não se debruçou na sacada como ele. Apenas conduziu o olhar para as amendoeiras e o conjunto de outras árvores amontoando-se pelos lados da região pacata. Os lábios ressequidos crispavam-se vez ou outra. Ela tentava impedir a vontade de chorar.

— Eu estava triste com meu filho antes de tudo isso acontecer — disse ela. — Ele tinha abandonado Deus.

Daniel desviou o olhar e aguardou com paciência até que ela estivesse pronta para continuar.

— Quando dava o ar da graça nas reuniões era porque o Euclides ia até lá e a gente colocava os dois no carro, forçados. Todos os dois já estavam imundos como você. Talvez ela se salvasse, não sei.

Daniel riu. Era rir para não contestar. *Imundos.*

— Acha engraçado? — perguntou ela. O olhar duro e frio como metal. — Acha engraçado perder um filho? Acha alguma graça em ver que o seu filho está afundando até constatar que não pode mais ajudá-lo?

— Não, senhora. Me desculpe.

Olga apertou ainda mais os braços no corpo.

— Você não tem ideia do que ele passou, das coisas que nossa família enfrentou — disse ela, magoada. — Vai escrever um livro sobre nós? Escrever o quê?

— Eu só... quero entender o que levaria ele a fazer o que fez. Ele era meu amigo.

— Você está correto — disse ela, finalmente debruçando-se na sacada. Observou Melquisedeque e Rosa por um tempo. — Meu filho gostava muito de você. Desde criança. Tentamos tanto fazer com que você desaparecesse, e até agora, depois da partida dele, você *ainda* está aqui.

Daniel fechou a cara involuntariamente. O ódio borbulhou dentro de si, embora não soubesse para quem a própria raiva se direcionava. Provavelmente para si mesmo.

— Admiro você, sabia? — falou ela, sorrindo. — Você tem a força e a ousadia que meu filho não tinha.

— Ele era forte, sim.

— Forte? — perguntou ela, olhando nos olhos de Daniel. Algo a atingiu como uma flecha, dobrando-a por dentro. A impressão de Daniel era que tinha esmagado uma ferida infeccionada. — Você não sabe de metade do que se passava na cabeça do meu filho.

— E a senhora sabe? — provocou. — Ele se abria com a senhora?

— Meu filho morreu porque era um menino fechado para o mundo. Como acha que ele poderia ter se aberto comigo?

— Tive a impressão de que você disse conhecê-lo.

— Eu sou uma *mãe*. Ainda sou uma mãe, por mais que minha filha me deteste. Uma pessoa como você nunca entenderá os dons que Deus dá às mães.

— Eu estou disposto a entender.

— Está disposto a revirar lixo — disse ela. Daniel preparou-se para receber uma cuspida na cara, tamanho o desprezo no rosto da mulher. — É isso o que vocês fazem. Reviram a vida das pessoas em busca de algo podre que possam exibir para o mundo. Sobrevivem dos pecados das pessoas.

— Vim aqui pra ajudar o seu filho.

— Bem, você chegou tarde demais. Meu filho se matou, e o caso está encerrado. Fim.

— E se eu disser que há chances de que alguém tenha armado pra ele?

Olga riu. Umedeceu os lábios rachados. Apertou os braços no corpo, tensa.

— Dona Olga, a senhora sabe dizer se o seu marido tem alguma arma?

Ela franziu a testa.

— Não compreendo o que quer dizer.

— É uma pergunta muito simples. O Apóstolo tem alguma arma de caça ou qualquer outra?

— Me casei com um homem de Deus.

— Muitos homens de Deus matam em nome de um bem maior.

— Você está dizendo o quê? Pelo amor de Deus — sibilou Olga com um olhar irritado.

A mulher voou contra Daniel, descontrolada, agarrando-lhe a gola da camisa. A mandíbula cerrada bufando ódio e saliva. Daniel teve medo do que encontrou nos olhos dela. Ainda assim, continuou:

— Havia uma arma na cena no palco — revelou ele. *Merda*. O que estava dizendo? — Alguém tentou matar seu filho e o cara que interpretava Julio. A arma desapareceu.

— Você quer dizer que alguém colocou uma arma e um veneno para matar os dois ali? Tem certeza disso? Tem certeza?

Relutante, Daniel fez que sim.

— Tem alguma arma na casa?

Então, para o susto de Daniel, a mulher começou a proferir um monte de palavras esquisitas. Correu para os pés da cama, ajoelhou-se e começou a rezar compulsiva e incompreensivelmente.

Daniel tentou respirar. Tomou um gole de coragem e começou a revirar o quarto. Abriu todas as gavetas. Olga não protestou. Apenas continuou rezando. *Línguas estranhas*. Daniel abriu as portas do armário e enfiou as mãos entre as roupas e batas do Apóstolo. Olga rezando. Conferiu os cantos, as escrivaninhas, atrás dos livros, das pequenas esculturas e lamparinas, bíblias, garrafas de vidro. Olga rezando em línguas estranhas. Nada. Em lugar nenhum.

— Ei! — exclamou Rosa na porta do quarto. — Você precisa ir embora agora.

A voz da mulher fez Daniel estremecer, tamanha a tensão.

— Ela ainda está rezando — disse Daniel, nervoso.

Rosa correu até ele, fazendo-o descobrir que tinha força nas mãos. Segurou-o pelos ombros. O tom urgente na voz.

— Você tem que ir agora, querido.

Frustrado, Daniel foi praticamente empurrado porta afora, e também pelas escadas, corredor, sala e... então, na porta da entrada, os dedos de Rosa tornaram-se verdadeiras garras virando-o para ela. Quando ficaram frente a frente, ela usou um tom de voz minúsculo. Os olhos tomados de medo.

— Tome cuidado — disse ela, muito rápida. — Tem gente poderosa que pode silenciar você. Essa história não é só o que parece.

— O quê? Como assim?

— Eles me demitiram. Algo aconteceu na estrada naquele dia, a caminho do hospital. Não posso contar mais nada. Não posso.

— Eles quem?

Daniel ouviu os passos de uma pessoa correndo dentro da casa.

— Você não sabe com quem está mexendo — sussurrou ela, às pressas. — Há gente muito poderosa aqui. Fuja antes que eles levem você também.

CAPÍTULO 35

Água Doce, 15 de julho de 2019

A ansiedade causou uma fome avassaladora em Daniel, e ele encostou o carro na esquina de uma pensão. O restaurante, humilde, ficava bem na curva. Mesas e cadeiras espalhadas pela sombra debaixo de uma cobertura de telha no meio da calçada. Um corredor minúsculo para quem quisesse passar. Em um quadro negro, o cardápio do dia rabiscado com giz.

Mesmo com quase todas as mesas vazias, ele escolheu a mais discreta possível.

Cobriu a cabeça com as mãos como se isso o ajudasse a organizar os pensamentos.

Há gente muito poderosa aqui. Fuja antes que eles levem você também.

Algo no tom de voz daquela mulher assustara-o de verdade. Ser curioso era uma droga porque, ao mesmo tempo que tinha vontade de dar o fora, precisava cavar até o fundo.

E não era só para a reportagem. Mais do que isso. Era de Romeu que estavam falando. *Seu Romeu.*

— Vai querer o quê? — perguntou a atendente, uma jovem de coque na cabeça, bermuda jeans, Havaianas nos pés.

— A comida mineira.

— Quê?

— A mineira. Tá escrito ali. — Apontou o cardápio com o queixo.

A garota fez um bico e revirou os olhos sem a menor vontade de atendê-lo.

— É carne-seca com couve.

Dava no mesmo. Daniel apenas assentiu. Tinha coisas mais importantes com que se preocupar.

— Não tem couve.

— Tem o quê?

— Carne — respondeu ela, de má vontade. O olhar de quem estava disposta a travar aquela guerra.

— A carne-seca, a farofa e o tutu, então.

Ela escreveu em um papelzinho.

— E uma Coca, por favor — ele disse para o vento, pois a atendente já havia lhe dado as costas.

Daniel respirou fundo e se concentrou. A oração esquisita de Olga enchia seus ouvidos. Mencionar a arma soara para ela como um gatilho, o que só intensificava a certeza de que o Apóstolo escondia uma em casa. Se era a mesma que Patrik e Cora tinham tentado esconder, ele não sabia.

O que fazer dali para a frente?

Pelo que entendeu da fala de Rosa, tinha havido um incidente no caminho da ambulância que levara Romeu até o atendimento médico. Algo envolvendo gente poderosa. Como ela poderia saber? Será que algo havia acontecido dentro da ambulância? Algo envolvendo o Apóstolo?

Daniel tampou o buraco da barriga com a comida da pensão, que pelo menos era boa, e dirigiu até o local ao qual ainda devia uma visita. O ambulatório do bairro fazia parte de um posto médico municipal, uma unidade extensa, mas de aparência simples e humilde. Era difícil acreditar que funcionava um serviço ambulatorial ali, a não ser pelos carros estacionados no canto. Tinha um único andar e ficava localizado bem ao sul do bairro, no caminho para o rio Iberê, só que indo para a direita. A unidade construída em sua época de menino fizera um bem incrível para aquela região, afinal, até então, a Unidade de Pronto Atendimento mais próxima ficava a quilômetros de distância, na cidade de Paraty. Muita gente de Ubiratã ia até Água Doce por conta do posto, o que trazia um mínimo movimento para a região.

Daniel encostou o carro, abriu o notebook e releu os documentos do inquérito aos quais tinha acesso. A Guia de Encaminhamento de Cadáver começava com o mesmo nome grifado em letras blocadas sobre uma fachada pintada de azul: Posto Médico Sanitário de Água Doce Doutor Felipo da Silva Saas. Depois, o documento partia para a identificação do cadáver. Daniel sabia que, para o IML, Romeu era um corpo, não uma pessoa. Era àquilo que seu amigo tinha se resumido, a um corpo morto.

Daniel releu a parte v da guia: Óbitos por Causas Externas. Na seção "Suicídio" havia um x no item "Intoxic./Envenen.". Substância: toxina botulínica. No alto do documento, outro x indicava que o cadáver havia sido encaminhado ao IML, e não ao SVO (Serviço de Verificação de Óbito). O documento terminava com a assinatura do médico responsável: Anderson Navalha. Era com ele que Daniel gostaria de conversar se tivesse sorte.

* * *

Podia até ser funcional, mas o impacto visual do posto era péssimo. Os pacientes mofavam no ambiente abafado, apesar dos tufões pregados às paredes, que não davam conta de refrescar o lugar.

Atrás da recepção feita por um balcão largo de madeira, ficavam duas mulheres já de idade. O uniforme era uma camisa da prefeitura, e a maquiagem era o cansaço carimbado no rosto das duas àquela hora da tarde.

Daniel avaliou-as por um tempo e entendeu que faziam uma espécie de cadastro e triagem. Não seria fácil chegar até o médico do atendimento ambulatorial.

— Oi, eu precisava falar com o dr. Anderson Navalha — disse Daniel, apoiando os pulsos no balcão e testando um tipo de sorriso galanteador. A atendente não chegou sequer a olhá-lo.

— Vocês têm uma mania de gravar dia de doutor, né? Quantas vezes eu vou ter que falar que não é assim que funciona?

Daniel olhou para a outra atendente em busca de salvação, mas ela parecia concentrada em preencher um formulário no computador. Berrou o nome de um paciente, e ele veio correndo de uma das cadeiras do fundo. Começaram a conversar sobre o histórico dele como se fossem conhecidos há séculos.

— O senhor vai ficar aqui parado na minha frente? — perguntou a recepcionista.

Tinha o cabelo trançado e os olhos entediados atrás das lentes dos óculos.

— Eu disse que preciso falar com o dr. Anderson.

— O Navalha?

— Isso.

— Tem horário marcado?

— Sim.

A recepcionista desenhou a maior cara de descrença.

— O que você quer?

— Tenho um horário marcado com ele.

— O dr. Navalha não atende mais. Trabalha junto com os gestores no administrativo. Você deve estar enganado.

— E ele tá aqui hoje?

Ela fez que sim de má vontade. Daniel tirou a carteira do bolso e apresentou a identidade a ela como se fosse um distintivo.

— Meu nome é Daniel Torres. Sou repórter da revista *Vozes*. Preciso falar com ele com urgência. Pode avisá-lo, por favor?

A recepcionista olhou-o de soslaio. Depois, soltou uma gargalhada.

— Meu nome é Bond. James Bond — disse ela, em puro deboche. Pelo jeito, não aparecia muita gente da imprensa por ali.

Mas, pelo menos, pegou o rádio em cima da mesa e seguiu o protocolo, chamando o doutor. Cinco minutos depois, Anderson Navalha aproximou-se da recepção com o olhar preocupado.

O homem media quase dois metros de altura, um trabalhado pedaço de carne por baixo das roupas brancas e do jaleco. Um elástico detinha o cabelo fino em um coque.

Daniel foi em direção ao homem sem saber o que procurava ali de fato.

— Oi. Sou o Daniel.

— Tudo bem? — perguntou o doutor sem um sorriso de apresentação. — Como posso ajudar?

— Sou repórter da revista *Vozes* e estou investigando um caso que aconteceu no último dia 2 de abril.

Com os olhos estreitos em direção a Daniel, Anderson confirmou com a cabeça.

— Ouvi falar de você — disse ele. — E como posso ajudar?

Daniel podia sentir os olhos ao redor pregados em si e no doutor. Cambada de gente fofoqueira.

— Pode ser em um lugar mais... reservado?

— Infelizmente, não. Estou em uma reunião.

Daniel encarou o doutor.

— Ok. Eu gostaria de saber detalhes do que a equipe médica encontrou quando chegou ao teatro.

— Por que isso é importante pra vocês?

As mesmas perguntas de sempre.

— Gostaríamos de criar um texto verossímil. Conversar com quem viu tudo de perto é superimportante.

O doutor transferiu o peso do corpo para uma das pernas, cruzando os braços.

— Não tenho muita informação que possa ajudar.

— Mas o senhor estava na ambulância naquele dia, não estava?

Navalha não parecia ter gostado daquele comentário. Espiou a expressão das pessoas ao redor e fez um gesto para que Daniel o acompanhasse até uma pilastra de concreto onde o sol batia, já que todos os pacientes fugiam para as sombras.

— O garoto morreu por overdose. Isso é algo que você pode escrever na sua revistinha de esquerda. A polícia confirmou que a medicação, acima de tudo, era obviamente furtada.

Daniel sacou o celular do bolso em um gesto lento. Ligou o gravador. Estava cansado de ser caçado naquele bairro de merda. Queria caçar.

— O senhor se importa em dizer como encontraram o corpo?

Anderson sorriu para o gravador, afrontado.

— Vou te ajudar porque você tem pais incríveis. Do contrário, não tenho obrigação nenhuma de dar depoimento à imprensa. Faça-me o favor.

Daniel aguardou.

— Foi utilizada uma ambulância intermediária para atender ao caso. Ele não tinha morrido, mas apresentava os sinais vitais muito fracos. Você sabe o que é pulso filiforme?

— Não.

— O garoto tinha poucas chances de viver. Tentamos reverter na hora, mas ele não reagia. Colocamos ele no carro e trouxemos até aqui.

— O que aconteceu no caminho para cá?

— Ele não resistiu.

— Disso eu sei. Estou falando do restante.

O médico apertou os olhos.

— Eu não sei do que você tá falando.

— Tem certeza?

— Está insinuando o quê?

Uma pausa desconfortável.

— Posso saber o nome das pessoas na equipe que o acompanhou nesse atendimento?

Ele riu.

— Equipe? Não tinha equipe.

— O senhor fez o atendimento sozinho?

— Eu e uma técnica. Olha, eu não tenho tempo pra esse monte de besteira. Espero que o senhor fique bem.

— Doutor Anderson — chamou Daniel, mas outra vez falara com o vento.

O médico já tinha lhe dado as costas, deixando-o só.

CAPÍTULO 36

Água Doce, 15 de julho de 2019

Daniel socou o volante do carro com raiva redobrada. Sentia-se perdido no jogo, como se todas as pistas que chegavam até suas mãos se esvaíssem como água pelos dedos.

Será que um repórter investigativo tomaria aqueles caminhos? Cora era uma das maiores suspeitas. Com todas as informações sobre o passado e os maridos dela, não era difícil colocá-la em sua mira. Talvez ela estivesse escondendo a arma do crime e tivesse preparado aquele espetáculo para conseguir a proporção desejada para sua inauguração.

Nem mesmo Daniel conseguia acreditar nessa teoria. Quando tentava, se perdia.

— Me pegou numa hora ruim. Estou no meio de outro trabalho — disse Sky do outro lado da linha.

Em outro momento, Daniel consideraria ligar mais tarde.

— Eu realmente preciso de ajuda.

— Um minuto.

Daniel ouviu a cama ranger. Enquanto isso, manteve os olhos pregados no estacionamento localizado nos fundos do posto. Imaginou que a qualquer momento aquele doutor sacana pegaria um carro e o levaria até o assassino de Romeu.

— O que tá pegando?

— Alguma porra aconteceu no caminho da ambulância — disse Daniel. — O documento do óbito diz que ele morreu no caminho.

Acho que rolou algo no percurso.

— Daniel, eu preciso que seja objetivo. O que quer que eu faça?

Ele fechou as pálpebras, respirou fundo. Gostaria de acender um cigarro.

— Saber quem estava na ambulância com o médico.

— Esse tipo de coisa é por escrito. Geralmente um livro que fica dentro do carro.

Daniel refletiu por um tempo. *Sou só um impostor.*

— Tem três meses — disse. — Eles devem ter arquivado.

— Parece pouco tempo para um livro e um lugar minúsculo como esse ninho de passarinho aí. Não diria arquivado. Deve estar em algum lugar da administração.

— Tem certeza de que não tem como rastrear isso por aí?

— Tem certeza de que precisa de mim? — perguntou ela em um tom desagradável.

— Preciso saber tudo o que aconteceu nesse ambulatório nos dias 2 e 3 de abril. Todos os cadastros novos. Quem entrou, quem saiu, atestados de óbito, tudo daquele dia. O que eu puder conseguir daqueles computadores.

— Estou *no meio do outro trabalho.*

— Não agora — insistiu Daniel, irritado. — Por favor, Sky. Eu preciso disso. Não aguento mais ficar aqui.

— Está tomando seus remédios? — perguntou ela, desconfiada.

— Acabaram.

— Você está sem dormir esse tempo todo?

— Vai me ajudar ou não?

Ela considerou. Estalou com a língua no céu da boca, emputecida.

— Conecte sua máquina em um cabo de rede e eu copio os inputs desse dia em específico, ok?

— Tenho que ir até lá?

Sky encerrou a ligação.

* * *

A melhor forma de invadir um hospital é pela porta da frente, disse Daniel para si mesmo. Quase dez minutos depois, repetia o mantra para tomar coragem: *Você consegue fazer isso.*

Bateu a porta do carro e seguiu com a mochila pendurada no braço. Caso fosse pego no flagra, já tinha a desculpa pronta. *Precisava carregar meu computador.* Simples assim, e talvez por isso mesmo o coração batucou às pressas quando ele retornou para o posto de saúde.

Ignorou o segurança barrigudo no portão da entrada, avançou pelos corredores olhando os adesivos nas portas, meteu a mão na porta do administrativo e simplesmente entrou.

A sala apertada e vazia fedia a um desinfetante de lavanda recém-passado no chão. Prateleiras com arquivos, uma cafeteira num canto, mesas com computadores arcaicos de bojos gigantes. Daniel escrutinou tudo depressa em busca de um cabo de rede. Correu até um dos computadores, conectou seu notebook, e Sky logo dominou o cursor. Um bloco de notas pulou na tela com a mensagem: *"Bora, macho. Deixa de medinho e consiga o que precisa".* Ela apagou a tela. Uma ponta de ofensa cutucou-o por dentro, mas ele terminou rindo da própria fragilidade.

— Ok. Agora, os registros dessa merda.

Daniel correu os dedos pelas pastas e arquivos empilhados. Havia arquivos de departamento pessoal, formulários, envelopes com radiologias, contas. Nada que se parecesse com o documento de registro, mas havia algo que ele pensou dez vezes em usar.

Preparado para ser perseguido e preso, ele fechou a porta da sala e andou pelo corredor forçando o queixo para cima com o máximo de confiança. O único problema do jaleco sobre seu corpo estava no nome bordado no bolso: dra. Marcelle Prestes da Silva. Ele tentou disfarçar o nome com o bolo de cadernos e pastas presos no peito. Alguns pacientes pelos corredores buscavam reconhecê-lo. Uma moça chegou a chamá-lo de "doutor", mas ele se adiantou sem olhar para ela, sempre inspecionando as palavras coladas nas portas. Esbarrou com uma jovem ruiva. Ela sorriu de modo gentil e seguiu adiante.

— Oi — chamou Daniel, aproximando-se dela e fazendo-a parar.

— Oi. Você é novo por aqui?

— Sim.

— Ah, Suzi — disse ela, estendendo a mão.

Ele apertou a mão da moça e notou a reação dela ao choque de suas mãos geladas.

— Eu tô um pouco perdido, confesso.

— Posso ajudar? Eu também sou nova, mas...

— É que o dr. Navalha me pediu as atas que as equipes assinam quando saem pra um atendimento ambulatorial — ele arriscou, sabendo que estava indo um pouco além do eticamente recomendado para sua profissão.

Ela riu.

— Você fala engraçado. Disseram que ele é o cão, né? Mas não precisa ficar nervoso, não. É na sala de troca de plantão.

Uma gota de suor insistiu em escorrer pela testa nervosa de Daniel.

— Foi mal. Você... pode me mostrar onde é?

— Ah, sim, claro. Bem-vindo ao hospício.

Daniel acompanhou os passos rápidos de Suzi por um corredor cheio de portas. Um cachorro vira-lata desfilou no meio do caminho e ele quase achou que fosse uma de suas alucinações. Suzi estava acostumada.

— Tô exagerando. Aqui é bem tranquilo. Você tá vindo de onde?

— Hum... Daqui. Moro aqui perto.

— Não, tipo, você estudou onde?

— Você é daqui? — perguntou ele para não ter que responder.

— Sim.

— Ah, eu...

— Você tem sotaque paulista, mas disse que mora aqui.

Daniel balbuciou algo, mas então deixou o ar escapar sem mais respostas. Os olhos de Suzi lembravam os de qualquer garota legal... Talvez ele pudesse ser sincero.

— Olha...

— Eu sei — interrompeu ela. — Sei quem você é. Eu tava lá no dia e... tenho amigos no teatro.

Os dois se encararam por alguns segundos. Então ela tocou no braço dele e continuou.

— Romeu não merecia o que aconteceu. Isso é por ele.

CAPÍTULO 37

Água Doce, 15 de julho de 2019

Dentro do carro, ele sentia a bunda doer de tanto esperar. A tensão sobre os músculos retesados acumulava doses de estresse pelo corpo. Tão perto e tão longe de casa.

Eles me demitiram. Algo aconteceu na estrada naquele dia, a caminho do hospital. Não posso contar mais nada. Não posso. Você não sabe com quem está mexendo.

As frases da enfermeira rodopiavam em sua cabeça. Quanto mais o tempo passava, maior a sensação de medo. *Medo.* Os piores momentos de sua vida tinham sido em Água Doce. Algumas feridas que só ele sabia que existiam. E agora tinha aquele pressentimento de que, a qualquer momento, podia descobrir algo terrível. Estava sendo observado. Queria cumprir seu trabalho, visitar o túmulo de Romeu com a paz de quem tinha ido até o fim. E depois desaparecer para nunca mais voltar.

O céu já tinha perdido as cores vibrantes e ganhado tons sombrios quando o celular de Daniel tocou de novo. Número desconhecido.

— Oi, Sky — saudou, sem animação.

Ela demorou uns segundos para responder. Então falou com uma nota de preocupação:

— Você está bem?

— Aham.

Silêncio de novo.

— E você? Bem? — perguntou ele.

— Sobrevivendo.

Ele voltou os olhos para a rua sem saída, escura e vazia, escrutinando o conhecido casarão no final.

— Sinto falta de correr nas ruas de São Paulo desafiando a polícia.

— Os garotos por aí não são interessantes?

Ele riu pelo nariz.

— Tem uma *garota* interessante, mas ela era noiva do meu ex--melhor amigo e tá esperando um filho dele.

— Aff. Me apresenta.

Sky riu. Coisa tão difícil de se ver ou ouvir. Nisso, ela era parecida com ele. Só ria quando se sentia plenamente à vontade. Compartilhavam outras similaridades. Sentir-se isolado, marginalizado, indesejado...

— Pensei em fingir que eu era um técnico de enfermagem.

— Antiprofissional.

— Total — ele riu. — Tive muita sorte. Recebi ajuda de uma mina, e ela falou que estava fazendo aquilo por ele.

Sky sempre sabia a quem se referiam os "eles" de Daniel.

— Conseguiu os nomes da equipe?

— *Yes* — disse ele, pegando o bloco sobre as teclas do notebook no banco do carona.

Anderson Navalha. Cláudio Tiago Martins de Almeida. Rosa Félix da Cunha.

— E você? O que conseguiu? — perguntou ele.

Sky soltou um suspiro cansado e deixou o tom neutro reincorporar à sua fala:

— Você disse que algo aconteceu com a ambulância no dia 2 de abril, enquanto o levavam pro ambulatório. E... você acertou. Analisei a pasta desse dia. Não foi difícil de descobrir. Há *um* registro de acidente de carro — disse ela. — Maurício Salgueiro de Assis, dezenove anos. Tem uma observação dizendo que ele dirigia o carro. É estranho, porque fui ver o que encontrava com esse nome e descobri que ele, na verdade, tem dezessete.

— Estranho — disse Daniel. — Podem ter errado na ficha.

— O paciente foi transferido naquela mesma noite para um hospital particular em Angra dos Reis. Uma Unidade Litoral recém-inaugurada da Unimed.

— Não acho comum adolescentes com plano de saúde por aqui. Que dirá um plano caro... — ponderou Daniel, tentando encaixar as peças em silêncio. — Sabe se foi grave?

— Parece que ele fraturou os dois braços e sabe-se lá mais o quê.

— Qual o nome mesmo?

— Maurício Salgueiro de Assis.

Daniel pegou o notebook e levou alguns segundos para encontrar a lista de convidados da peça. Digitou o nome do jovem, mas não encontrou nada. Não teve nenhum convite oficial e não tinha irmãos com o mesmo sobrenome.

A mulher que Daniel aguardava vinha caminhando pela rua em sua direção com um olhar desconfiado. O vidro fumê do carro não servia para muita coisa. Pela forma como o olhava, era muito possível que ela já o tivesse identificado.

— Nos falamos depois.

Daniel desligou o celular e abriu a porta do carro, com medo de assustá-la.

O medo de sempre.

Rosa travou os pés, apertou as mãos sobre a alça da mala branca atravessada no peito, mas, quando o reconheceu, apenas piscou, olhou reto e continuou em frente.

— A senhora é Rosa Félix da Cunha, não é?

Rosa seguiu sem encará-lo. Os passos duros.

— Podemos conversar por um segundo?

— Não tenho nada pra conversar com você.

— Mais cedo tinha.

Ela parou. Apreensiva. Mal conseguiu falar tamanha a força com que travava o maxilar.

— O que quer saber?

— O que a senhora falou mais cedo tem a ver com o... Maurício? O acidente.

A mulher prensou os lábios um no outro. Moveu as sobrancelhas, como se dissesse: "O que é que você acha?".

208

— A senhora...

— Não posso perder o meu emprego, Daniel.

— Eu preciso saber se...

— Não posso dar entrevista. Não quero meu nome em nada. Eu tenho dois filhos, pelo amor de Deus.

— Havia uma outra pessoa. O motorista. Cláudio Tiago.

— Nem sei se isso pode te ajudar de verdade.

— Só me diz onde posso encontrá-lo.

Ela levou um tempo decidindo se continuava. Espiou o casarão por cima dos ombros. Estava longe o suficiente e, talvez só por isso, ela sussurrou:

— Ele é virgianita. Estará no culto mais tarde.

Dito isso, a mulher disparou apressada como se estivesse fugindo de assombração.

CAPÍTULO 38

Água Doce, 12 de dezembro de 2002

— Tente relaxar — disse o homem.

Ivan gostaria de se sentir mais relaxado na poltrona, mas, com o Apóstolo tão perto, era praticamente impossível. As mãos suadas se encontraram por cima da calça de seda tão bem passada quanto o blusão. Ednalva dedicara horas lavando, perfumando, passando e retirando todos os vincos do melhor conjunto do filho. Afinal de contas, aquele seria um dia especial.

Já que o Apóstolo o encarava, mudo, Ivan aproveitou para reparar no cômodo ao redor em detalhes pela primeira vez. Nunca tinha entrado na Sala de Confissão. Não havia janelas visíveis. Pesadas cortinas cor de marfim caíam pelas quatro paredes, combinando com o carpete acinzentado sobre o chão.

Ivan nunca havia sentado em uma poltrona tão fofa e acolhedora. A única dificuldade era manter-se calmo diante daquela figura que, agora, para ele, era mais do que um pai. Um verdadeiro símbolo de inspiração.

— Veio com seus pais? — perguntou o Apóstolo com a voz amigável. Vestia uma batina púrpura com detalhes dourados. Brincava de entrepassar entre os dedos um botão dourado do tamanho de uma moeda grande. — Como eles estão?

— Vim com meu irmão. — A voz saiu entrecortada. Ele soltou um pigarro. Gostaria de parecer mais firme, mas as pernas tremiam. Raríssimas vezes tinha conversado com alguém tão importante. De perto assim, nunca.

— Vejo que seus pais preferem que ele esteja no lugar santo o máximo de tempo possível. Isso é bom — disse ele com um leve sorriso. — Imagino que ele esteja brincando com meu filho.

— Não. Eu pedi pra ele me esperar no salão.

— Seu irmão não é muito de obedecer, né?

Ivan sorriu, constrangido. Aquele pirralho miserável manchando a honra da família.

— Mas você... — continuou o Apóstolo. — Você é uma surpresa.

A vontade de secar o suor das mãos no tecido da calça... precisava se segurar, ou a mãe o mataria.

— Seu pai chorou nesse altar muitas vezes por você. Posso imaginar que sua mãe também. Nos últimos dois anos, vimos você se converter e florescer.

Ivan não conseguiu segurar o sorriso de satisfação. Tinha se dedicado tanto para aquele momento. Só assim poderia ter algum tipo de chance com Lisa, a filha de um dos sacerdotes. Pelo menos fora o que ela disse nas últimas vezes em que ele tentou se aproximar. *Beijo, só depois que você for batizado*, afirmou ela na única resposta a todas as suas cartas.

— O que trouxe você para tão perto?

Ivan concentrou-se na pergunta do Apóstolo.

— No começo eu não sabia o que esperar. Era apenas um curioso. Mas acredito que a luz de Deus e das Cinco Virgens me alcançou.

— E a filha do alto sacerdote?

— Quem? Perdão, senhor.

— A moça que você corteja. Acha que ela está feliz com esse momento?

Ivan tentou sorrir, mas duvidou que isso fosse apropriado.

— Sem dúvida, senhor.

— Então é uma decisão genuína. Sua. É isso?

Ivan foi rápido em fazer que sim. Talvez até demais.

— Não nego, vim apenas pela curiosidade — disse ele. — Porém, tudo mudou. Agora aqui é meu lugar, senhor. Tenho estudado todo o Pentateuco, os livros poéticos e inclusive o das revelações. Tive alguns sonhos ruins até.

O Apóstolo soltou o princípio de uma gargalhada.

— Acontece mesmo com os mais fortes — disse ele. Olhou para um ponto invisível e passou alguns segundos reflexivo. — Eu não costumo mais sonhar, sabia?

— Por que não, senhor?

— Se você não sonha os sonhos de Deus, sonha os do diabo — explicou ele. — Se eu te dissesse que às vezes tenho os sonhos do inimigo, você acreditaria?

Ivan franziu o cenho. Seria uma pegadinha? Balançou a cabeça em negativa, mas com medo de errar. Sempre o medo.

O Apóstolo balançou a cabeça para fazer o pensamento se esvair.

— Fale-me mais sobre sua vontade de descer às águas.

Ivan pigarreou. O coração voltando a acelerar.

— Eu tentei me candidatar outras vezes, senhor, mas o Alomeu disse que eu não estava preparado. E agora ele finalmente me encaminhou para o senhor. Eu quero ser um novo homem. Com as Cinco Virgens.

Os lábios do Apóstolo se curvaram em um estranho sorriso. Os olhinhos meio amarelados como dois vaga-lumes brilhantes.

— Muito bem — disse ele. — Não sabe o quanto eu fico feliz com isso. Quando há algo ruim em uma família, um pecado muito perverso, ele costuma se replicar hereditariamente. Entende?

Ivan fez que sim, mas mentiu.

— O que quero dizer é que hoje a luz dá a você a oportunidade de fazer o que o seu irmão nunca pôde. Sua conversão é um milagre. Daniel nunca se batizou de fato.

Ivan franziu a testa de leve outra vez.

— Eu estava lá, senhor. Estava lá quando ele desceu.

— É. Aquilo não foi válido realmente — disse o homem, inclinando-se na poltrona mais para perto de Ivan. — Conhecereis a verdade...

— E a verdade vos libertará — apressou-se em dizer o garoto, orgulhoso de sua boa memória. Quanto mais impressionasse, mais perto estaria dos lábios de Lisa. Imaginava-os saborosos feito os doces de laranja que a mãe preparava no inverno.

— Você sabe o que acontece quando um homem não se entrega à verdade da Palavra, filho?

Ivan negou.

— Ele vaga pelo mundo desfrutando de algo confundido com liberdade, mas ele está perdido — explicou o Apóstolo, aprumando o olhar para o adolescente. — Ele cisca pelo asfalto como um espírito imundo. A mente perturbada por sombras e sonhos malignos. Você sabia disso?

Ivan estremeceu por dentro. Cenas dos últimos anos se passaram em sua mente num flash. Seu irmão caçula tinha ficado ainda mais quieto. Uma noite ou outra, acordava a casa inteira aos gritos. Escrevia mensagens esquisitas pelas paredes.

Chegara a escrever uma palavra nos azulejos do banheiro com o próprio sangue: DEMÔNIO. Foi o que o pai tinha contado.

— Está reconhecendo isso em seu pequeno irmão, não está?

Ivan nada falou. O rosto empalideceu.

— Ele fará coisas piores, eu já disse ao seu pai.

— Pro... meu pai?

O Apóstolo fez que sim.

— O André tem um coração muito bom — disse, referindo-se a Deco. — É um bom varão. Tive que dizer a verdade. Enquanto o mais novo não descer às águas de verdade, dará cada vez mais acesso...

— Ao inimigo?

O Apóstolo arrancou os resquícios de simpatia do rosto.

— Você mesmo verá com os seus olhos.

* * *

Expectativas mal dosadas podem arruinar uma vida. Ivan acreditava que sairia da Sala de Confissão extravasando alegria, pensando nos lábios de Lisa e no dia em que finalmente desceria às águas. Em tornar-se de fato um sacerdote, algum dia.

Cada passo de Ivan agora parecia em falso. As profecias expelidas da boca do homem santo eram, na verdade, terríveis para sua família.

— Daniel! — gritou Ivan no meio do salão. *Desobediente.*

Ivan chegou a desejar que o irmão nunca tivesse nascido. Ele não trazia apenas vergonha para sua família, mas espíritos imundos para dentro de casa. Os pais não poderiam aceitar esse tipo de coisa. Alguém precisava pará-lo.

Tomou um susto quando percebeu o peso da chuva que caía. Chicoteava as paredes do lado de fora e os vitrais coloridos. Com as luzes apagadas e a luz do sol sufocada pelo tempo fechado, o salão vazio tornava-se um cômodo bastante assustador.

Ivan apressou-se em direção ao jardim nos fundos da igreja, cobrindo a cabeça com as mãos. O menino não estava em parte alguma. Não havia nem sombra dele no meio da chuva e... A não ser que a porta encostada do casebre aos fundos... *Idiota.* Aquela não era hora de brincar.

Ivan avançou em direção à porta com passos lentos. Nunca havia se aproximado da pequena construção, nem mesmo podia acreditar que o irmãozinho se escondia ali. Era só que...

O corpo de Ivan estremeceu por inteiro.

Você mesmo verá com os seus olhos.

Ninguém contou para Ivan. Ele mesmo registrou a cena com os próprios olhos.

Sentados no sofá empoeirado, fracamente iluminados pela luz que vinha da porta entreaberta e da janela no alto do cômodo, os dois meninos provavam os lábios um do outro. Daniel e Romeu.

CAPÍTULO 39

Água Doce, 15 de julho de 2019

Sentado na última fileira do lado dos homens, Daniel aguardou. A não ser pela senhora varrendo o chão, o salão ainda estava vazio quando ele chegou. A mulher não devia fazer a mínima ideia de quem ele era, porque ofereceu café, sucos e frutas. Se soubesse que falava com o menino que passara anos humilhado na banheira de prata reluzente a alguns metros de distância, talvez não chegasse tão perto.

— A senhora sabe dizer quem é o irmão Cláudio Tiago? — perguntou a ela.

— Claro! Um homem bom. É o irmão que roda com a Kombi pra trazer os irmãos com dificuldade de locomoção, entende? — explicou ela, dócil. A quantidade de rugas no rosto apresentava um contraste com o olhar e a fala em tom jovem. — Ele leva ceia pros irmãos e tudo. Qual é o nome do jovem?

Daniel desfrutou dos últimos momentos como desconhecido.

— Daniel Torres. Filho do Deco e da Ednalva.

— Ah. — Ela retirou os olhos de Daniel como se ele fosse maldito. Afastou-se com a vassoura e não retornou mais.

Daniel sorriu da própria condição, mas não carregava alegria por dentro. *Sou um homem feliz?* Ele perguntou a si mesmo. Olhou ao redor. Todas as recordações pairando no ar. Os olhares que sustentara ao longo da infância e da adolescência, obrigado a participar de todas as reuniões, olhado como um trapo sujo, todas as mãos que tocaram sua cabeça expulsando-o do próprio corpo. *Sou um homem livre?*

Quando o relógio marcou sete da noite, as primeiras famílias começaram a chegar. Ele ouvia as conversas se avolumarem nas redondezas da igreja, alastrando-se para os fundos e o jardim. Não discernia o que diziam, tampouco os próprios pensamentos. Seria difícil identificar o tal do motorista enquanto estivesse sentado ali, mas algo colava seu corpo ao assento em silêncio, e ele não quis contestar.

Às sete e quinze, as famílias começaram a entrar, separando-se no espaço. Homens para um lado, mulheres para o outro, incluindo os poucos jovens e adolescentes. Deco, Ednalva, Ivan e Lisa sentaram-se todos na primeira fileira, sem reconhecê-lo nos fundos. Durante os quinze minutos seguintes, as pessoas encheram o ambiente. No entanto, a última fileira dos homens não foi preenchida por ninguém mais além de Daniel.

Ele encarava os homens que se sentavam ao seu lado, mas então, quando o olhavam bem, trocavam de assento, como se ele fosse o banco vomitado do ônibus, o garoto leproso de Água Doce. *Endemoninhado.*

Os últimos a entrar foram o Apóstolo e Olga. Não esperava vê-la ali devido ao comentário de Camila, mas ela fez uma entrada e tanto. A mulher se vestia toda de preto, com um véu no rosto. Euclides tinha a batina preta coberta por uma estola dourada. Ao contrário da esposa, exibia um sorriso. Cruzaram o meio da capela como se estivessem se casando. Conforme passavam, a fileira de fiéis se levantava e dizia "Com as Cinco Virgens". Era estranho assistir àquela cena depois de tanto tempo.

O casal caminhou até o altar. Olga fez uma reverência para o homem e dirigiu-se à primeira fileira das mulheres. Há quantos anos repetia a mesma palhaçada?

O homem ocupou o principal assento do altar. De cada lado, ficavam dois anciãos: os Altos Sacerdotes.

Depois que o Apóstolo e Olga entravam, era proibida a chegada de qualquer outra pessoa. No entanto, ele entrou assim mesmo.

Todo vestido de preto e descalço. Sentou-se ao lado de Daniel, gotejando no banco e pelo chão.

— Vá embora — pediu Daniel com a voz fraca. Manteve o olhar fixo à frente, enquanto a pressão baixava e a cabeça mareava.

— Você está perto — disse Jonas.

Daniel fechou as pálpebras, mas pôde sentir Jonas inclinar o rosto para ele.

— Percebeu que eu mudei de roupa?

Daniel franziu o cenho e olhou para Jonas o mais disfarçadamente possível. Não se lembrava de vê-lo vestindo blusa e calça pretas.

— Viemos para um enterro — ele disse.

Daniel voltou o rosto para a frente, desejando que o louvor começasse, mesmo não tendo mais seu antigo hinário. Se vomitasse água ali, não escaparia das mãos que viriam ao seu encontro como garras. Nunca escaparia.

O Apóstolo ficou de pé e começou a falar, mas Daniel achou que tivesse perdido a audição, pois nada conseguia ouvir além da voz do menino:

— Não é culpa sua — disse Jonas.

Daniel podia escutar as gotas pingando dos pés da criança. Atingiam o piso quadriculado do chão. Nada de ouvir o Apóstolo. Os fiéis abriram as bocas e começaram a cantar com um pouco de empolgação. Tudo parecia acontecer em câmera lenta e sem som.

— Não tenha medo — disse Jonas. — Está perto de acontecer.

Daniel tremeu por dentro. Uma onda borbulhante.

Pareciam mãos apertando-lhe as entranhas, chacoalhando a água do corpo.

— Pare — implorou Daniel. Algumas cabeças viravam para espiá-lo. Ele tentou descolar-se do banco, mas era impossível.

— Está perto de acontecer — disse Jonas.

— pare!

Daniel deu um berro e fechou um punho em direção a Jonas, mas sua mão foi parar em cheio no banco de madeira. O barulho do soco estalou. Reverberou como um choque, percorrendo todo o seu braço.

Silêncio. Jonas tinha desaparecido.

Os fiéis não precisaram de muito tempo para saber de onde tinha vindo a interrupção.

Daniel prendeu a respiração. Olga lançou-lhe um olhar a distância e aproveitou o momento. Levantou-se em seu adorno de viúva. Tinha uma arma na mão. Com passos decididos, chegou bem perto do esposo, de frente para os olhos dele, enfiou a pistola na boca e apertou o gatilho, explodindo a própria cabeça.

CAPÍTULO 40

Água Doce, 15 de julho de 2019

Como a maioria das pessoas no recinto, Daniel permaneceu encolhido em seu banco, sem acreditar no que tinha acontecido. Seus pensamentos multiplicavam-se com velocidade. Nenhum deles falava mais alto do que: *A culpa é sua* e *Você perturbou a mulher.*

Gostaria de andar até Olga e olhar a arma de perto. Gostaria de ter entendido as falas de Jonas para salvar a mulher do mesmo destino do filho. Gostaria de tomar atitudes corajosas, mas tudo o que fez foi aproveitar a lentidão das pessoas para ficar de pé e sair de fininho.

Quando desceu as escadas, tomou um susto com o balanço do próprio corpo, bambo de tanto nervoso. Não parou para admirar os eucaliptos embelezando a clareira de frente para o templo, onde muitos carros aproveitavam para estacionar. Acelerou o passo pela calçada em busca do próprio carro, mas...

— Daniel!

Não, porra. Daniel continuou andando. Conhecia aquela voz. Os passos do irmão foram mais rápidos que os dele. Com uma mão agressiva, Ivan cavou o ombro de Daniel, virando-o com brutalidade.

— Pra onde você pensa que vai? — vociferou o irmão mais velho.

— Não te devo satisfação — disse Daniel. O coração descompassado e o rosto salpicado com gotas de saliva.

— Não vai se esconder igual da última vez — disse Ivan com os dentes trincados.

— Eu nunca fugi.

— O que foi que você fez com ela? Você matou o seu namoradinho e agora a mãe... Fez a mulher do Apóstolo se matar. Se matar! — acusou Ivan. A frase afiada atravessou a consciência de Daniel, levando sua boca a secar. — Eu devia ter acreditado no Apóstolo... Ele disse que você faria coisas piores. Meu Deus do céu...

As palavras arrancaram lágrimas do irmão mais novo à força. Ele bufou igual a uma criança, mas secou os olhos com os dedos trêmulos.

— Me deixa em paz!

Mas Ivan agarrou-o pelos ombros, cravando-lhe as unhas. Os olhos agigantavam-se, infeccionados por um ódio quase animal.

— Você é doente. Você é um câncer. Tá matando o meu filho.

— Vai se foder! — Daniel empurrou o peito do irmão com força e recuou, desequilibrado. Algo se repuxava por debaixo de sua pele. Ele gritou.

Ivan andou de um lado para o outro. A igreja não conteve a aglomeração de pessoas. Os fiéis agora espalhavam-se por toda parte. Um verdadeiro assomo de desespero.

— Você falou com ela, não falou? — perguntou Ivan, voltando a apertar os braços do irmão. — Você perturbou a dona Olga? Hã? Responde, desgraçado.

Daniel nada disse. Ivan tinha os olhos marejados de ódio.

— Por que você sempre me odiou? — quis saber Ivan.

— O quê? Era você quem me odiava e me chamava de queridinho do papai.

— Eu não odiava você. Eu *sabia* quem você era. Você não merecia a atenção deles.

— Foda-se a atenção deles.

Ivan soltou uma risada louca.

— Você não vai passar desta vez, Daniel — disse ele. — Não importa pra onde você vá, nós vamos caçar você até que se arrependa de tudo o que causou a esta cidade. *Vamos queimar você.*

— Acende a porra do fósforo então — respondeu por impulso. Estava cansado de correr a vida toda. — Não acho que você seja capaz de muita coisa.

Os olhos de Ivan queimaram de fúria.

— Você tem um monstro dentro de você — disse o irmão, horrorizado.

— Todo mundo tem monstros, Ivan. Os piores são aqueles que se disfarçam de santos a vida inteira.

CAPÍTULO 41

Água Doce, 12 de dezembro de 2002

Daniel estava encharcado por dentro e por fora. A chuva castigava-o mais do que a mão apertada do irmão mais velho arrastando-o pelo caminho antes que a rua principal alagasse. As palavras proferidas por Ivan faziam com que seu coração se apertasse dentro do peito. Cada uma delas servia como uma flecha furando a superfície vulnerável. A sensação de Danielzinho era a certeza de que simplesmente se desmancharia.

Demônio. Maldito. Porco. Imundo. Filho do diabo.

Daniel não dissera nada desde que Ivan abrira a porta do casebre e o encontrara com Romeu. Não conseguia se esquecer da reação do amigo: empurrou-o com as duas mãos e chamou-o de viadinho. Achava que eram amigos. Estavam apenas brincando. Era ele quem tinha dado a ideia, e agora...

A caminhada da igreja até a casa dos dois em um torrencial como aquele levou pelo menos meia hora. Meia hora de Ivan xingando o irmão e arrastando-o como se fosse o cadáver de um animal sacrificado. Meia hora em que Daniel achava que o sangue não corria mais pelo próprio braço. Ele só tinha dez anos de idade.

Ivan abriu a porta da casa e atirou Daniel dentro. O garoto escorregou, desequilibrou-se e bateu com o queixo no chão. Fechou os olhos com força e reprimiu a vontade de chorar. Se bem que uma ou duas lágrimas a mais não fariam diferença em seu rosto todo molhado.

— Você vai contar pro pai o que você fez.

Ainda deitado, Daniel virou de barriga para cima e lançou um olhar suplicante para o irmão.

— Por favor.

Ivan riu com ódio.

— PAI!

Ednalva apareceu primeiro. Os olhos tentando compreender a cena. Moveu-se até Daniel, mas travou os pés muito antes de chegar.

— Deixa ele! — exclamou Ivan como se fosse o homem da casa.

— Ele está cheio de demônio outra vez.

— O que houve? — perguntou Ednalva, a voz fraca e os olhos espantados.

Deco, com seu farto bigode, desceu as escadas já perturbado.

— Com as Cinco Virgens. Levanta desse chão gelado, Daniel!

A voz rugia em vez de falar.

Daniel levantou-se com o olhar baixo. Tremia muito mais de medo do que de frio.

— Conte pra ele o que você fez.

Deco franziu a testa, no aguardo. Ednalva parada feito uma estátua, impedida de se aproximar.

— O que aconteceu? — perguntou Deco. — Você não foi pra confissão?

Ivan deu um tapa na cabeça do irmão. Ednalva reprimiu um gemido.

— Diga!

— Pare! — ordenou Deco para Ivan. O olhar alarmado. — Você é o mais velho, e ele estava sob sua responsabilidade. Diga *você* o que aconteceu.

Daniel tentou respirar ou parar de tremer. Olhou do chão de madeira para o irmão. Nunca tinha visto um olhar tão raivoso no irmão mais velho. Ainda sentia-se a ponto de desmanchar.

— Responsabilidade minha? — questionou Ivan. — Eu estava na Sala de Confissão. E o Apóstolo me disse que o senhor já sabe. Ele ainda é sujo. Batizem ele outra vez ou esta família nunca será bem-vista.

— O que você quer falar? — perguntou Deco, irritado. — Diga de uma vez.

— Ele agarrou o filho do Apóstolo e beijou na boca dele como uma cadela! — gritou Ivan.

Ednalva arregalou os olhos e recuou dois passos lentamente. Deco ficou sem reação. Os dentes chegavam a bater. Arrastou-se lentamente em direção aos meninos. Não conseguia falar.

— O filho do Apóstolo não teve culpa. Empurrou e xingou ele de viado. Ele quem começou tudo. Confesse — disse Ivan para Daniel.

De repente, o menino se cansou. Tinha andado todo aquele tempo na chuva, o braço doía e o coração parecia congelado. O que receberia por aquilo? Mais xingamentos? Uma surra? O que quer que o pai fizesse, já não importava mais.

— Eu beijei ele — confessou Daniel. — Era só pra saber como era. O que é que tem?

Deco e Ednalva trocaram um olhar de pânico. Deco aproximou-se mais de Daniel, e suas mãos chegaram antes de tudo. Os dedos entrelaçaram-se pela gola da camisa do menino e o ergueram no alto. Daniel arregalou os olhos com o coração miudinho dentro do peito.

— Você desonra esta família! Você tocou o filho do santo.

Cara a cara, Daniel encarou os olhos do pai. O ódio o mataria só de olhar, a qualquer momento.

— O que mais você fez? Você o tocou?

— Deco — implorou Ednalva.

— Você é uma desonra! — Deco arremessou o filho no chão.

Daniel caiu desequilibrado pela segunda vez em menos de cinco minutos. Arrastou-se pelo chão para o mais longe possível, mas o pai acompanhou-o com passos lentos e insistentes.

— Ele disse que você faria *coisas piores* — rosnou Deco. — Disse o que tinha dentro de você. Você não se cansa de envergonhar o nosso nome.

— Podemos tentar batizá-lo outra vez. Ele é nosso filho — disse Ednalva, perdida.

Daniel não tinha visto em qual momento a mãe começara a chorar, mas agora os soluços dela partiam as migalhas do seu coração.

— Vou dar a ele o batismo que ele merece.

Quando Deco se apressou em sua direção, para Daniel, parecia um urso selvagem pronto para destroçá-lo. Com uma mão firme, Deco agarrou o filho, colocou-o de pé e começou a afugentá-lo com empurrões em direção à porta.

— Vá para o carro.

A cada tapa, o menino avançava uns três passos para a frente a ponto de cair. Os gritos e protestos da mãe encheram os ouvidos do filho, insuficientes para salvá-lo. Ele abriu a porta e saiu pela chuva. Mais um empurrão.

— Vá para o carro.

Outro tapa. Daniel voou longe, mas não caiu.

A mão de Deco voltou a se fechar na camisa do menino como uma garra. Arrastou-o até jogá-lo dentro da caminhonete. Enquanto o pai dava a volta no carro, Daniel tentou respirar. Não havia lágrimas a serem derramadas. Todas consumidas pelo sentimento turvo conturbando-o. Olhou pela janela do carro. Ednalva chorava copiosamente no meio da chuva. Ivan estampava um vislumbre vingativo no olhar.

Deco arrancou com o carro mesmo em meio à chuva. Não esperou o menino se ajeitar nem se importava com o filho escorregando encharcado sem um cinto de segurança. Apenas acelerou e dirigiu. Os para-brisas fazendo um esforço em vão.

— Você vai ser batizado agora — avisou Deco, tremendo. — Cante o hino.

Danielzinho arregalou os olhos, apavorado.

— Pai, por favor — murmurou. — Eu não sei nadar.

— Cante o hino.

Daniel negou com a cabeça, mas tomou um empurrão violento. Apressou-se em cantar com o resquício fraco e debilitado de voz que tinha.

Oh, vem afundar
Seus pecados limpar
E a morte outra vez...

— Pai, por favor.

Deco pisou no freio. Daniel não teve tempo de voltar com o corpo e já tinha as mãos do pai em seu pescoço.

— Pare de me chamar de pai — disse ele. — Eu não tenho mais nada com você.

* * *

Naquela mesma manhã, a chuva ainda caía quando Deco arrancou o próprio filho de dez anos do carro e obrigou-o a mergulhar. Daniel tinha as calças molhadas de urina e chuva. Queria ter se desmanchado e morrido fazia tempo, mas o pesadelo nunca acabava.

Mais uma vez na beira do rio Iberê, sem alternativa, Daniel caminhou em direção às águas em nome do Pai, do Filho e do Espírito das Cinco Virgens. Dessa vez as águas se agitavam violentamente. Por mais terrível que fosse, Danielzinho não tinha opção melhor do que obedecer ao pai, que o mandava ir mais e mais fundo.

Chegou uma hora em que os pés do menino não mais tocavam o chão. Então ele se debateu, engoliu água e tentou gritar. Ficou desesperado apenas durante os primeiros segundos. Depois, o abraço furioso das águas recebeu-o com glória, e a morte pareceu-lhe uma boa amiga.

CAPÍTULO 42

Água Doce, 15 de julho de 2019

Daniel nunca dirigira com tanta ira. As palavras do irmão inflamavam-no como no passado, embora não pudesse se lembrar exatamente do que acontecera quando tinha dez anos de idade. Havia trabalhado duro para apagar as mágoas que resultaram nas crises de vômitos aquosos, nas alucinações com Jonas. Agora os fragmentos de lembranças finalmente reapareciam, açoitando-o conforme se revelavam.

Os pneus do carro cantaram mesmo no jardim. A ponta da chave de casa bateu na trave várias vezes antes de entrar na fechadura. Em segundos, Daniel já pulava os degraus da escada e desfazia o mapa de investigação colado na parede. Aquelas merdas de filme não serviam para nada. Enfiou as roupas na mala. O coração fazendo música pesada. As lembranças relampeando dentro de si.

— Eu já vi dois meninos se beijando — dizia a voz de Romeu dentro daquele casebre nos fundos da igreja. — Você quer tentar?

Os arrepios brincavam de assustar Daniel. A ansiedade manifestando-se como um rombo faminto em seu estômago.

PÁ!

O barulho do tiro. O cuspe de sangue para fora da cabeça da mulher. Um sopro mortal capaz de perfurar o cérebro dela. Tinha causado aquilo? Tinha matado Olga e Romeu? Estava destruindo a vida do sobrinho também?

— Você gosta de mim? — perguntou a versão de Daniel com dez anos dentro do casebre.

Daniel se lembrou do beijo e do susto. Da mão quente de Ivan sobre seu braço naquele infinito torrencial. Por quanto tempo foi arrastado na chuva? As imagens em sua cabeça eram reais?

Puxou a mala mal-arrumada pelo corredor. Achava que poderia escapar a tempo, mas Deco abriu a porta da frente com um único soco. Procurou Daniel com os olhos. Ao mesmo tempo que fumegavam, era como se eles não quisessem acreditar no que estava se repetindo. Daniel parou no meio da escada, e os dois olharam-se durante segundos. Pareceu uma batalha eterna em que ambos tentavam decifrar um ao outro. O passado, o presente e como moldariam o futuro.

Ednalva entrou na casa aos prantos. Estatelou quando viu Daniel no alto da escada. O filho sorvou o ar com coragem e desceu os degraus às pressas. Deco ainda parecia um urso pronto para destroçá-lo, mas Daniel não tinha certeza se sentia o mesmo medo de antes.

— Qual é o seu problema com aquela família? — rosnou Deco.

— Levar alguém a se matar também é homicídio, sabia? Você é responsável por isso. O que foi que você disse pra ela?

Daniel tentou se lembrar das instruções de sua psiquiatra sobre não se validar a partir das acusações do outro. Porém, não sabia mais como fazê-lo.

— Foi por isso que você veio, não foi? *Responde* — insistiu ele. — Perturbar aquela pobre mulher, como se não bastasse o sofrimento que infligiu a ela com o filho que você destruiu.

— O que você quer de mim? — vociferou Daniel, largando a mala e partindo de frente para o pai. — Quer que eu peça desculpa? Vai me botar naquela banheira idiota?

Na respiração de Deco, o reflexo de quem se ofende com o desprezo. *Banheira idiota* era uma fala herege. Não podia se conformar!

— Não quero nada de você, a não ser que você desapareça.

— Foi isso que você tentou fazer, não foi? — perguntou ele, agoniado.

As memórias chicoteavam sua mente com lampejos amargos. Estavam exatamente onde o passado acontecera. Daniel podia sentir o cheiro da terra molhada e o barulho da chuva do lado de fora como há tantos anos.

— Nunca mais volte pra esta cidade. Leve toda essa sujeira com você.

— Ele não pode ir — murmurou Ednalva, pálida, trêmula. Os olhos perdidos, piscando muitas vezes. — Ele me disse que você ia se libertar sob este teto. *Deus* me disse!

— Você é uma mentirosa — rosnou Deco.

— Seu Deus não mentiu — disse Daniel. — Eu vim aqui achando que precisava me desculpar com vocês, mas todas as pendências acabaram. Estou livre de vocês.

Daniel segurou a mala e puxou-a em direção à porta.

— Seu trabalho terminou. Suma da cidade — disse Deco.

— Quem disse que eu terminei o que eu vim fazer aqui? — Daniel olhou dentro dos olhos do pai. — E não pense que aquele homem algum dia vai aceitar vocês como Altos Sacerdotes ou parte da família. Vocês não são *nada* pra ele. Não passam de marionetes.

— Você devia ter morrido naquele rio.

Daniel engoliu as palavras do pai. Sua mente clareou-se como se um pedaço da memória fosse depositado lá dentro. A caminhonete. A música que ele odiava. O rio. O apagão.

Daniel arriou os ombros, cansado. Aproximou-se do pai.

— Eu passei anos tentando descobrir o que eu fiz pra merecer o ódio que sempre vi em você. Mas agora eu vejo. Você se vê em mim, não se vê? Só não tem coragem pra sair da linha, pra largar tudo isso aqui. Um homem fraco.

Deco levantou um braço em direção ao filho, mas Ednalva segurou-o com uma mão forte. Lágrimas tomavam sua face. Deco tremia feito um trator, tamanho o ódio acumulado.

Uma última vez, mãe e filho se fitaram. Ela cravou um olhar firme em Daniel e tudo o que fez foi um breve gesto com a cabeça. Por mais estranho que pudesse parecer, Daniel encarou aquele gesto como um bom aceno de despedida. Partiu para nunca mais voltar.

PARTE 4

MERGULHO

CAPÍTULO 43

Água Doce, 15 de julho de 2019

Daniel já tinha desistido de tentar organizar a mente com relação à sua investigação pessoal. Sabia que precisava conversar com o condutor da ambulância. Também havia o jovem do acidente de carro no dia do suicídio de Romeu. Fora isso, a que distância estava de descobrir alguma coisa realmente útil?

A doença ou os demônios, como quisessem chamar, deviam estar afetando sua mente, porque, em vez de dirigir para fora da cidade, ele guiava o carro exatamente para a cena do crime. Dois suicídios em um espaço de três meses. Mãe e filho. Nem as novelas mais melodramáticas tinham coragem de sustentar um roteiro tão cruel.

Daniel poderia fazer qualquer coisa, menos fugir. A culpa alastrava-se em seu peito, ameaçando apagá-lo a qualquer instante, mas, por outro lado, a vida dera a ele algum treinamento sobre como escapar da morte.

Estacionou o carro na esquina do templo para não chamar tanta atenção, colocou a jaqueta e segurou o celular, pronto para gravar o que fosse preciso. Perto da Igreja das Cinco Virgens, uma viatura da Polícia Militar estacionava com o giroflex ligado. Ao lado, um carro todo preto com adesivos da Polícia Civil. Grupos de religiosos insistiam em observar a ação ao redor. Não podiam entrar na igreja, pois uma faixa com listras pretas e amarelas isolava o local. Para reforçar, um PM fardado posicionava-se à frente, impedindo qualquer aproximação. Daniel não precisou olhar muito para identificar Silva. O policial o examinou tão desconfiado que os fiéis ao redor começaram a notá-lo. Daniel suspirou com desconforto e tentou enxergar adiante. Peritos trabalhavam na cena do crime.

Daniel se afastou e discou para Mirela. Ainda não eram nove da noite.

— Oi. Aconteceu algo? — perguntou ela.

Daniel fechou os olhos, andando de lá para cá, sem saber por onde começar.

— A mãe dele deu um tiro na cabeça — resolveu dizer. Mirela silenciou do outro lado. — Hoje de manhã eu fui conversar com ela e... eu perguntei se o marido tinha alguma arma em casa. Ela agiu de uma forma estranha.

— Espera. Onde você está?

— A cem metros da cena do crime. Ela se matou no meio do culto. Tem um monte de gente aqui. A polícia civil e tudo.

Mirela precisou de alguns segundos para digerir as informações. Daniel podia sentir o tom nervoso e ao mesmo tempo eufórico em sua voz.

— Meu Deus, Daniel. Não saia daí. Merda, você não tem preparo.

Daniel pensou que, de fato, se estava ali como jornalista, nunca deveria ter saído da cena do suicídio, tendo testemunhado tudo de maneira privilegiada. Achou melhor não contar que tinha passado em casa e enfrentado alguns demônios no caminho.

— Me fala o que eu preciso fazer agora, pelo amor de Deus — pediu ele. Queria dizer que se sentia culpado.

— Você vai se apresentar ao delegado como imprensa — disse ela. — Não pode parecer tímido. Liga o gravador do celular e pede um depoimento sobre o caso. Tá entendendo?

— Eles não vão querer falar.

— O quê? Não. Você não vai sair daí enquanto não falar com o delegado — disse ela, rápida, exasperada. — Você trabalha na *Vozes*. Só está fazendo o seu trabalho.

— Eu tava dentro da igreja quando tudo aconteceu. Posso me oferecer para dar um depoimento.

— O que você precisa é conectar os casos. A arma do crime pode ser a mesma que desapareceu? Volta e pega o depoimento com o ator e a dramaturga. Não tem como eles recusarem nada agora. Estão cagados de medo também. Chegue antes da polícia.

Daniel não respondeu. Pensativo. O certo tom de euforia na voz de Mirela soava como uma ofensa. Deveria estar feliz? Daniel conhecia Olga desde que se entendia por gente. As cenas daquela manhã repetiam-se em sua cabeça como uma assombração. A oração da mulher perturbada, o barulho do tiro, a cena mais arrepiante de toda sua vida. Olga queria olhar nos olhos do esposo. Vestia-se de seu luto. Teria se matado com a mesma arma que Euclides tinha colocado na... cintura de Romeu? As peças ainda não se encaixavam, mas também não importavam naquele exato momento.

Daniel deu um rápido adeus para Mirela, ainda evitando o contato visual com Silva, assim que reparou na mulher que se abaixava pela faixa de isolamento. O corpo dela, todo de preto, saltava aos olhos. Ela andava de queixo erguido e ostentava um distintivo reluzente pendurado como um cordão no peito. As *box braids* reunidas em um rabo de cavalo.

Daniel conseguiu alcançá-la antes que ela completasse uma ligação.

— Boa noite, delegada — disse, passando o olho no distintivo preto e dourado. — Meu nome é Daniel Torres. Sou repórter da revista *Vozes*.

A mulher inclinou a cabeça, desconfiada.

— Como é que vocês já estão aqui? — quis saber ela. A impostação da voz o fez pensar que, antes de ser delegada, ela deveria ter tentado carreira de cantora.

De perto, Daniel percebeu a maquiagem no rosto dela. Podia identificar um leve contorno nos olhos, os cílios perfeitos e um tom de batom quase inexistente nos lábios. A pele retinta quase brilhante.

— Estamos escrevendo uma reportagem num tom de alerta, conversando com famílias — explicou ele. — Um caso de suicídio que ocorreu aqui no dia 2 de abril deste ano interessou a gente. Foi o filho da vítima.

A delegada apertou os olhos e guardou o celular no bolso. Estendeu uma mão para um aperto.

— Mariana Nero. Sou nova na 167. Ouvi falar disso, mas não estou inteirada sobre esse caso *ainda*. Está sugerindo que há uma conexão.

Sim. E que eu sou responsável pela morte de Olga. Eu amava o filho dela, que também se suicidou. Não sei por que, mas me sinto responsável pela morte dos dois. É por isso que a Vozes *está aqui.*

Daniel foi breve. Atualizou Mariana com os fatos conhecidos sobre o suicídio no Teatro Don Juan. Achou que a mulher estivesse blefando ao dizer que não estava inteirada.

— Tenho muitas coisas pra fazer aqui, mas podemos conversar mais tarde. Sabe onde fica a delegacia 167 em Paraty?

Parecia simpática para uma delegada.

— Eu preciso de um depoimento, delegada — disse ele. Ligou o gravador do celular. — O que a polícia tem a dizer sobre o caso?

Ela avaliou-o com os olhos misteriosos, suspirou cansada, mas falou:

— O corpo da vítima de suicídio foi reconhecido como Olga Silveira Velasco, quarenta e sete anos. A Polícia Civil ainda está ouvindo depoimentos e realizando as diligências necessárias. Precisamos aguardar o trabalho da perícia para informações mais conclusivas.

— O que pode dizer sobre a arma do crime?

Mariana cruzou os braços.

— Nada. Posso fazer as perguntas agora?

— Claro.

— Se importa em responder onde estava na hora do crime?

— Dentro da igreja, sentado no último banco.

Ela ergueu os olhos, fingindo surpresa.

— Pode me dizer como aconteceu?

Daniel observou-a, de repente, mais aflito.

— Ela apenas se levantou com uma arma na mão, ficou de frente para o esposo e, depois, houve o barulho. Acho que ela enfiou a arma dentro da boca, como a maioria dos homens se suicida.

Ela encarou-o, em silêncio.

— Quando foi a última vez que viu a vítima antes do crime? Daniel se esforçou para manter a naturalidade na voz.

— Hoje de manhã.

— Notou algo de estranho?

Tudo.

— Ela só parecia uma mulher perturbada... como sempre.

— Gravou a conversa?

— Não.

— É claro que não... — riu ela. — Você tem uma conexão com este bairro por já ter morado aqui, certo? Tem alguma informação que possa adicionar, Daniel?

— Apenas espero que o caso do outro suicídio seja reaberto — disse Daniel, com firmeza. — Aquela mulher merecia que a morte do seu filho fosse inspecionada com cuidado e integridade.

— Você parece saber bastante — disse ela.

— Estou aqui como profissional — acrescentou Daniel, mas logo se arrependeu da necessidade de afirmar.

— Entendi — disse ela com um olhar frio. — Bom, eu não sou como o outro. Trabalharemos com uma equipe nova. Novo investigador e novo agente. Fique tranquilo.

Mariana entregou um cartão preto a Daniel.

— Aí tem meu telefone pessoal. Se precisar conversar em outro momento, me ligue.

Daniel fez que sim e deu stop na gravação, observando Mariana se afastar com o celular na mão. Agora precisava pensar onde passaria as próximas noites.

CAPÍTULO 44

Água Doce, 16 de julho de 2019

Lucas pegou o giz verde para os retoques finais. A professora sempre dizia que não se pintava com giz daquele jeito. O certo seria inclinar o objeto e alisar a ponta levemente sobre o papel. Se quisesse um tom mais forte, bastava selecionar outro giz com o tom desejado. Até misturar as cores valia, mas não daquele jeito.

Ele não estava nem aí para toda aquela baboseira. Não naquele dia. Esfregava o verde para fazer o mato da casa afundando o giz sobre a folha, quase perfurando a mesa.

O Marcelo, o Vitor, a Laura e os outros colegas mais próximos davam-lhe olhadas de esguelha. Ninguém podia compreendê-lo. Não podia contar a ninguém o que estava acontecendo. Talvez para...

— Querido, não tão forte — disse a professora com a voz pacífica.

Lucas nem tinha percebido em que momento aquela chata tinha se ajoelhado ao seu lado. Havia espaço para ela, afinal ninguém queria dividir a mesa com ele. Não depois do que tinha sido obrigado a fazer com os pombos.

— Faz mais leve — disse ela.

— Não. — Lucas largou o giz de cera com força e desviou o olhar para um risco de lápis sobre a mesa.

A professora Joyce avaliou o desenho como se nada tivesse acontecido.

— Vamos ver o que você desenhou. Uau! Essa é a sua casa, não é mesmo?

Claro que era. Lucas não tirou os olhos do furinho. Odiou os olhares atentos dos colegas traiçoeiros. Havia se esforçado para colocar tudo ali como lembrava. O telhado de triângulo, as madeiras, a janela, o jardim feio.

— Esse desenho é o mais bonito de todos que você já fez até agora.

— Não é não — disse Lucas. — Eu não gosto dele.

— Por que não? Está tão bonito.

— A casa não é mais a mesma.

— O que aconteceu com a casa?

— Meu tio não vai mais voltar.

— Seu tio é o jornalista, não é?

Lucas fez que sim e, finalmente, encarou a professora.

— Eu sou como ele — disse Lucas.

— Não. Vocês são muito diferentes. Pra começar, você é bem clarinho, olha.

— Ele nunca quis se batizar. Eu também não.

A professora espiou os outros alunos. Todos viravam a cabeça para aquele momento. Curiosos como deveriam ser.

— Minha mãe me disse que ele fez uma mulher se matar — disse Lucas.

O sinal do intervalo bateu.

A professora piscou algumas vezes e recolheu o desenho da mesa do aluno. Pouco tempo depois, quando não havia mais ninguém na sala, ele permanecia sentado na mesma cadeira, terminando a maçã que acompanhara sua lancheira, quando um homem chegou.

Lucas sentiu-se sufocado antes do tempo. Voltou a olhar para o rabisco na mesa.

Queria gritar por sua mãe.

Com as roupas meio sujas e óculos com aro de tartaruga na frente dos olhos azuis, o homem chegou bem perto, testando um sorriso de segundo em segundo. As mãos escondidas atrás das costas.

— Aí está você — disse ele.

Lucas conhecia a voz falhosa. A respiração agora ficava diferente quando eles se viam. Não era mais como no início.

— Eu não quero nenhuma brincadeira.

— Por que não? Eu trouxe algo pra você.

— Eu não quero mais.

— Ora...

O homem se sentou no chão ao lado da cadeirinha de Lucas. O menino continuava desviando-se de qualquer contato visual.

— Por que não quer mais brincar lá fora? Eu estava esperando por você.

— Minha mãe disse pra eu não aceitar nada de estranhos.

— Eu não sou um estranho, Lucas. Assim eu fico triste. Sou seu amigo, lembra?

— Você não é meu amigo.

O homem não se abalou. Apenas colocou o singelo presente em cima da mesa, no campo de visão de Lucas. O menino não resistiu e olhou. Franziu a testa. Achou intrigante, mas... não podia conversar com o professor outra vez.

— Quer aprender como se faz? Eu posso te ensinar.

Lucas balançou a cabeça em negativa.

— Não é difícil, meu filho. Só precisa de um pouco de paciência. Quer aprender?

— Eu disse que não!

Ao elevar a voz, Lucas se arrepiou porque percebeu o que tinha feito. O tom de carinho e paciência foi se dissipando das expressões do homem, tornando-o ainda mais feio.

— Eles têm razão. Você não está ajudando — disse ele. — Sabe o que acontece com garotos maus quando eles se batizam?

— Eu não quero saber. Minha mãe não gosta mais de você, nem eu. Vai embora.

O homem engoliu em seco.

— Sua mãe...

Consternado, o homem recolheu o próprio presente, apagando o orgulho debaixo das calças. Levantou e sumiu pela porta sem dizer adeus como nas outras vezes.

Lucas respirou fundo e se sentiu pelo menos um pouquinho vitorioso, pois, por mais que tivesse ficado curioso, tinha obedecido as palavras da mãe e se recusado a receber qualquer barquinho de papel.

CAPÍTULO 45

Água Doce, 16 de julho de 2019

A suíte no Motel Exótique não custava caro, mas Daniel preferiu um quarto simples e nos fundos para evitar o barulho dos carros na estrada. Deitado sobre o lençol branco da cama, de frente para o vídeo pornô no monitor da TV antiga presa por um suporte, ele imaginou que poderia ter evitado a casa dos pais durante todos esses dias.

Já estava com a mente mais do que ferrada, então só precisou ouvir o primeiro gemido para se entregar à tentação. Fez o que precisava fazer até ser abraçado pelo vazio da alma. Era sempre assim. Quando se sentiu recuperado, limpou-se e desligou a TV.

Do bolso da calça, puxou o cartão de visitas da delegada. Os pensamentos girando em espiral. Uma coceira profunda por debaixo da pele e a sensação de ansiedade. Às vezes, tinha a impressão de que ia sucumbir afogado nas memórias que retornavam daquele dia. A força com que Ivan arremessara-o no chão na entrada da sala como se ele fosse um saco de lixo. As palavras que ouviu durante o caminho. E o pior dos pesadelos... ser abandonado no rio. Simplesmente *descartado* pelo pai.

Algumas memórias ainda brincavam de se esconder. Colocavam a pontinha de fora, mas depois desapareciam. Ele não fazia ideia de como é que estava ali, vivo sobre aquela cama, inalando o cheiro de motel barato, se havia sido descartado pelo pai. Como teria sobrevivido? Deco deveria ter sido preso por aquilo. Se os cidadãos de Água

Doce sabiam daquela tragédia, como é que se compadeciam de Deco e não dele?

O celular tocou. A voz de Jéssica na linha.

— Cadê você? Tá tudo bem?

— Tô bem — mentiu. O aroma do desinfetante que passavam naquele prédio inteiro embrulhava seu estômago. — Por quê?

— Por quê? Não se fala em outra coisa — disse ela. — Você tava lá mesmo?

— Já deve ter ouvido pelo menos três versões diferentes.

— Estão pressionando pra devolverem o corpo logo. O velório vai ser hoje à tarde — disse ela. Parou por um tempo. — Meu Deus, não consigo acreditar. Simplesmente não consigo.

Daniel ficou quieto. Àquela altura, a polícia já tinha identificado qual arma fora utilizada na cena do crime. Bastava ampliar um *frame* do vídeo para confirmar se as pistolas se equivaliam. Ele poderia fazer um reconhecimento se fosse o caso.

— Você estava lá na igreja, não estava?

— Sim. Eu queria o depoimento de um cara que se chama Cláudio Tiago.

— Sério? Eu sei quem é. O motorista. Por quê? Ele é suspeito?

— Só queria falar com ele.

— Ah, sim.

Uma ideia perpassou a mente de Daniel.

— Talvez você possa me ajudar com algo.

— Do que precisa?

— Eu não sei se falar com esse cara vai adiantar em alguma coisa — disse ele. — Mas preciso conversar com um rapaz chamado Maurício Salgueiro de Assis. Ele sofreu um acidente de carro no dia 2 de abril.

— Acidente de carro no dia da peça? Não sei disso.

— Consegue descobrir onde ele mora?

— Vou falar com meus pais, ver quem pode ajudar. Só tem uma coisa...

Ele a esperou continuar.

— Você tem muitos... inimigos na cidade. Vai ser difícil quererem falar com você.

— Nunca foi fácil.

— Não, agora é diferente. Tá rolando um boato de que...

Daniel aguardou. Jéssica com dificuldades de continuar.

— Que boato?

— Olha... Não sei se é verdade. Mas estão dizendo que você ameaçou dois policiais. Eu acho que... As pessoas estão com medo do que você pode estar escrevendo, do que pode circular por aí.

Daniel revirou os olhos. Lembrou-se do que disse para Silva e Fragoso dias antes e do irmão prometendo caçá-lo.

— Quer ir comigo? — perguntou ele. — Seus pais ainda são virgianitas. Você tem boa reputação.

— Isso não significa muita coisa aqui — ela riu. — Ela nunca me quis como nora, Daniel. Nem ele. Eles nunca me aceitaram. Bom, dizem que a gente não escolhe por quem se apaixona... Que dirá a família.

— Detesto discordar, mas... Acho que a gente é responsável por qualquer escolha — disse ele. — Se você optar por ficar do meu lado agora, vai colocar sua reputação em jogo.

— Fui eu quem colocou você nessa, Daniel — disse ela. — Ajudar você é o mínimo que eu posso fazer pra aliviar o seu fardo. Nos vemos mais tarde.

* * *

Jéssica deixou que Daniel interrompesse a ligação. Tomou um gole de ar e tapou o rosto com as mãos, coberta de culpa.

CAPÍTULO 46

Água Doce, 16 de julho de 2019

Jéssica se arrastou até o armário do quarto e mais uma vez encontrou as cartas. Queria queimá-las, mantê-las, tatuá-las, tudo ao mesmo tempo. Tudo sempre fora tão confuso. Agora, mais ainda... Se perguntava quem seria ela no tribunal da vida... Culpada, sem sombra de dúvidas. Assassina, alguém poderia dizer.

Havia tantas coisas que ela não havia contado para Daniel. Nunca tivera coragem de contar que lia todas as matérias que ele publicava na revista *Vozes*, mesmo sem se interessar tanto pelo assunto. Também nunca dissera o quanto desejara entrar em seu apartamento naquela noite, em São Paulo. Provavelmente nunca contaria sobre as quase duas décadas de vida em que fantasiara receber o beijo dele, sentir-se desejada por seus olhos brilhantes, penetrada em silêncio, porque Daniel combinava com noites quentes e silenciosas.

Muito antes de Romeu, vinha a história com aquele garoto rebelde e antissocial que não falava com ninguém na escola. Diziam que ele escrevia poesia e desenhava estrelinhas quando ninguém via. As meninas repudiavam-no, mas ela não se importava com nada disso. Pelo contrário. Quanto mais tempo passava distante, mais desejava pelo menos descobrir o tom da sua voz. Quando cantavam no coral daquela escolinha virgianita que, sim, teve seus bons tempos, ela precisava ficar de cabeça baixa, mas o espiava sempre que podia. Contudo, Daniel nunca havia reparado nela. Daniel só dava atenção para uma pessoa, o chato do filho do Apóstolo. E foi por isso que ela se aproximou de Romeu.

Nunca fora fácil conseguir a atenção de nenhum deles. Nos anos em que os dois ficaram sem se falar, Romeu começou a olhá-la com mais interesse. Ela já não sabia se queria aquela atenção, porque Daniel não o rondava mais. De todo modo, naquela escola e com a mentalidade da época, ela achava que ter amigo homem era melhor do que ter amigas e passou a ser o grude dele até o início da adolescência, quando os dois amigos voltaram a se falar.

Romeu descartou Jéssica como se ela fosse uma garrafa de vinho que se coloca na geladeira para beber no outro dia e depois se esquece. Ela ficou no refrigerador calada e atenta durante um tempo. Anos. Tentava tocar a vida. Menstruou, deu o primeiro beijo, fez amigas meninas, cortou o cabelo, levou uma surra, viu o corpo mudar, viu Daniel começar a mudar e então era absolutamente impossível esquecê-lo. O garoto que desenhava estrelinhas ficava cada vez mais lindo. O sorriso ainda muito difícil de encontrar, mas também quando chegava... ela era capaz de ir à lua e voltar, ainda que o sorriso nunca fosse para ela. Sempre para Romeu, a única pessoa que parecia se importar com Daniel depois dela.

Quando fez quinze anos, Jéssica entendeu algo definitivo: se continuasse mais tempo na geladeira, explodiria. Já que a *Capricho* dizia que meninas explosivas tinham menos chances com os gatos do colégio, ela saiu da geladeira com o rótulo derretido por Romeu. Como nunca antes, ele cedeu aos seus encantos, mas nada saiu como o planejado. Daniel morreu de ciúmes quando soube que ela e Romeu tinham transado no quarto dos pais dela. Logo depois, ela e Romeu começaram a namorar e, com isso, as coisas entre Romeu e Daniel esfriaram.

Para sua surpresa, Jéssica acabou se apaixonando pelo menino que tirara sua virgindade. Aos poucos, foi se encantando pelas qualidades de Romeu e, quando menos percebeu, os dois tinham um laço tão forte que nada poderia ser mais incrível do que a ideia de se casarem e terem filhos. Eles só tinham dezessete anos quando trocaram um anel de compromisso. Foi mais ou menos nessa época que Daniel roubou o dinheiro do pai e desapareceu.

Romeu e Jéssica eram quase Romeu e Julieta em um romance apaixonado. A não ser pelo segredo enterrado que assombrava tanto um quanto o outro: Daniel.

Mais tarde, quando descobriu que ele tinha se mudado para fazer faculdade de jornalismo, as lembranças do passado voltavam a perturbá-la vez ou outra. Raramente alguém saía da cidade, ainda mais para algo tão incrível assim.

Um dia, enquanto arrumava a casa, ela cobriu-se de remorso quando encontrou uma caixa com todas as cartas não enviadas de Romeu para Daniel. Ele pedia desculpas por não ter fugido com ele. Dizia que nunca pôde controlar o que descobriu no coração por Jéssica e que queria ter filhos com ela um dia. Se fosse menino, se chamaria Daniel.

Naquele dia, ela lutou para apagá-lo completamente de sua mente. Daniel era só um borrão no passado. Ela tinha a história dela com Romeu e assim estava bom.

Jéssica deixou os dedos passarem pelas cartas outra vez. Fazia tempo que não lia o conteúdo daqueles rabiscos. Apenas alimentava-se com a sensação de ter um pedacinho de Romeu por perto. E de Daniel. *Seu* Daniel. Ambos tinham ido para sempre.

Por você, Romeu. Estou fazendo isso por você. Ela disse para si mesma, mais uma vez, sabendo que esta não era toda a verdade.

CAPÍTULO 47

Centro de Ubiratã, 16 de julho de 2019

A sensação de estar em um local onde você não é bem-vindo pode causar as piores paranoias. Até para buzinar na frente da casa de Jéssica, Daniel sentiu apreensão. Repousou a mão sobre a buzina, mas decidiu não a apertar. Sentia-se no meio de um apocalipse zumbi.

Deu um toque para Jéssica, e em poucos segundos ela passava a chave na porta de casa e corria ao seu encontro. Usava um bom humor quase inapropriado para o que eles estavam prestes a fazer: perturbar mais uma família com perguntas.

— Só tem hotéis ruins por perto — disse ela. — Onde ficou?

— Nem quis gravar o nome — disse ele, ansioso para saber aonde estavam indo.

Jéssica pareceu adivinhar seus pensamentos.

— Ele mora na rua das Amendoeiras, sabe onde é?

— Acho que sim. Perto da borracharia? Do lado da rua da Chuva.

Ela fez que sim, passando o cinto de segurança pelo corpo.

— Conheço os pais dele da igreja. Marta e Vinícius. São pessoas super do bem.

Daniel olhou para ela, desconfiado.

— Sério — respondeu ela.

Ele balançou os ombros e partiu em direção ao destino.

— O enterro vai ser hoje mesmo? — perguntou.

— Parece que sim. No final da tarde, na igreja. Meu Deus, eu não acredito no que está acontecendo.

— Nem eu — disse Daniel, com a voz mais baixa.

Manteve os olhos na estrada. Pensou em colocar alguma música para aliviar, mas não demorariam nem cinco minutos até o local.

— Tem certeza de que não ouviu falar de nenhum acidente de carro?

— Então, depois que eu descobri que foi com o filho desse casal, eu me lembrei de ter visto ele, uma vez, com um gesso no braço — falou ela. — Acho que eu também sabia que ele tinha feito uma cirurgia fora da cidade, mas nunca soube que o acidente foi de carro e no mesmo dia.

Daniel continuou dirigindo. Contemplou a própria imagem no retrovisor e parecia péssimo. Nem os dentes tinha escovado. *Foda-se, eu fui largado em um rio. Largado pra morrer. Eu devia estar morto.*

— Como isso se liga ao caso?

— Não sei. Qual era o número mesmo?

Jéssica olhou-o sobressaltada, e ele se perguntou se pareceu ríspido.

— Vinte e três.

Fizeram o restante da viagem em silêncio. A rua das Amendoeiras ganhava esse nome porque essas árvores cresciam em vários pontos dela, ligando uma calçada a outra pelo alto com um dossel de folhas que apertavam as mãos por cima dos fios.

Daniel estacionou onde deu e seguiu com Jéssica à procura da casa.

O número vinte e três ficava sobre uma casa simples e graciosa, delimitada por um portão preto e grades que permitiam uma vista do pequeno quintal e do Fox Vermelho 1.6 na garagem.

— O que estamos fazendo aqui? — perguntou Jéssica ao lado dele depois que bateu três palmas e chamou o nome de Maurício. — Quero dizer, como vamos nos apresentar?

— Jéssica, é você? — perguntou a mulher de cabelo encaracolado passando entre o carro e a parede de azulejo. Olhava para os dois, desconfiada.

— Oi, dona Marta — saudou Jéssica, com um sorriso forçado. — Bom dia.

— Com as Cinco Virgens. Isso é sobre o quê?

— Viemos...

— Precisamos de ajuda — Jéssica interrompeu Daniel. — O Maurício está?

— Mandaram ele voltar do trabalho hoje — disse ela. Não conseguia despregar os olhos de Daniel. Parecia fazer cálculos de compreensão dificílima. — A cidade está de luto.

— Nem me diga — disse Jéssica, sem o sorriso. — Espero que ela tenha passado pelos portões.

— Com certeza. Uma mulher de Deus — disse Marta com sobriedade. — O que ele quer aqui?

Daniel soltou um pigarro, mas esperou Jéssica continuar.

— O Daniel trabalha na imprensa. E ele disse que... bom, a imprensa inteira vai começar a perturbar a cidade — inventou Jéssica. — O caso vai parar em tudo quanto é lugar. Estão falando em televisão e tudo.

— Televisão? Pra mostrar a morte da dona Olga?

— São dois casos muito fortes entre... mãe e filho, a senhora sabe — disse ela, com certa dificuldade. — Então eu... escolhi o filho da Ednalva, que é alguém que conhece a gente, pra ajudar. A senhora pode imaginar como vão distorcer a verdade.

Marta cruzou os braços e concordou com a cabeça. Uma ruga de desconfiança na testa.

— Mas o que eu tenho a ver com essa história?

— A gente pode entrar? — perguntou Daniel, exausto da enrolação.

A mulher tomou mais alguns segundos avaliando os dois e decidiu abrir o portão. No entanto, enquanto caminhavam pela casa até ocuparem o sofá da agradável sala de estar, Marta resolvera tratar Daniel como um ser invisível.

— O Vinícius tá chegando aí. Devem mandar ele de volta também — disse Marta assim que Maurício apareceu.

O filho parecia ser um tremendo nerd e aparentava ser bem mais novo do que a idade que tinha. Talvez dezesseis anos, Daniel achou, embora o rapaz tivesse o corpo parrudinho. Apertou a mão das duas visitas com certa simpatia.

— Ela veio falar com você — disse a mãe, de pé, escorada sobre a parede e com os braços ainda cruzados. Maurício sentou-se de frente para os recém-chegados com uma leve desconfiança.

— Você não é o tal repórter?

Daniel fez que sim.

— Você está bem do braço? — perguntou Daniel, instigando.

Não havia mais qualquer sinal de um braço quebrado ou vestígios visíveis do acidente.

— Aham.

Jéssica assumiu.

— Poxa, dona Marta, eu nem soube direito o que aconteceu — disse ela. — Ouvi dizer que tiveram que operar lá fora.

— O quê? O braço dele? Pois é — disse a mãe, sem mais nada adicionar.

Maurício olhava de uma visita para a outra e, depois, para a mãe. Repetiu o gesto.

— Como você sofreu o acidente exatamente? — perguntou Daniel.

— Eu não me lembro de nada direito. Foi muito trágico — respondeu ele, rápido demais. Depois, resolveu completar com mais pausas: — Às vezes eu tento me lembrar do que aconteceu e só vêm flashes.

— E o que vem nos flashes?

Maurício trocou um olhar com a mãe. Ela encarava Daniel como se o desafiasse.

— Quase nada. Imagens da batida. Eu não consigo me lembrar de nada direito.

— Você se lembra do que estava fazendo antes do acidente? — insistiu Daniel.

Jéssica espiava Marta pelo canto do olho, apreensiva. A julgar pelos dentes trincados da mulher, ela partiria para cima de Daniel em dez segundos ou menos.

— Eu não lembro.

— Não quis comparecer à inauguração do teatro naquele dia?

— Por que você acha que meu filho aceitaria assistir a uma profanidade daquela? — perguntou a mulher.

— Calma, mãe — disse Maurício.

— Olha, eu não tô gostando disso, Jéssica — protestou ela, agitada. — Por que estão colocando meu filho contra a parede?

— São só perguntas simples — disse Daniel.

— Mãe, deixa eles perguntarem. Não tem nada de mais.

A mulher estalou a língua e apertou os braços, insatisfeita. Inclinou a cabeça para Daniel à espera da próxima, como se ele estivesse perguntando para ela.

— O que você fez naquele dia, Maurício? — recomeçou Daniel.

— Eu já disse que não me lembro de nada disso. Eu vivi um trauma.

— Tá. E não lembra em que carro você estava? — perguntou Daniel, descrente. — Com certeza, não era o Fox aqui na garagem.

— Eu não...

— Seu pai tem dois carros?

Maurício fez que sim.

— Ele faz uns bicos como mecânico.

— E você estava dirigindo um dos carros que ele conserta? — perguntou Jéssica.

— Isso — interveio a mãe. — A gente não tem dinheiro pra ter nem um, quanto mais dois. Olha, se vieram aqui porque o meu filho estava dirigindo mesmo sendo menor de idade, fiquem sabendo que está tudo resolvido. Tudo pago direitinho ao dono do carro. Seguro, tudo.

Daniel concentrou-se na história; ainda faltava algo.

— Tinha mais alguém no carro com você?

— Não.

— Você lembra pra onde estava indo?

— Cara, eu não consigo lembrar. Qual é o seu problema?

— E também não sabe em que carro bateu, não é mesmo?

— Foi muito rápido.

— Não deu pra perceber a forma do carro? Nada?

— Não.

— Mas você entende de carros, não entende?

— Aham. Mais ou menos.

— Seu pai mexe com isso desde sempre, não mexe?

— Mexe.

— E em qual carro você bateu?

— Numa ambulância.

Daniel apertou os olhos em direção a Maurício. Ele e a mãe se entreolharam nervosos.

— Olha, Jéssica, você vai me desculpar — interveio a mãe, batendo duas palmas para Maurício ficar de pé —, mas me admira você, minha filha, se prestar a um papel desse. Chega. Acabou, antes que o Vinícius volte pra casa e enxote vocês de forma pior.

— Me desculpe, dona Marta — pediu Jéssica, levantando-se. — Como eu falei, é só mesmo porque queremos...

— Não sou surda — disse ela, agitando as mãos para que todos se movessem para fora de sua casa. — Nem quero ser mal-educada. Mas por favor, né?

— Posso fazer uma pergunta pra senhora? — perguntou Daniel.

A mulher estacou. Desviou o olhar para um lugar qualquer da casa, apreensiva.

— Ele tem plano de saúde?

— Pra que você quer saber disso?

— Porque eu imagino que tenha sido caro custear a cirurgia, a fisioterapia...

— Ele não faz mais fisioterapia, não.

— Mas ele já fez — disse Daniel. — Se a senhora e seu esposo não têm um emprego fixo, como é que pagaram as cirurgias, a internação dele? Tudo em hospital particular.

A mulher tentou formular várias palavras, mas não conseguiu. Buscava apoio no olhar de Jéssica, perdida.

— Por que isso importa agora? Mas meu Deus do céu!

— A agenda — soltou Maurício.

De repente, Marta avançou para cima de Daniel e empurrou-o contra a parede. Ele tentou se desvencilhar e acabou derrubando vários itens. Um estardalhaço no chão.

— Saiam! Saiam! Com as Cinco Virgens. Vão embora daqui, inferno!

Daniel e Jéssica recolheram-se, assustados. Não demoraram muito para escapar da casa, abrir o portão e apertar os passos até o carro. Com um último olhar na casa, Daniel viu Maurício pela janela da sala fingindo se enforcar e desmaiar. Seria uma mensagem?

CAPÍTULO 48

Água Doce, 16 de julho de 2019

Daniel manobrou o carro e deixou a rua das Amendoeiras com a encenação de Maurício repetindo-se em sua mente. Riu por dentro. Apesar do caos despedaçando-o, uma parte dele gostava do jogo. Entrar na casa e na vida das pessoas, assustando-as lentamente, arrancando os segredos escondidos sob águas turvas. Só faltava conseguir encarar os seus.

— Essa palavra parece familiar pra você...? Agenda — enfatizou Daniel, em dúvida.

Jéssica deu de ombros, interessada, agora, em conferir as próprias unhas.

— Já ouviu falar de alguma morte por aqui nesse período em que estive fora? — quis saber ele. — Algum caso de violência por estrangulamento? Alguém que apertou o pescoço de alguém?

— Nossa — Jéssica riu, um pouco assustada. — Não tá vendo muito filme?

— Essa cidade é perigosa.

Os dois se entreolharam. Havia um magnetismo ali que nenhum deles poderia negar. Ficaram um tempo em silêncio enquanto Daniel pegava a bifurcação para a casa dela.

— Olha, você não precisa voltar pra esse hotel se não quiser — disse ela. — Fica lá em casa. Tem espaço pra nós dois.

— Não quero incomodar. Tenho medo de que as pessoas vejam que nos associamos. Você não vai ter paz depois disso.

Ela sorriu enquanto ele estacionava o carro próximo à casa dela.

— Mas eles já falam isso. Estive dias fora, viajando. Minha mãe inventou uma desculpa dizendo que eu tinha ido ver um parente.

Daniel parou o carro e ficou olhando para ela. Jéssica parecia bela demais para uma cidade tão suja. Legal demais. Como nunca a percebera com esses olhos antes?

Ela desviou o olhar um pouco tímida. Riu pelo nariz.

— E agora? Vai falar com mais alguém?

Daniel bufou.

— Teria que falar com o Patrik, mas ele tá longe, e isso pode me atrasar — disse ele, calculando as palavras. — Vou falar com a Cora e depois vou ao enterro.

Jéssica apertou os olhos, desconfiada.

— Você tá brincando?

— Não podem me impedir — comentou ele com seriedade.

— Por que quer fazer isso?

— Por quê? Você me chamou pra descobrir quem fez aquilo com o Romeu. É o que eu estou tentando fazer.

— Eu sei — respondeu ela, revirando os olhos.

Ficaram em silêncio por um tempinho. Daniel tamborilou com os dedos no volante.

— Me diz onde a Cora mora.

— Só se você ficar.

— Tem certeza?

Ela fez que sim.

— Minha maior inimiga da vida inteira acabou de morrer. Não tenho medo de mais nada.

Daniel franziu a testa.

— Isso pareceu suspeito, mas eu não assassinei ela, ok? — disse Jéssica, revirando os olhos. — Você está com uma aparência horrível. Vou fazer um almoço pra nós dois, mas não se acostume.

* * *

Assim que seguiu para a casa de Cora, Daniel recebeu uma ligação de um número desconhecido. Colocou no viva voz.

— Está vivo? — perguntou Sky.

— Não, eu morri.

— Há, há, há.

Daniel conseguiu imaginar metade de um sorriso em Sky, sem saber se ela tinha achado graça de fato.

— Você tá bem? — quis saber ela.

— Eu preciso de ajuda. Falei com o cara do acidente de carro hoje. Lembra?

— Sim.

Daniel falava com um olho na rua e outro no GPS. O movimento parecia de domingo. Qualquer espirro era motivo para aqueles empresários de merda declararem folga. Que dirá o suicídio da mulher do Apóstolo.

— Ele está escondendo algo e muito mal — disse ele. — Não se lembrava do acidente e de detalhe nenhum. Disse que o carro bateu em uma ambulância, mas daí a mãe me expulsou de lá e não deu pra saber de mais nada.

— Isso é coisa grande, Daniel — disse Sky. Daniel ouviu quando ela abriu uma latinha de refrigerante. — Tem alguém com grana por trás. Posso tentar ver quem bancou as contas dele com o acidente. Vai dar um certo trabalho.

— Quanto tempo?

— Não sei. Sua operação está saindo muito cara. Agora quer que eu entre em um hospital.

Ele ouviu-a escolher números no teclado do micro-ondas. O motor começou a girar. Imaginou que ela estivesse esquentando uma pizza do dia anterior.

— Você estava perto quando ela se matou? Viu algo?

— Eu estava lá, sim — disse ele, perturbado. — Olha, não se preocupa comigo.

— É que eu nunca ouvi sua voz nesse tom. É como se estivesse fraco — disse ela, fazendo uma pausa pra que ele acrescentasse algo. Nada veio. — Você não tá legal.

— Estou vivo.

— Não aceite bebida de ninguém, nem comida, nada — disse ela, com um tom quase maternal. — Priorize lugares com câmeras. Não durma no mesmo lugar por mais de uma noite. Não faça nada rotineiro. Entendeu?

— Calma — riu Daniel, embora não tivesse achado graça. — A polícia está envolvida agora.

— Por isso mesmo. Se houver um assassino na cidade, esse é o momento dele ficar nervoso com a atenção que a cidade vai receber. Você só precisa pensar antes dele.

Daniel registrou a informação com cuidado, refletindo sobre cada palavra. De repente, ela parecia ainda mais sábia e experiente. Ele pensou tanto sobre tudo aquilo que se esqueceu de respondê-la.

— Se cuida. — Foi a primeira vez que Sky terminara de forma afetuosa.

CAPÍTULO 49

Água Doce, 16 de julho de 2019

Cora morava em uma casa alugada já perto da estrada que conduzia à saída de Água Doce. Não era um lugar fácil de achar, pois naquela região as ruas se dobravam em muitas curvas parecidas, confundindo o condutor.

Era uma das casas mais bonitas que Daniel tinha visto por ali. Diferentemente do casarão do Apóstolo com um estilo colonial, a residência de Cora se destacava pela modernidade escondida por trás do muro alto e protegido com cerca elétrica. Havia uma piscina logo na entrada, e o restante da casa de apenas um andar tinha portas e janelas largas.

Daniel não chegou a ver o interior da residência, pois Cora preferiu que conversassem ali mesmo no quintal. As cadeiras marrons arrumadas em cima de um tablado amadeirado montavam um conjunto bonito ao redor do guarda-sol. Daniel ficou imaginando que petiscos ela poderia colocar na tampa giratória posicionada no centro da mesa se tivesse família ou amigos por perto para um churrasco de domingo.

— Olha, eu não sou desse tipo de gente que consegue fingir que nada aconteceu — disse ela, sem o costumeiro sorriso. Sentava-se de frente para Daniel. Sem o contorno preto dos olhos, ela parecia só uma pessoa triste. — Foi péssimo nosso último encontro.

Daniel assentiu com falsidade.

— Tem razão. Meu trabalho é muito invasivo — disse ele. — Me desculpe.

— Você parece arrasado — disse ela.

É tão notável assim?

— Meu novo trabalho. — Ele forçou um sorriso.

— Novo?

— Pois é. Eu cobria outra área. Nunca fui desta... divisão, digamos assim.

— Você tem coisas com esta cidade, não é mesmo? Resolveu vir cumprir suas pendências.

Daniel observou-a. Havia uma leve acidez na forma como ela falava. Será que tinha estudado o passado dele? Sabia por que ele estava ali?

— Não tinha pendência nenhuma aqui além de um dinheiro do meu pai que eu precisava devolver — disse ele, levemente ressentido.

Ela balançou os ombros e murmurou algo bem baixinho. Daniel não pôde discernir.

— Você fez uma longa viagem até meu filho. Como o descobriu?

— Não posso informar, mas valeu a pena. Ele é gente boa.

Ela deu um sorriso curto de mãe orgulhosa.

— Não pode culpá-lo por se esconder — disse ela. — A gente nunca sabe se a imprensa vai ajudar ou atrapalhar.

— Não sei como vai ser daqui pra frente — disse Daniel, com um nota dramática. — Estão trabalhando com uma nova delegada. Com certeza vão revirar tudo e, desta vez, pra achar coisas.

Ela fitou-o séria.

— Por que veio aqui?

— Porque eu preciso saber qual foi o destino daquela arma.

Ela riu. Olhou para o nada. Comprimiu os lábios.

— A polícia vai fazer a parte dela desta vez, não vai?

Daniel fez que sim.

— Você não pode se esconder, muito menos o seu filho. Quanto mais derem essa impressão, pior vai ser pra vocês.

— Você descobriu da arma porque é um bom investigador.

— Seu filho ocultou uma evidência do crime. A senhora faz ideia do quanto isso é sério?

Ela parecia prestes a ser fisgada. Balançou a cabeça algumas vezes. O olhar tão desconfiado quanto o do filho.

Daniel pensou nos quatro maridos de Cora Coral. Dois mortos. Centenas de milhares na conta dela. Que mulher seria viúva duas vezes, acumulando mais duas separações? Que segredos Cora escondia?

— Foi nesta casa que vocês deixaram a arma? — perguntou ele.

— Sim.

— Você tocou no revólver?

— Eu tirei aquilo da mão do meu filho, depois limpei e escondi. — O rosto de Cora avermelhado como um tomate. — Eu nunca tive uma coisa daquelas tão perto... Me lembrou de histórias do passado. Das perdas que eu tive. Eu não gosto da morte.

— Está falando dos seus quatro esposos?

Cora arregalou os olhos.

— Como, em nome de Deus, você sabe disso?

— Por favor, não me subestime. Eu posso te ajudar a resolver esse caso. Só preciso que você me ajude.

Cora tremia. O olhar gélido. A ponto de explodir.

— Eu peguei aquilo, como eu disse. Enrolei em uma toalha e enfiei na última gaveta do meu quarto. Tudo isso naquela noite, assim que chegamos e depois de dar todo o depoimento pra polícia. Foi tudo muito exaustivo. Estávamos esgotados. Eu ainda tive que fechar o teatro.

— A senhora acha que o Patrik tem algum inimigo capaz de aprontar algo assim contra ele? Alguma história mal resolvida do passado, qualquer coisa assim?

— Alguém pra fazer algo desse nível? Não, com certeza, não.

— Teria que ser alguém que estava naquela lista, Cora. Alguém que teve acesso ao teatro e, de preferência, ao palco.

— Romeu era muito chato com essas coisas. Era um ator com talento nato, concentrado, responsável. — Ela fungou. — Todos os elementos da cena ficavam no camarim dele. Ele ensaiou muitas vezes com a arma cenográfica que...

Ela perdeu as palavras.

— Acha difícil ele ter confundido?

— Não naquelas circunstâncias, com os pais na fileira da frente. Era o ato final. O ato do beijo. Ele poderia ter ficado, de fato, nervoso e... digamos que alguém tenha conseguido entrar no camarim e trocar as armas.

— Um estranho poderia invadir a parte interna do teatro com facilidade?

— Definitivamente, não — respondeu ela, orgulhosa. — Precisaria ser alguém conhecido ali. Alguém conhecido e rápido. Ainda assim, acho improvável.

— A senhora segurou as duas armas — afirmou Daniel calmamente. — Acredita que tinham pesos parecidos?

Ela deu de ombros. Revirou os olhos.

— Acho que sim.

— O que aconteceu no outro dia de manhã?

— Meu filho não fez isso, se é o que você pensa. Pra começar, ele não saía do quarto. Eu nem dormi. Minha carreira de repente parecia arruinada mais uma vez. Tudo o que eu tinha sonhado sendo destruído por esta cidade selvagem.

Daniel achou graça da última palavra, mas fazia parte do drama de Cora Coral.

— Que horas vocês foram para o enterro?

— Você faz muitas perguntas — disse ela, de saco cheio.

Ele aguardou. Ela respirou fundo e continuou:

— Liberaram o corpo rápido demais, você deve saber. O Apóstolo foi até o IML pedir pra velar logo o menino, em paz. Não sei como ele conseguiu, mas o apelo foi o suficiente. O enterro foi às quatro da tarde. Saímos de casa faltando vinte minutos. Eu e o Patrik no meu carro.

— Seu filho poderia muito bem ter ido até o seu quarto e pegado a arma.

— Meu filho nunca tocaria naquela coisa outra vez. Você não entende.

Daniel não se aquietou.

— Ouvi que houve um incêndio no dia do acidente.

— Sim, em uma casa a caminho da igreja. Disseram que foram crianças brincando em um terreno baldio. Botaram fogo em um colchão ou algo assim. Tinha fumaça até na igreja na hora do velório.

— Vocês chegaram atrasados?

— Todo mundo que quis ir de carro chegou atrasado por causa do carro do corpo de bombeiros naquela rua estreita. Alguns decidiram estacionar em qualquer lugar e ir a pé. Foi um susto na hora, porque ninguém sabia o que tinha acontecido. O barulho da sirene e a fumaça por si só eram assustadores.

— E daí, quando você retornou, a arma tinha desaparecido?

— Sim. O velório demorou muito mais do que o normal porque, além de aguardarem todos os fiéis, esperaram aquele homem que se diz santo. Esperaram muito tempo, mas ele não apareceu.

Por que ir atrás do corpo no IML *se não apareceria no enterro do próprio filho?* Daniel sentiu o ímpeto de perguntar, mas já tinha importunado a mulher o suficiente. Olhou outra vez para o muro adiante. As cercas elétricas... Então se lembrou do que Patrik havia confessado sobre ter perdido as chaves no camarim.

— Cora, ninguém conseguiria entrar aqui se não fosse pelo portão da frente. Nenhum sinal de arrombamento nem nada?

Ela suspirou, cansada.

— Tem uma coisa que... Olha, eu realmente não sei como isso pode ser relevante, mas... Eu não sei se devo contar.

Ela cobriu a boca com os dedos. Daniel nunca sabia se as emoções que ela demonstrava pertenciam à Cora atriz ou à Cora real. Mas, naquele momento, a dramaturga parecia tão incomodada que ele duvidou ser apenas atuação.

— Você está gravando?

— Não — respondeu Daniel, colocando o celular sobre a mesa e desbloqueando a tela.

Ela refletiu em silêncio.

— Eu queria contar isso em off, porque eu realmente não acho que seja relevante, entende?

Daniel fez que sim. Então ela disse, um pouco mais tranquila:

— A Jéssica veio aqui naquele dia, por volta do meio-dia.

— A Jéssica?

— Ela mesma. A noiva do Romeu — confirmou ela.

Daniel considerou a informação.

— O que aconteceu? — Ele tentou manter a voz tranquila.

— Ela queria conversar — respondeu Cora, calma. — Estava arrasada. Qualquer pessoa teria, no mínimo, pena daquela moça. Todo mundo nesta cidade fala do quanto ela sempre correu atrás daquele menino na adolescência.

Era verdade.

— Por que acha que ela queria conversar com você?

— Eu já disse. Ela queria entender o que tinha acontecido. Os detalhes dos bastidores. Acho que queria investigar, como você.

Daniel assentiu devagar.

— Ela ficou sozinha na casa durante algum momento?

— Comigo, não. Talvez com o Patrik. Eles conversaram durante algum tempo, mesmo ele daquele jeito... Aceitou falar com ela — respondeu Cora com um olhar distante. — Eu perguntei a ele depois como tinha sido. Ele falou que ela queria entender a cena final nos mínimos detalhes. Olha, ela fez isso muitas vezes. Foi atrás de muita gente, conversou a sós com quase todos os atores, até assistiu a alguns ensaios depois que a gente reabriu o teatro. Ela não tinha nenhum jornal por trás e pouco se falava sobre a morte do rapaz. Uma notícia dessa seria escândalo em qualquer lugar, mas aqui eu acho que o tal do pastor proibiu as pessoas de falarem. A Jéssica estava fazendo a parte dela. Agora imagino que ela tenha ido atrás de você depois de perceber que precisaria envolver a imprensa. É o que dizem por aí.

Daniel respirou com calma. As novidades não cheiravam bem, e ele não sabia dizer por quê. De repente, percebeu que não sabia nada desse período de investigação de Jéssica. Ela não havia falado coisa alguma. Será que tinha algo a esconder?

— Já passou pela sua cabeça que ela, investigando, poderia ter encontrado um jeito de procurar a arma?

— Que merda você está sugerindo? — perguntou Cora, de repente, irritada. — Que ela queria matar o meu filho ou que ela envenenaria o próprio marido?

Daniel colou os lábios, perdido. Jéssica ali dentro no dia do velório era suspeito demais. Precisava saber a verdade.

— Acha que há possibilidade dela ter encontrado a arma ou não?

Cora apenas balançou a cabeça e olhou-o com desprezo.

— Esse é o problema de vocês. Vocês não têm limite — disse ela.

— Nem fazendo um curso você vai entender a cabeça de uma mulher, Daniel. Tenha um pouco de respeito por ela. Era a esposa dele.

Assim como você era a esposa dos seus quatro maridos, pensou Daniel antes de se desculpar, ligar o gravador e perguntar o que ela podia repetir oficialmente a respeito da arma.

CAPÍTULO 50

Água Doce, 16 de julho de 2019

Daniel não conseguiria olhar para Jéssica tão cedo, por isso preferiu mandar uma mensagem e dizer que não almoçariam juntos. Dirigiu-se até o posto de conveniência onde Camila trabalhava, mas a irmã de Romeu não estava lá. Daniel foi para pedir desculpas de alguma forma, pois a culpa ainda o corroía por dentro. A mão que puxara o gatilho fora a de Olga, mas o quanto daquilo viera de uma sugestão dele?

No topo do alto prédio da fábrica de cigarro, em seu lugar preferido, Daniel tocou as costas no chão. O céu coberto de nuvens escuras parecia prestar seu luto pela morte da mulher. O vento sussurrava palavras numa língua muito antiga, a qual ele não podia compreender. Apenas sentia-se sufocado em uma morte asfixiante e lenta, provocada por palavras.

Mais uma vez refletiu sobre Jéssica. Pensou também em Cora, afinal a gravação com a voz dela confessando toda a história com a arma estava armazenada em seu celular. Tinha o que Mirela queria. Conseguira algo que a polícia não tinha. Agora, quem sabe, poderia até negociar essa informação com a delegada. Só precisava que fosse a mesma arma em crimes diferentes. A verdade agachada quietinha atrás da parede. Daniel a alguns passos. Podia ouvi-la tentar prender a respiração. Só mais um pouquinho...

Depois de relaxar e sentir-se um pouco melhor, retornou para o carro e redigiu um texto com base em parte do áudio de Cora, deixando mais densa e completa a reportagem que vinha escrevendo. Um verdadeiro raio x de Água Doce e de como os últimos acontecimentos influenciavam a cidade. Brincou com as palavras para tentar cobrir os buracos da investigação. Muitas coisas ainda não se encaixavam, e ele desejou ter uma equipe.

Quando o relógio bateu quatro e vinte da tarde, ele ligou o carro e partiu em direção à Igreja das Cinco Virgens com o coração na mão. Não tinha vontade de prestar homenagem à mãe do seu melhor amigo porque Olga sempre o detestara, logo, o que acelerava seu carro até o destino eram mesmo apenas a culpa e a aspiração à narrativa.

Diferentemente do que diziam sobre o velório de Romeu, o caminho para o de Olga não teve complicações. A quantidade de carros estacionados na rua mais próxima e na clareira de frente para a igreja indicava que muita gente seguiria até o cemitério depois da missa.

Daniel encontrou uma brecha na clareira e estacionou. O ritmo acelerado no coração se misturava com o frio na barriga de quem está prestes a ocupar um lugar negado. Um coro de vozes fúnebres ecoava da igreja para fora. Na escadaria da entrada, algumas crianças corriam. Duas adolescentes conversavam em um canto, olhando-o com desgosto. A canção triste carregada por picos agudos e arrastados. Alguém tocou a perna de Daniel.

— Oi, tio — saudou Lucas. A voz desanimada não combinava com os olhinhos esperançosos.

— Ei — saudou Daniel. Varreu os arredores com os olhos. Nenhum sinal de sua família. — Você tá bem?

O menino não respondeu.

— Você também não gosta de mim. Não quis desenhar comigo naquele dia.

— Claro que eu gosto — disse Daniel, assustado, sentando-se em um dos degraus da escada. Não se importava se alguém olharia, mas usou um tom baixo para que ninguém ouvisse. — O tio tava trabalhando em uma coisa muito importante.

— Sobre ela? A mulher que você matou? — perguntou Lucas, posicionando os dedos como uma arminha e atirando no invisível.

Daniel sentiu os olhos se esticarem. *Que coisas teria Ivan contado para o próprio filho?*

— Eu não a matei. Seu tio nunca matou ninguém.

— Eles disseram que sim.

— Eles quem?

O menino não respondeu. Buscava algo nos olhos de Daniel.

— Eu ouvi muitas histórias *de você*, tio.

— Histórias ruins, né?

— A minha avó falou que você não é uma pessoa ruim. Todo dia a gente ora por você.

Daniel respirou fundo.

— E por você? Eles oram por você?

Ele fez que sim.

— O papai me disse que vão me colocar no lavatório.

Daniel encarou o sobrinho sem prever a reação que viria: os olhos se encheram d'água. Lucas era só um garotinho. Ele não tinha culpa de nada, tampouco de não querer seguir os padrões. Toda a vergonha que passaria. Os nomes dos quais seria chamado. O cheiro do óleo impregnado em seu corpo pelo resto do dia, lembrando-lhe a cada minuto do quanto ele precisava ser purificado.

— Eu não vou deixar.

De repente, os olhos do menino também se encheram.

— Eu tô com um pouquinho de medo, tio.

Daniel não quis piscar para não derramar lágrimas. Não fazia a menor ideia da última vez que tinha chorado ou sentido tanto aperto no peito. A necessidade de proteger alguém. Só queria abraçar seu sobrinho, colocá-lo em seu carro e levá-lo para qualquer lugar distante dali.

— Não conte isso pra eles — disse Daniel como um cochicho. — Não grite, não chore, não faça nada que pareça errado. Fique sempre em silêncio e sorrindo. Eles vão achar que deu certo, e você vai ficar bem. Entendeu?

Lucas balançou a cabeça, e duas gotas de lágrimas pularam dos olhos para o meio das bochechas. Ele mesmo limpou. Daniel com o coração congelado e cortado.

Um vulto passou ao seu lado, e ele percebeu Maurício descendo as escadas da igreja. Os dois trocaram um olhar penetrante, e então o outro deu meia-volta e retornou ao templo.

Daniel voltou-se para Lucas. Uma ideia correndo por sua cabeça.

— Você sabe o que é a agenda?

Lucas balançou os ombros em negativa.

— Seu pai ou sua mãe já falaram em algo assim? A vovó ou o vovô...

— Eu não sei, tio. Meu pai tem uma agenda.

— Como ela é?

— Eu não mexo nas coisas dele.

— Ele já falou pra você nunca mexer?

— Eu não lembro.

— Você já... Alguém já machucou você, Lucas?

O menino não respondeu.

— Você pode confiar em mim. Alguém já fez alguma coisa ruim com você aqui na igreja?

— Não.

— Na sua casa?

— Não, tio. Por quê?

Daniel percebeu o quanto o menino parecia assustado. Mais quantas pessoas perturbaria? Será que nem as crianças poderiam ficar em paz?

Afagou a cabeça do menino. Forçou um sorriso e ficou de pé. Como se só agora estivesse livre, Lucas saiu correndo e sumiu pelo corredor que levava ao jardim. Parecia muito com o antigo Daniel.

CAPÍTULO 51

Bela Vista, 16 de julho de 2019

Eram quase cinco da tarde quando Sky discou pela décima vez. Quase esmagou o aparelho de tanto ódio. Vestindo apenas um casaco de manga comprida, ela andava de um lado para o outro do pequeno apartamento.

Ela preferia a simplicidade. O quarto e sala era o suficiente para a vida que dividia com Café e Molly, seus dois gatos. Gostava de se chamar de minimalista, já que o sofá era feito de paletes e almofadas gigantes, seguindo o mesmo modelo da cama. Preferia investir em tecnologia. Era como se andasse armada. Seus pertences, quase tão importantes quanto seus órgãos. Celular, notebook, câmeras e dispositivos importados. A geladeira precisava ser grande o bastante para comportar latas de Coca-Cola, engradados de Yakult e caixas de pizza pré-pronta e de hambúrgueres vegetais.

Não havia como evitar as lembranças do encontro dela com Daniel, que haviam voltado a aparecer nas últimas horas. Os dois tinham se tornado amigos na recepção da mesma clínica de psicologia e passado um breve tempo juntos no mesmo hospital psiquiátrico, onde ela o ensinara a jogar xadrez. Naquela época, Sky engolia pregos, tachinhas e qualquer merda que causasse uma explosão de prazer ao passar pela garganta. Seu prazer desabrochava no meio da dor, então ela gostava quando doía porque pelo menos podia sentir alguma coisa.

Identificou-se com Daniel logo de cara porque ele tinha algo muito diferente dela. Ele não gostava do que sentia quando via coisas e pessoas. Na verdade, uma única pessoa, um menino que sempre gotejava. Foi Sky quem batizou-o de Jonas. Esse era o nome do profeta bíblico engolido por uma baleia, segundo as histórias que seu pai contava.

Tornaram-se alguma coisa, pois Sky tinha medo de usar a palavra "amigo". Confiou em pessoas que não só a traíram como arrancaram sua vida de dentro para fora. Essas pessoas diziam-se suas amigas, e ela nunca mais achou que pudesse abraçar alguém outra vez.

Mas ela se importava com Daniel. Muito mais do que podia admitir.

Daniel não fazia a menor ideia das coisas que Sky sentira quando soube que ele voltaria para aquele pesadelo. Ela conhecia uma boa parte de suas histórias. Já as ouvira tantas vezes que tinha encaixado peças e montado palpites, mas preferia não se meter porque não gostava de interferências em si. Sabia o quanto suas feridas ainda doíam. Um toque no lugar errado poderia despertar tudo de novo. Ela era como um objeto mal montado. Um sopro na direção errada e tudo se desarmaria outra vez.

Não havia nenhum objeto pequeno em sua casa, nada que ela pudesse ingerir. Conhecia suas resistências e limites e fugia de todos eles. Mas Daniel não. Ele caminhava para dentro do fogo e da água em que se afundara por duas vezes. Só Deus sabia se ele sairia vivo daquele lugar. Só Deus sabia...

Sky ficou de saco cheio e correu até o banheiro. Enfiou-se em uma calça, combinou-a com um moletom do Pato Donald e óculos escuros, verificou os pertences na mochila, selecionou uma de suas identidades e, por fim, enfiou os pés em tênis confortáveis.

— Você é patética — foi o que disse quando se olhou diante do espelho. — Vamos assaltar um banco — brincou.

CAPÍTULO 52

Água Doce, 16 de julho de 2019

PÁ! O barulho do tiro disparado na noite anterior ainda estalava em seus ouvidos como se fosse há cinco minutos.

Daniel atravessou a clareira circundada por carros estacionados e encostou-se na traseira do seu automóvel. Dali, mesmo distante, tinha uma nova visão da igreja. Acendeu um cigarro e observou como faria para abordar Maurício. Não seria fácil arrancar alguma coisa dele se estivessem a sós. Por que o garoto retrocedeu quando o viu? Teriam os pais o aterrorizado contra Daniel?

Tragou seu cigarro em silêncio, tentando se acalmar, mesmo com o segundo cântico fúnebre entoado lá dentro. Observou a dança das folhas nas copas das árvores. O farfalhar quando o vento batia. Não havia melhores testemunhas das verdades daquela cidade do que todos aqueles eucaliptos. Com certeza o conheciam. Observaram seu crescimento. Talvez oferecessem oxigênio como forma de amparo.

— Gosta das árvores?

Daniel girou e deu de frente com Mariana, que se aproximava. Dessa vez a delegada não exibia um distintivo ou roupas pretas. Usava uma blusa bordô, jaqueta de couro e jeans justo. A pele retinta parecia coberta por uma laminação suave.

— Sempre gostei — respondeu Daniel. — É a parte mais bonita deste bairro.

— Por quanto tempo morou aqui?

— Saí aos dezessete. Fuma?

Ela aceitou um cigarro, acendeu-o e devolveu o isqueiro.

— Você é de onde? — perguntou ele.

— Na verdade, eu sou do Espírito Santo — respondeu ela. — Sou PhD em bairros pacatos como isto aqui.

Daniel riu.

— Duvido que exista algo igual a isto por aí.

— Talvez não haja nada igual à experiência que você viveu, mas não julgue sem saber — disse ela. Decidiu dividir a porta do carro e encostar-se ali, como se fosse uma amiga de longa data.

Os dois fumaram em silêncio por algum tempo. Daniel sabia da informação que precisava dela. Mas, de repente, não queria falar sobre nada daquilo. Queria deixar o vento correr. Ele anunciava chuva.

— Não está aqui só a trabalho — recomeçou ela.

— Pois é. O cara que morreu era meu amigo, mas é só isso. Não tenho nada com esta cidade.

Ela sorriu.

— Adivinha quais são os meus romances favoritos?

Ele franziu a testa com a mudança abrupta.

— Romances mela-cueca — ele arriscou, debochado.

— Já gostei — disse ela. — Mas sou fã mesmo do Paulo Coelho.

— Nunca li, mas respeito.

— O Paulo Coelho dizia uma frase muito curiosa — disse ela. — O que importa é deixar no passado os momentos da vida que já se acabaram. Encerrando ciclos. Foi o que ele disse uma vez.

Daniel sorriu, deliciando-se com o calor do trago.

— Bem, aqui estou eu de novo — falou ele.

— Porque não acabou. Essa é uma conta muito simples. Pode ser que você tenha vindo encerrar seus ciclos.

— E por que acha que isso é importante? Não veio aqui hoje pra falar comigo, veio?

— Por que não? Ali dentro está um saco. Pouco interessante, com todo o respeito pela alma velada.

Daniel sorriu com o jeito de Mariana falar. Parecia errado ter pessoas legais pisando em Água Doce. Os homens dali a esmiuçariam com ancinhos e facões. Ela precisaria ser forte.

270

— Ela era uma mulher muito misteriosa — disse ele. — Falava pouco. Você nunca sabia se a dona Olga estava bem ou mal. A vida inteira sendo a sombra do marido.

— Sabe da família dela? Moram aqui? Os pais, digo.

Daniel tragou o cigarro ao mesmo tempo que a delegada.

— Não — explicou ele. — Eles nunca gostaram desta região nem daqui. Moravam no sul. Ela conheceu o Apóstolo em uma viagem a Paraty, pelo que o Romeu me contou, e foi tragada pra essa vida medíocre.

— Visitei a casa hoje de manhã e, como você deve saber, não tem nada de medíocre.

Daniel olhou para a mulher por um tempo. Ela não se incomodava em ser analisada. Apontou para ele com o mesmo dedo que prendia o cigarro.

— Eu sempre gostei da revista *Vozes*. São muito bons. Acompanho vocês.

Ele ergueu as sobrancelhas e quase sorriu.

— Colabore comigo, então — disse, jogando fora a ponta do cigarro e massacrando-a com a ponta do tênis. — Preciso saber sobre a arma do crime.

— O quê? Precisa saber o que sobre a arma e por quê?

Ele analisou-a com cuidado. *Tão fácil assim?*

— Preciso saber de quem era e qual o modelo.

— Essa informação é confidencial. Estamos no meio de uma investigação.

— Eu não trabalho sozinho. Estamos nessa história há dias. Morei aqui por dezessete anos. Sei como essa cidade funciona.

— E? — Ela riu com deboche. — Acha que não sou capaz de chegar aonde chegou, preto? Se eu fosse você, mudava de ideia.

— Qualquer detetive muito bom demoraria pra ter o que eu tenho. É o que eu acho.

— Você é jovem — disse ela com simplicidade.

Daniel encarou-a outra vez. Tentou imaginar que idade ela tinha. Melanina engana.

— O que vai me dar em troca? — quis saber ela.

— Tenho um depoimento gravado. Nada disso consta nos inquéritos. Estou escrevendo uma reportagem boa, vai ser publicada em breve. Ela inclusive pode mudar tudo o que se sabe sobre a investigação desse caso.

— Ué, mas você não vai publicar? Vá em frente. Vou saber de qualquer jeito.

— Não está entendendo. O que eu tenho arruinará a reputação da polícia.

— Fizeram um trabalho de merda nesse caso. Que seja arruinado. Gosto de recomeçar. O desafio me atrai.

— Eu tenho como comprovar que o Romeu não foi vítima de suicídio e que outras pessoas morreriam naquela mesma noite — forçou ele. — Não enviei nada para minha editora ainda. A matéria está em construção.

Ela ergueu as sobrancelhas e mirou a igreja. Tragou o cigarro uma última vez.

— A informação sobre a arma é confidencial, mas eu posso te ajudar a chegar em um lugar que você está ignorando.

Ele aguardou.

— Há um vereador que mora a alguns metros daqui. Gaspar. Ele move os pauzinhos na prefeitura e banca várias famílias ligadas a essa igreja. Recebem cestas básicas e uma mesada.

— Mas a igreja sempre ajudou algumas famílias daqui, desde a minha época.

— E você nunca desconfiou desse esquema porque era muito jovem, eu entendo. — Deixou a ponta do cigarro cair com um gesto elegante. Pisou sobre ela. — Sabia que vários membros recebem salário aí dentro? Tem alguma ideia de quanta grana?

Daniel acompanhou o olhar de Mariana Nero e contemplou a capela dos virgianitas durante um tempo. Deco era uma dessas famílias mencionadas, com certeza. Daniel nunca tinha parado para questionar esse esquema. Sabia que os diáconos de alto grau de confiança viviam para a igreja, serviam de modo integral e, por isso, recebiam um salário. Até onde tinha conhecimento, o salário vinha dos próprios fiéis, como em qualquer comunidade religiosa tradicional.

Nunca tinha parado para imaginar que a proximidade do vereador com a instituição pudesse significar outro tipo de aliança além da fé.

— Deixa eu te ensinar uma coisa que pode ser útil na sua jornada — continuou ela. — Onde tem político fazendo favor para religioso rico, tem merda escondida. Merda que fede. O apagamento desta cidade não é normal. Nunca passou pela sua cabeça investigar as contas daquele pastor?

Daniel não respondeu, um tanto embaraçado.

— Com mais um pouco de tempo, poderei colocar os olhos onde a polícia ainda não tem suspeita. Estou aqui sem distintivo, tá me entendendo?

Ele fez que sim.

— Agora é só puxar a corda e descobrir até onde ela vai te levar. Como você pode me ajudar agora?

Daniel sentiu o coração disparar com aquela informação. Como não tinha pensado naquilo antes? *Droga. Uma coisa de cada vez.* Ansioso, ele meteu a mão no celular para colocar a gravação com Cora para tocar, mas a bateria tinha acabado.

CAPÍTULO 53

Bela Vista, 16 de julho de 2019

Sky se olhou no espelho do elevador. Uma mulher preta, gorda, com grandes olhos e um sorriso que ela mesma quase nunca via. Com sua identidade falsa perfeita, ela poderia ser quem quisesse, graças a Jeff...

Ninguém conhecia o nome real de Jeff, assim como não conheciam o de Sky. Os dois gostavam de competir juntos em jogos de videogame fazia pelo menos doze anos. Ambos hackers, mas cada um com um tipo de especialização. Jeff era o falsificador mais incrível que Sky já conhecera. Era ele quem ela tinha contatado naquela manhã para acelerar a investigação de Daniel. E era por isso que tinha pegado um Uber até ali.

O elevador abriu as portas no décimo andar, e Sky desfilou até a recepção da redação. Imaginou se saltos altos confeririam um ar mais desafiador. De todo modo, as pessoas sempre a tratavam como se ela estivesse pronta para brigar. Um grande erro.

Na recepção, ficava uma mulher de mais de trinta anos, aparentemente apressada para ir embora.

— Você que é a Lua? É isso mesmo? O pessoal lá de baixo cadastrou aqui...

— Isso mesmo — disse Sky, interpretando uma jovem azeda. — Eu gostaria de falar com Mirela Pires, por favor.

— É Lua de onde?

— Da Via Láctea — respondeu ela, séria.

A atendente não tinha certeza se era uma piada.

— Sou convidada dela, amiga do Daniel. Quer que eu ligue pra ela daqui? — perguntou apontando o celular.

— Não, não, eu vejo aqui. Um momento.

A atendente repetiu as informações no telefone e depois encaminhou-a para um hall de recepção com cadeiras elegantes e uma mesinha com uma jarra de água e uma máquina de café expresso.

Sky varreu a redação com os olhos. Não era um andar incrivelmente espaçoso, mas bem aproveitado. Do vidro em diante, ela podia enxergar várias fileiras de computadores. A maioria ocupada. Dois jovens tiraram os crachás pelo pescoço assim que atravessaram a porta de vidro. Mirela não demorou para surgir ao encontro de Sky. A mulher tinha uma cara fechada e uma ruga de curiosidade na testa. Vestia um terninho e apoiava-se em um saltinho.

— Lua de Souza? — perguntou Mirela, já oferecendo uma mão para aperto.

— Isso.

— Que nome diferente e... bonito. Amiga do Daniel, sim?

— Isso.

— Vem comigo.

Sky sorriu e seguiu Mirela, pisando o chão de cimento queimado. Encarou os olhares intrometidos enquanto passava, e logo as duas dividiram uma saleta com poucos móveis. Uma mesa no meio, uma TV na parede e plantas de decoração.

— Ligo o ar-condicionado?

— Não precisa — disse Sky, tirando o notebook da mochila.

O olhar de Mirela avaliava cada pedaço seu.

— O Daniel já me falou de você — disse Mirela. — Por acaso, você não é a amiga hacker dele, é?

Sky presenteou-a com um sorrisinho sem resposta.

— Lua... Nunca achei que fosse conhecer você de fato — insistiu Mirela.

— Você não conhece — disse Sky, focada em localizar os arquivos em seu notebook.

Mirela sentia-se cada vez mais perdida.

— Olha...

— Eu vou tentar ser direta — disse Sky, quase escapando do disfarce. *Lua não seria mais sensível?* — Ele está correndo perigo.

Mirela piscou e fez silêncio por um tempo. Procurou uma posição confortável em sua cadeira, mas aparentemente não encontrou.

— Tenho informações sigilosas aqui. A maioria são indícios, mas é o suficiente pra entender que o Daniel sugeriu a você uma reportagem muito maior do que vocês imaginam.

— Do que exatamente você está falando?

— Lavagem de dinheiro. Possivelmente um... esquema de corrupção que, se for apurado, talvez envolva todas essas regiões — disse Sky, circulando um mapa na tela do computador de última geração. Paraty e Angra dos Reis estavam envolvidas.

Sky aguardou uma resposta de Mirela. A jornalista, por sua vez, esperou que ela continuasse. O embate levou alguns segundos. Mirela, impaciente, gesticulou.

— Tá. Mas do jeito que você falou parece que ele vai morrer amanhã.

— Você quer pagar pra ver?

— Não, mas... Bom, você tem algo mais? O que é que você sabe, de fato?

Sky observou-a, decidindo se continuaria.

— Não tenho uma prova concreta, mas acredito que Euclides Velasco, o pai do rapaz que se suicidou no palco, recebe dinheiro indevido. Coisa grande, envolvendo gente rica da região.

— É uma acusação bem séria pra quem não tem provas.

— É mesmo? — Sky já havia abandonado a personagem Lua havia séculos. — Estou rastreando pelo menos três empresários que frequentam a seita e fazem doações generosas. Isso aqui é só a ponta do iceberg.

— Isso acontece com trezentas mil igrejas.

— Não na proporção que estou vendo, para uma igreja tão pequena.

Mirela ponderou.

— Você pode compartilhar suas informações?

— O Daniel conseguiu muita coisa. Com exceção do médico, os funcionários do posto médico que socorreram Romeu foram demitidos menos de quinze dias depois da maldita peça.

— Ele está te passando informações sobre o caso.

— Tem problema se ele quiser conversar? — questionou ela, num tom de desafio. E retomou: — Porque o vereador da cidade dirigia um carro naquela noite, levando um jovem chamado Maurício com ele. Esse carro bateu na ambulância no dia do suicídio.

— O Daniel sabe disso ou você...

— Ele sabe. Só precisa ligar as peças — cortou Sky com um tom de urgência. — Esse vereador é frequentador da seita. Já foi, inclusive, prefeito da cidade, acusado de desviar dinheiro em sua gestão. Acho que ele deu um jeito de ficar fora do acidente.

— Espera — pediu Mirela, tentando acompanhar. — Por que ele faria isso?

— Não sei, mas ele bancou as duas cirurgias que o jovem precisou fazer, em um hospital particular fora da cidade.

— E ninguém soube que ele estava no carro porque...

— Estavam todos na inauguração do teatro. Ele apagou o que pôde das provas.

Mirela anuiu devagar. Sky aguardou-a por alguns instantes. Então a jornalista perguntou:

— E por que é um problema grave bater numa ambulância?

— Porque Romeu pode ter morrido no momento da batida. Ao que tudo indica, ele ainda estava vivo quando saiu do teatro numa maca.

Mirela escrutinou-a. Os olhos tão profundos que Sky sentiu-se revelada por trás da identidade falsa. *Lua.*

— Esse... A ponta do iceberg do suposto esquema de corrupção. Estou tentando entender como todas essas peças se conectam.

— Neste momento, você precisa se preocupar em tirar o Daniel de lá. Seria bom se fosse agora.

— Eu não sei se...

— Ele está comprometido emocionalmente. O quanto isso é bom pra sua matéria?

— Acho que eu sei o que é bom para o nosso trabalho — disse Mirela com uma ponta de estresse. — Você ligou pra ele? O que ele sabe de tudo isso?

Sky franziu a sobrancelha em silêncio. Não suportava ser desafiada.

— Há uma policial nova trabalhando no caso. Ela esbarrou com... a sombra desses casos antes. A delegada não vai demorar pra juntar as coisas. Basta querer. O Daniel precisa estar em um lugar seguro.

Mirela sorriu de leve.

— Ele não é uma criança. Está fazendo o trabalho dele.

— Trabalho? Isso deixou de ser trabalho pra ele há muito tempo. Olha...

— Talvez você esteja nervosa demais — interrompeu Mirela. — Seu amigo está na casa dos pais, a família...

— A casa dele é aqui. Você está entendendo o que eu estou dizendo? Essa investigação não é só sobre o Romeu. Ele não faz ideia de com quem está mexendo e... a morte da mulher piora tudo.

— Vamos ligar pra ele amanhã.

— O telefone dele só dá fora de área. Estou tentando falar com ele pelo computador, mas ele está desconectado.

— Você está nervosa. Calma — disse Mirela com um gesto.

A jornalista se levantou, caminhou até um bebedouro no canto e serviu dois copos de água. Um para si, outro para a hacker. Sky não aceitou, mas pela primeira vez percebeu o quanto seus dedos tremiam, o coração batia rápido. Como uma pessoa de exatas, metódica e precisa, odiou se sentir vulnerável. Detestava tomar decisões com base na intuição. E, no fundo, ela não estava ali apenas pelas informações obtidas. Nada daquilo parecia suficiente. Havia algo mais. Algo difícil de colocar em palavras, de provar. Daniel corria perigo. Ela o sentia desmoronar nos últimos dias, a cada ligação, a cada silêncio. Mirela não o conhecia. Nunca recebera uma ligação de Daniel no meio da noite enquanto ele tentava se livrar de mãos invisíveis que apertavam sua garganta. Jonas, as marés do passado.

De repente, Sky se achou ridícula. O que estava fazendo ali? Precisava mesmo convencer Mirela a tirá-lo de Água Doce? Ela bebeu o copo de água, fechou o notebook e enfiou-o na mochila, decidida.

— Olha, eu realmente agradeço a sua colaboração — disse Mirela. — É de fato muito importante. Temos interesse no que você puder compartilhar. Talvez possamos fazer uma chamada de vídeo o mais breve possível. Todos juntos. Pra entender o que a gente tem. Você... tem um carinho muito grande por ele.

Sky se levantou e, antes de sair, disse:

— É o meu único amigo.

CAPÍTULO 54

Água Doce, 16 de julho de 2019

Daniel bateu a porta do carro, receoso. O céu já estava pintado de breu, e as estrelas pareciam conferir cada movimento seu. Sem o celular carregado, sentiu-se impotente. Ainda assim, não conseguiria cair na cama enquanto não terminasse aquela história.

Atravessou a rua e sentiu uma pedra de gelo no estômago, mas nele só havia mesmo dois pacotes de salgadinho de cebola e uma garrafa de iogurte. Na rua quieta e mal-iluminada, Daniel caminhou até a casa onde Gaspar havia entrado com seu EcoSport ocre, um carro muito chamativo para um vereador escondido em uma cidade simples demais. *Corrupto filho da puta*, pensou Daniel.

Umedeceu os lábios, checou a câmera de segurança apontada do alto para a porta e apertou o interruptor. O muro pintado de salmão impedia uma visualização da casa, mas a qualidade dos portões automáticos cheirava a grana.

Uma voz tímida e feminina surgiu pelo alto-falante.

— Pronto.

— Oi. Gostaria de falar com o Gaspar, por gentileza.

— Quem gostaria?

— O filho do Deco e da Ednalva — tentou.

— Ah, um momento. — Silêncio por quase dois minutos até a voz retornar. — Olha, nós viemos do velório, e ele está muito indisposto agora. Você pode retornar amanhã?

Devia ser Lavínia falando, a esposa. Tinham juntos um casal de gêmeos adolescentes. Havia visto realmente todos eles na saída da igreja, mas não tinha aguardado horas à toa.

— Oi, Lavínia, me desculpe, mas precisa ser hoje. Tenho um recado urgente.

— Ele está debilitado, meu amor.

— É caso de vida ou morte.

Silêncio. Depois de um tempo, ela tossiu de leve e voltou a falar.

— É só com ele?

— Sim.

— Eu... Vou ver se ele pode atender *nesse caso*.

— Obrigado.

A mulher encaixou o interfone no gancho com força. Daniel aguardou. E se a arma que ele tanto achava ser do Apóstolo fosse de Gaspar o tempo todo? E se ele tivesse obrigado Olga a se matar por algum motivo secreto?

A pedra gelada no estômago de Daniel não se dissolvia. Ele olhou de um lado para o outro na rua deserta. O vento cheirava a chuva, e ela desabaria a qualquer instante.

— Oi, Daniel — saudou Gaspar pelo interfone. A voz apressada e forte. — Pode entrar, por favor. Seja bem-vindo, meu filho.

A fechadura se abriu em um estalo, e ele ouviu os latidos do lado de dentro. Pensou em dar meia-volta e retornar quando tivesse pelo menos o celular, mas o portão já estava fechado às suas costas e... talvez não tivesse outra chance. Nada de fugir.

O corredor escuro levou-o a um largo quintal gramado e uma senhora casa bem aos fundos. Daniel deixou o queixo cair. A casa tinha dois andares planos e largos. A parte de baixo cercada por sofás e espreguiçadeiras na frente de uma divisória toda de vidro, isolando a cozinha, cômodos fechados por cortinas e a escada em formato de caracol, que conduzia ao segundo andar. Este tinha a decoração toda amadeirada, com portas de correr feitas de vidro e uma varanda sem guarda-corpo.

Gaspar veio em sua direção. Um homem calvo, grisalho e médio. Tinha o nariz pontudo, orelhas grandes e uma pança sobressalente.

Vestia um pijama azul-marinho e, na mão direita, segurava a coleira de um rottweiler gordo que latia sem parar.

Ok. Aqui jaz Daniel Torres.

— Chega, Omero! — ralhou ele, dando um puxão na coleira. O cachorro parou de latir e passou a soltar leves ganidos. — Você me desculpe. Ele costuma latir pra pretos. É racista.

Daniel não conseguiu acreditar no que tinha ouvido. Manteve-se vários passos afastado.

— A mulher falou que era vida ou morte. Aconteceu alguma coisa com seus pais?

Omero rosnou, alimentando-se do nervosismo de Daniel.

— Não, é sobre outra coisa.

— É vida ou morte? Porque eu tava dormindo.

— Se o senhor puder prender o cachorro, eu falo.

— Ah, você me acorda e ainda me obriga a prender o meu próprio cachorro.

— Eu só queria fazer umas perguntas, senhor. Nada de mais.

— Nada de mais? Você disse que era vida ou morte.

— Tem a ver com uma morte, sim. Talvez mais de uma.

Gaspar espremeu os olhos. Detestou o que ouviu. Se pudesse, rosnaria mais alto do que Omero. Os olhos do rottweiler brilhavam à espera de que o dono o soltasse e ele pudesse avançar em cima do estranho, mostrando quem mandava ali.

— Entra lá que eu já volto — disse o vereador, apontando para o sofá com o queixo.

Daniel odiou a forma com que o filho da puta falou com ele. *Cachorro racista, dono racista.* Infelizmente tinha que obedecer ao maldito político para conseguir o que queria.

Adiantou-se pelo restante do espaço gramado e aguardou de pé, embaixo do toldo amadeirado. Um minuto. Dois. Cinco. Tentou calcular quanto custava uma casa daquelas.

Enquanto olhava, percebeu um leve farfalhar em uma das cortinas que escondia um cômodo. Tinha certeza de que alguém o espiava dali.

Um trovão roncou no céu, anunciando o futuro torrencial. Além do cheiro de chuva, havia uma mensagem no ar impossível de se decodificar por inteiro. Um presságio desagradável. A sensação de ter entrado em um covil.

— Não vou te convidar pra entrar porque eu não quero ver as descrições da minha casa no jornal amanhã, não é mesmo? — foi dizendo Gaspar conforme se aproximava.

Daniel fingiu não ouvir, mas obedeceu ao homem outra vez quando este indicou-lhe uma das poltronas praieiras. Sentaram-se um de frente para o outro.

— Vamos lá, o que quer saber? A *Vozes* cobre política? — perguntou Gaspar.

Medo. Ele tem medo de mim. Medo do que posso extrair desta conversa. O cachorro era uma tentativa de me intimidar.

— Bastante. A minha pauta aqui é diferente. A gente quer publicar uma reportagem sobre o número de...

— Corta essa merda e vamos pro que interessa — interrompeu ele. Piscou os olhos algumas vezes. Apoiou os cotovelos sobre os joelhos, oferecendo uma visão curiosa da pança em queda. — O que quer saber? Fala aí. Já sei muitas coisas sobre você.

— Sobre mim? — perguntou Daniel, franzindo a sobrancelha. — Tipo o quê?

— Ah, não sei, por exemplo, que o Deco e a Ednalva não te consideram mais parte da família — disse ele. A raiva culminando no olhar. — Um homem não tem honra alguma se não tiver família. Concorda?

— Corta essa merda e vamos pro que interessa — disse Daniel com o olhar afiado.

A pedra de gelo ainda resfriava seu estômago, mas já começava a anestesiá-lo.

Gaspar respondeu com um olhar faiscante. Riu pelo nariz com desprezo.

— O senhor recusou o convite para a inauguração do teatro, não foi?

Ele riu.

— Claro.

— Os pais do Romeu estavam lá. Várias pessoas importantes...

— Por pura pena ou obrigação. Também tem os fofoqueiros desta cidade. Ah, e como — disse ele com a cara fechada. — E o que é que eu tenho a ver com essa porra que você está pesquisando?

— O senhor é sempre desagradável assim? — perguntou Daniel. Que se fodesse a entrevista, ele não precisava passar por aquilo. — Como conseguiu ser eleito?

— Se é só isso, você pode ir embora.

Daniel estremeceu de ódio. Tinha perdido a presa por descontrole, mas ainda podia jogar um verde e ver se o homem abocanharia.

— Onde o senhor esteve? Já que a sua esposa e os seus filhos estavam na estreia da peça... — tentou.

Gaspar riu.

— Eu me recusei a ver aquela escrotidão porque aquilo não é peça, não é teatro, era uma afronta daquela vagabunda.

Daniel quis arrebentá-lo por respeito à Cora. Ela tinha dado a gravação que ele queria. Fizera na cidade o que ninguém tinha coragem de fazer. Não merecia o desprezo daqueles homens.

— Está gravando esta conversa?

— Não.

— Não importa. Não tem como acreditar em gente como vocês. Deve ser por isso que você foi vomitado da família, não?

— E onde o senhor estava na hora da peça?

— Eu estava na rua, resolvendo umas coisas.

— Naquele EcoSport?

— Isso não te interessa.

— Ok. O senhor sabe quem é Maurício Salgueiro?

Gaspar engasgou e soltou um pigarro de leve. A tonalidade do rosto tingindo-se de vermelho.

— Não faço ideia.

— É. Mas ele faz. Ele sabe quem você é.

Gaspar riu.

— Você é uma criança maluca e malcriada.

— É só uma pergunta simples. O senhor sabe quem é o Maurício ou não?

Gaspar coçou a cabeça e umedeceu os lábios, irritado. Daniel não entendia por que as pessoas culpadas simplesmente não se esquivavam, mandando-o ir embora. Era como se elas quisessem se certificar de que não seriam descobertas, mas, quanto mais tentavam, mais se revelavam.

Ainda assim, ele sentiu que seu tempo ali estava acabando — outra coisa que a pouca experiência o tinha ensinado.

— Todos os funcionários que socorreram o Romeu na noite da peça foram demitidos, com exceção do médico. Ele passou a fazer parte da gestão — disse Daniel. — Um acidente de carro quase fez com que Maurício perdesse o movimento do braço naquela noite. Ele bateu em uma ambulância.

— E que merda eu tenho a ver com isso?

— Alguém pagou as contas daquele cara, e eu conheço este bairro. Quando esse tipo de dinheiro circula aqui, ele vem de pessoas como você. Os salários como o do meu pai, os privilégios dos virgianitas, esse monte de boas ações. Nunca pareceu estranho pra você?

— Já chega.

Gaspar ficou de pé, decretando o fim da conversa.

— Eu sei da agenda — inventou Daniel.

Um novo trovão rosnou no céu, muito mais ameaçador que o latido de Omero.

Não só as bochechas e a testa, Gaspar tinha o corpo inteiro pintado de vermelho. O homem parecia desequilibrado. Estreitou os olhos na direção de Daniel, que não tinha uma ideia concreta do que estava falando.

— O que você quer de mim? — perguntou Gaspar. A voz saiu rouca. Fraca.

— A verdade — respondeu Daniel, desconfortável no assento. De pé, era poucos centímetros mais alto que Gaspar.

— Quer a verdade — repetiu o político, assentindo com a cabeça de leve. — Muito bem. Eu estava naquele carro com o Maurício, sim. Não era esse EcoSport. Era um Cobalt Sedan. Gostava muito daquele carro.

Daniel continuou em silêncio. Observou o homem como se tivesse o mesmo poder de um polígrafo.

— Eu dirigia bêbado e nervoso — continuou Gaspar. — Atravessei um sinal fora de hora. Bati na ambulância, e adivinha o que aconteceu? O seu rapaz estava lá dentro. Envenenado. Era um moço muito belo, o filho do Apóstolo. Você acha, não acha?

Daniel não respondeu. Endureceu as feições.

— Qual o problema em dirigir bêbado? — perguntou o jornalista, por fim.

De repente, Gaspar soltou uma gargalhada arranhada e fria.

— Você não sabe de porra nenhuma, não é mesmo? Eu sou um homem da política — explicou. — Eu não posso ser visto em coisas desse tipo. Eu movo os paus da forma que for preciso pra continuar garantindo o bem dessas pessoas.

O homem se aproximou de Daniel. Seu bafo quente e molhado.

— Veja bem, tudo o que eu fiz e tudo o que eu faço é pelo bem dessas pessoas. E jornal nenhum vai tirar esta cidade de mim. Você é um fodido.

— Você saiu ileso do acidente.

— É claro.

— E o que aconteceu depois da batida?

Ele deu de ombros e riu.

— Eu peguei carona com a ambulância. Seu namoradinho já estava morto, se é isso o que quer saber. Não foi a batida que matou ele. Foi a porra do veneno.

Daniel sentiu as feições endurecerem ainda mais. *Controle-se. Vá mais fundo.*

— Está se esquecendo de mencionar o Maurício.

— Não estou me esquecendo de nada, meu amigo.

— O que ele estava fazendo no seu carro?

— Uma carona, caralho!

— Pra onde?

O barulho surdo de uma pancada ecoou do lado de fora. Uma pancada em vidro. O alarme de um carro disparou. Os dois se mantiveram presos em um olhar assustador.

— Eu acho que você disse que sabia o que era a agenda, mas estou percebendo que você não sabe de porra nenhuma, não é mesmo?

Daniel não esperava mais que o homem respondesse.

Outro trovão ecoou.

Daniel sabia de onde vinha o apito do carro. Pensou em correr, mas...

BUM!

CAPÍTULO 55

Água Doce, 16 de julho de 2019

— Cachorros piores te esperam lá fora — disse Gaspar. — Suma da minha frente.

Daniel olhava para Gaspar, sem acreditar. O barulho do alarme do carro e da explosão, o som do fogo crepitante, o clarão tremulante. Não podia ser! Não aceitaria isso.

Correu desembestado pelo gramado do quintal, derrapou próximo ao portão e forçou-o com as mãos feito garras até que alguém o abrisse eletronicamente. A fechadura estalou, e, assim que pisou na rua e comprovou com os olhos, sentiu o coração derreter.

Não era apenas seu carro envolto em chamas e nuvens de fumaça preta. Mas seu computador, seu celular e a bandeira da sua independência. As volumosas labaredas lambiam seus pertences gargalhando da impotência de Daniel. Risadas crepitantes. Ele não tinha o que fazer. Apenas apoiou as mãos no joelho e gritou de ódio.

Filho da puta! Aquele filho da puta sabia disso.

Daniel respirou seu próprio rancor.

Um ódio desconhecido inflamado em seu peito impedia-o de pensar no que fazer.

Cachorros piores te esperam lá fora. Ele precisava sair dali. Encontrar a casa de algum conhecido. Chamar a polícia. *Merda!* Por que tinha deixado o celular dentro do carro?

Aos poucos, silhuetas de pessoas foram surgindo ao redor. Então, uma sequência de trovões rasgou o céu com uma força contínua de quase dez segundos, e o temporal desabou como se estivesse o tempo inteiro reprimido em um bolsão gigante.

Daniel ficou parado enquanto a chuva torrencial explodia sobre a sua cabeça, lavando-o de sua fúria e ajudando-o a esvaziar a mente. As silhuetas retornavam para o lugar de onde tinham vindo. Da janela de uma casa, uma mulher perguntou se estava tudo bem e disse que já tinha ligado para o corpo de bombeiros.

Naquele momento, apesar de lembrá-lo do dia em que fora arrastado por Ivan até a casa dos pais, a tempestade também parecia uma amiga. Ele tinha a sensação de que ela o ajudava contra alguma ameaça maior. Fosse lá quem tivesse explodido seu carro de forma tão rápida, poderia estar pronto para atacá-lo a qualquer momento. Ele não sentia medo, tampouco gostaria de parecer uma presa fácil.

Daniel não quis esperar a ambulância nem coisa alguma. Naquela noite, só havia uma casa em que ele poderia se abrigar.

CAPÍTULO 56

Água Doce, 16 de julho de 2019

— Daniel! Meu Deus! — exclamou Jéssica na porta de casa, cobrindo os olhos contra a ventania.

Daniel entrou com a roupa encharcada. Tremia de frio. Tentou secar o rosto, enquanto Jéssica fechava a porta com força.

— Você quer pegar uma doença? — ralhou ela, fechando todos os muitos trincos da porta. Depois, ela o ajudou a arrancar a camisa, como se ele fosse uma criança debilitada. — Vou pegar uma toalha pra você. Sabe onde é o banheiro?

Ele não teve tempo de responder, porque ela já tinha corrido em direção às escadas. Ainda parado, Daniel testou os pulmões com profundas respirações. Tinha andado por quarenta minutos. Ouvira a sirene da ambulância passando do seu lado, mas rejeitara uma carona ou qualquer ajuda. Esgotado mental e fisicamente.

Arrastou-se até o banheiro e mal conseguiu reparar no cômodo. Apenas tirou a calça e a cueca e se jogou debaixo da água morna do chuveiro, deixando-a massagear sua nuca.

Quando Daniel percebeu que tinha deixado a porta aberta, Jéssica já tinha entrado.

— Opa, desculpa — disse ela, desviando o olhar. — Tem toalha e roupas limpas.

Jéssica colocou a pilha fofa sobre a pia, saiu sem olhá-lo e fechou a porta.

Daniel, que não se importava em mostrar sua nudez, sorriu e tentou pensar em qualquer coisa que não fosse transar com Jéssica debaixo daquele chuveiro. Ficou mais dez minutos debaixo do calor do banho, tentando esvaziar a mente ainda mais. Era difícil. O carro queimado, a conversa com Gaspar, a hostilidade do homem, os latidos de Omero. O ódio impregnado em sua fala. O que é que o homem continuava escondendo?

Outro baque veio depois que Daniel se secou. A calça de moletom, a camiseta preta e um pacote de cuecas nunca usadas. Tudo dobrado milimetricamente e provavelmente não tocado havia meses.

O peso em seus ombros intensificou-se. Um tipo de cansaço que acompanhava seu estágio mental. Daniel aproximou as peças do nariz e ali elas ficaram por muito tempo. Era como se um pedacinho de Romeu revivesse.

Daniel sentiu outra vez a dor da rejeição que abrasou seu corpo quando Romeu disse "não". Com todas as letras, disse que "não deixaria Água Doce pra viver uma aventura doida". Que tinha um compromisso com Jéssica e que não gostava dele daquela maneira. Daniel tinha entendido tudo errado. Achava que os dois se amavam e não se importava em ser só um adolescente. Tinha passado na faculdade. Os mil reais do pai estavam atochados em sua bolsa. Romeu tinha prometido conseguir cinco mil com o Apóstolo. Encontrariam uma forma de continuar pagando o aluguel em uma república em qualquer lugar distante daquele fim de mundo... mas Romeu não passava de um covarde.

Jéssica bateu na porta, arrancando-o de seu devaneio adolescente.

— Daniel? — perguntou ela.

— Hum.

— Ah, desculpa. Só queria saber se está tudo bem.

— Tô saindo — disse ele, enfiando-se dentro de Romeu e deixando o amigo abraçá-lo mais uma vez. Seu corpo reagiu com saudades e um vislumbre de tesão.

Do outro lado da porta, Jéssica tinha duas canecas de chá e um sorriso constrangido. O barulho da chuva tinha diminuído, e aquela casa, de repente, parecia o melhor lugar para se estar.

Daniel pediu desculpas pelo caos. Ela apoiou as canecas em qualquer lugar e foi estender as roupas molhadas no box. Daniel ficou sem graça com o gesto, mas ela o expulsou de perto.

Um minuto depois, estavam juntos, cada um sobre um sofá. O conteúdo da caneca exalava um aroma adocicado. Ele bebericou e por pouco não queimou a ponta da língua. Ela ofereceu um par de chinelos de oncinha para ele, depois voltou a se acomodar no sofá oposto.

— Você estava lá? — perguntou ela. Tinha luvas nas mãos e meias nos pés. — Não vi você no velório.

— Do lado de fora, com a delegada — respondeu ele.

— Delegada? Que...

— Mariana Nero, uma de trança longa — explicou ele. — Ela é bem séria. Dá uma esperança, sabe? Só precisa de tempo.

Jéssica concordou com um olhar distante, bebericou o chá outra vez, deu uma olhada nas janelas, na porta, como se estivesse preocupada com a noite chuvosa. Como se estivesse preocupada com algo mais...

— Do que você tem tanto medo?

— Medo? Eu? — disse ela com um sorriso desajustado. — Como assim?

— Os trincos na sua porta não parecem antigos — acrescentou ele. — Do que você tem medo?

O sorriso foi embora do rosto de Jéssica. Ela piscou algumas vezes, escolheu as palavras em silêncio, deu de ombros.

— Você conhece a seita — explicou ela.

— Você tem medo de que eles façam algo com você? Invadam a casa?

— Você não teria?

Daniel anuiu. Euclides era perigoso. Jéssica tinha razão em temer aquelas pessoas. Sem falar que ela não tinha retornado para a casa dos pais, tinha preferido ficar ali, mesmo morando só. Talvez ela fosse tão corajosa quanto Romeu, que teve coragem de ser o primeiro da família a abandonar a religião. O quanto seriam perseguidos por isso?

— Queimaram meu carro — anunciou ele.

Ela encarou-o sem acreditar. Sem entender a proporção da fala.

— O quê? Como assim?

Daniel deu de ombros, conformado.

— Alguém deve ter jogado um coquetel molotov nele. Foi com tudo. Celular, notebook... Tudo...

Jéssica repousou a caneca na mesa de centro, chocada.

— Você tá brincando — disse ela, estupefata. — Daniel! Você ligou pra... Ah, eu ouvi o carro dos bombeiros.

— É.

Ela esperou alguma reação maior do que um cara tentando relaxar com sua recente caneca de chá em uma noite chuvosa.

— Chamou a polícia?

— O celular tava no carro.

— Ah, desculpa. Meu Deus, meu Deus — repetiu ela, já de pé. Andou de um lado para o outro fazendo cálculos mentais. — Queimaram provas ou... você tinha salvado as suas coisas? Acha que foi tentativa de assassinato?

Daniel imaginou que Sky poderia salvá-lo se tivesse tudo armazenado na nuvem.

— Eu conversei com a Cora hoje cedo — contou Daniel, observando cada movimento de Jéssica. — Fui até a casa dela, e ela confessou.

— Confessou o quê?

— Sobre a arma. Que havia de fato um revólver no lugar da arma cenográfica no último ato. Segundo eles, a arma sumiu no dia em que você esteve lá.

Jéssica parou e cruzou os braços. Franziu a testa ainda presa em seus cálculos.

— Por que alguém esconderia a arma? — indagou ela.

Daniel bebericou o chá novamente, arrumando os pensamentos.

— A pessoa que plantou a arma na cena queria que Patrik desse um tiro na cabeça, mas não deu certo. Essa pessoa pode ter desconfiado que ele sacou sobre a arma trocada. Acompanhou o trabalho da polícia e viu que a arma não foi listada como evidência, sei lá, algo assim. No dia seguinte, o homicida foi até a casa dele para recuperar a arma. Ou a homicida, não sei.

Ela espremeu os olhos para ele, sem acreditar.

— O quê? Você não tá querendo dizer que...?

— Claro que não. Mas você estava lá no dia seguinte, de manhã.

— Daniel não tinha certeza se era assim que queria tratá-la. Não podia confiar em ninguém. — Viu alguma movimentação estranha? Tem ideia de quem poderia ter feito isso?

— Não faço a menor ideia.

— Mas por que estava lá? Desconfiava de alguma coisa?

Jéssica balançou a cabeça, e Daniel percebeu que ela parecia agora a ponto de chorar.

— Desconfiava de que o Romeu não tivesse tirado a própria vida, como desconfio até hoje. Aquele cara foi o último a beijar o meu noivo, caso você não se lembre. Eu queria olhar nos olhos dele e saber que ele não tinha nada a ver com esse caso. Só isso.

— E por que não me disse isso antes? Aliás, como você conseguiu o áudio do Euclides?

— Ele mandou pro Romeu. Eu já te falei isso.

— E por acaso você já considerou entrar no teatro sozinha pra... investigar?

— Quê? Não! Como assim?

— Você tem a chave do teatro? — perguntou ele, lembrando-se de Patrik e a chave perdida. Segundo ele, o chaveiro incluía acesso para o teatro e para a casa.

— Daniel, qual é o seu problema? Você acha que eu seria capaz de quê? Não tô entendendo.

Ele coçou o nariz de modo irritado. Humilhado. Perdido.

— Minha cabeça está me deixando maluco.

— Você já parou pra pensar que o Apóstolo pode ter financiado as cirurgias daquele Maurício? Porque se tem algu...

— Não foi ele — disse Daniel. Tampouco sentia-se à vontade pra continuar compartilhando a verdade com Jéssica.

— Quem foi, então?

Gaspar.

— É parte da apuração.

— Parte da apuração — repetiu ela, irada.

Os dois se encararam por um instante. Ela fuzilando-o com fúria. Ele tentando fugir.

— E até onde essa apuração vai nos levar? — perguntou ela. — Demora tanto assim pra sair a reportagem? Por que você não in...

— Olha, eu tô cansado disso — cortou Daniel. — Não tenho mais nada com essas pessoas que se dizem minha família nem com ninguém. Eu perdi tudo que eu tinha. Carteira, cartão, tava tudo no carro.

— Podemos dar um jeito, mas você não pode desistir agora.

— Por que não?

— Você está vestindo as roupas dele — disse ela, abismada, como se sua resposta fizesse todo o sentido. — Olha, me desculpa. Tenho certeza de que você está fazendo um trabalho muito bom. Você... não pode desistir agora.

— Essa gente me odeia — explicou ele com o tom elevado. — Jéssica, o que você quer de mim? Quer que eu faça mais o quê? Você foi atrás de mim em São Paulo. Queria a imprensa envolvida, o caso reaberto e agora você tem tudo isso. *Ele* tem tudo isso. Eu tô cansado. Tô esgotado. Não posso mais ficar aqui.

Jéssica afundou no sofá e apoiou o cotovelo nos joelhos. Entranhou os dedos pelos cabelos. Quando voltou a falar, a voz saiu entrecortada:

— Tenho medo de que vá embora daqui pra sempre.

Daniel balançou a cabeça em negativa.

— Você foi a razão pela qual *ele* ficou. Não eu — disse Daniel. — Eu nunca voltaria pra cá se não fosse isso. Não me importo com esse lugar. Não quero continuar aqui.

— O Romeu *nunca* poderia viver a vida que você queria.

— Ele poderia, sim, se você não tivesse insistido tanto para ficar com ele.

Ela riu com azedume.

— Não era a mim que ele amava de verdade.

— Olha, eu já superei isso. Faz muito tempo — disse Daniel, recuperando a calma. — Tenho minha vida do meu jeito, sem isso aqui. Ele queria terminar a vida ao lado de uma mulher, e é possível entender isso. Não precisa que eu te diga isso, mas você é uma mulher incrível. O que está fazendo por ele...

Jéssica não segurou as lágrimas.

— Eu perdi nosso filho — revelou. — Tive um aborto espontâneo há uns dias. O *meu* Daniel foi... embora...

— Sinto muito. Eu... não sabia.

— Claro que você não sabia. Eu só... Merda. Eu me sinto tão culpada por isso.

— Olha, você não pode se culpar por...

Daniel não soube como reagir. Esqueceu-se de respirar. Fez menção de levantar, mas ela estendeu as mãos controlando o choro, impedindo-o.

— Não. Eu preciso te dizer que não era só isso.

— Só isso o quê?

— Eu e você sabemos que ele não tinha a coragem que você teve, mas não era só isso — disse ela, engolindo o choro, secando as lágrimas. — Ele tinha um pouco de medo de você. Todo mundo tinha.

Daniel fez silêncio para ouvir. *Medo?* Não conhecia aquela parte da história.

— Quando sua mãe encontrou você e te trouxe de volta — continuou ela. — Você... parecia diferente.

— Como assim?

— O tempo que vocês ficaram separados. O seu processo de libertação.

Por um instante, Daniel se viu imerso outra vez na banheira de óleo enquanto o culto acontecia. Depois, deitava em uma mesa rodeado por mais de cem pessoas que gritavam palavras de ordem. Enquanto diziam: "Queima", "Sai" e "Demônio imundo", Daniel urrava e remexia na mesa. As mãos e os pés presos com elásticos. O Apóstolo sorrindo em sua direção. Deco ao lado, tremendo os beiços e falando uma língua incompreensível.

— Apaguei muitas coisas da memória — disse ele, retornando. A garganta ressequida.

— Eu não sei do que você se lembra, Daniel, mas eles... exorcizavam você quase todos os dias. Às vezes você nem voltava pra casa. Minha mãe dizia que o que você tinha se chamava legião.

Daniel estremeceu por dentro. Sentiu-se sujo outra vez. A casa dos pensamentos maculados. Detestável. *Queimem ele!*

— Me desculpe por te contar isso, mas é que... — As palavras de Jéssica se perderam no ar.

Daniel respirou fundo algumas vezes. Esperou que mais coisas fizessem sentido.

— Isso foi quando eu tinha dez anos. Só depois que voltei a falar com o Romeu — disse ele com a voz miúda. — Ainda fomos amigos durante um bom tempo. Ele não tinha medo de mim.

Jéssica não respondeu. Apenas lançou sobre ele um olhar de plena tristeza.

— Acho que você nunca se recuperou completamente — disse ela. — Ele achava que você tinha um transtorno de personalidade. Você mudava com o tempo. Parava de falar. Ficava dias trancado no quarto. Desaparecia.

As palavras de Jéssica faziam sentido para Daniel, mas parecia que estava falando de outra pessoa.

— Ele começou a sentir medo quando você falou que... *via coisas.* Via um menino.

— Está chegando a hora, Daniel — disse Jonas na porta da entrada.

Daniel fechou os olhos. O barulho da chuva atenuou. Um arrepio pela espinha dorsal. Segurou o ímpeto de suspender os pés quando abriu os olhos e notou a velocidade com que a água inundava a sala, encharcando o tapete e os pés do sofá.

— O que foi? — perguntou Jéssica.

Focou o olhar em Jéssica, tentando evitar parecer um maluco.

— Você disse que minha mãe me encontrou — disse Daniel. — Onde?

Jéssica avaliou-o com o olhar.

— Como assim? Você sabe...

— Eu não me lembro.

— Não se lembra do quê?

Jonas estendeu a mão em direção a Daniel.

— Ela não pode te dar todas as respostas — disse o menino. — Eu posso.

Daniel fechou as pálpebras, trêmulo. Voltou a focar Jéssica, ainda que os pés estivessem inundados.

— Eu não me lembro do que aconteceu depois do rio...

Jéssica olhou-o muito séria.

— Sua mãe foi atrás de você. Ela te encontrou uma semana depois.

Daniel ouviu um zumbido nos dois ouvidos. Uma forte marola forçando as paredes de seu corpo em um redemoinho.

— Uma semana? — perguntou, com dificuldade para posicionar as palavras.

Parecia chapado.

— Daniel, você tá bem?

— O que eu fiz? O que aconteceu quando eu voltei?

Jéssica não tinha certeza se continuaria a falar.

— Você não falava mais. É o que disseram. Você ficou meses sem dar uma palavra. Sem aparecer na escola ou em lugar algum.

— Eu não me lembro.

— Daniel, seu tempo está acabando — apressou Jonas. — Anda!

— Eu não me lembro! — gritou.

Ele não se importou com a corredeira no chão da sala. Estava à beira do surto. Conhecia aquela sensação. Se não lhe aplicassem um sedativo, ele giraria em infinitas espirais até se perder em uma lembrança apagada da memória e retornar a si horas, dias, quem sabe semanas depois. Respirou fundo e sussurrou para Jéssica as únicas palavras que haviam em sua boca:

— Me ajude.

Jéssica olhou-o, desesperada. Envolveu seu rosto com as mãos nervosas. O olhar assustado.

— Me desculpe. Eu... não sabia que... Deu tudo errado. Vou ligar pra emergência — avisou ela.

— Eles vão afogar você — avisou Jonas. — Só eu posso te ajudar.

Daniel respirou fundo e ficou de pé.

— Posso te perguntar mais uma vez, Jéssica?

Ela não digitou no celular, apenas ouviu.

— Eu não preciso de emergência nem médico ou remédio. Eu quero que você olhe nos meus olhos e me responda de verdade. Você tem alguma coisa a ver com a morte dele?

Jéssica olhou-o com um misto de pena e medo.

— Eu não podia completá-lo como ele queria — disse ela. — Se vai me culpar por algo, que seja por isso.

Daniel assentiu com a cabeça, mas movimentou-a bem devagar para tudo não começar a girar.

— Eu vou com ele agora. Não se oponha. Ele está me chamando há quinze anos. Preciso confiar nele de uma vez por todas.

— De quem você está falando?

Jonas já estava ao lado de Daniel. E ele finalmente tocou a mão gelada do menino.

— Não tenha medo de se afogar — Jonas sussurrou.

CAPÍTULO 57

Água Doce, 16 de julho de 2019

A chuva tinha cessado. De mãos dadas com Jonas, Daniel desbravou a noite úmida. O contato com a pele enrugada do garoto fazia com que lembranças desabrochassem em sua mente. A sensação mareada tinha comprado lugar, forçando Daniel a acostumar-se com o novo estágio do seu corpo.

Jonas parecia real demais para ser tido pelas pessoas como mera alucinação. Se Romeu e Jéssica tinham medo de Daniel por sua coragem de relatar o que via, a culpa não era dele. A *culpa*. Sempre a culpa. Heranças da religiosidade.

Os dois caminharam por muito tempo. Um guiava o outro, como se soubessem o destino daquele caminho. Cruzaram ruas e mais ruas, serpenteando pela solidão da cidade, ignorando uma ou outra cabeça curiosa que brotava na janela ou os casais de jovens namorando no portão. Apenas seguiram. Não tinham nada com aquelas pessoas.

Jonas e Daniel começaram a conduzir um ao outro por um caminho mais sombrio. Morcegos batiam asas e cumprimentavam os dois visitantes com rasantes. As ruas tornaram-se passagens estreitas, cercadas por casas muradas e silenciosas. Daniel tinha certeza de que estava sendo observado, mas continuou. Atravessaram debaixo de caminhos feitos por dosséis de parreiras de uvas. As plantas confundiam a vista das casas, e suas silhuetas pareciam dedos de bruxa na escuridão da noite.

— Não tenha medo de se afogar — voltou a dizer Jonas depois de longos minutos de silêncio.

Então Daniel travou os pés quando percebeu o que havia adiante do estreito corredor.

O rio Iberê os aguardava. Os dedos enrugados de Jonas apertaram sua mão. Deveria sentir-se mais forte, mas era como se o medo dominasse todos os seus membros.

— Você pode fazer isso — insistiu Jonas, finalmente tomando passos à frente de Daniel. Puxando-o para o fim da noite. Impedindo-o de sucumbir.

Quase arrastado pelo caminho, Daniel varreu o final da rua com os olhos preocupados. Era um antigo deque de madeira puída debaixo de uma armação feita com ripas desgastadas. Elas se elevavam e sustentavam um telhado em formato de triângulo.

— Esta é uma das estações. Você já esteve aqui — disse Jonas. — Consegue se lembrar?

Um estilhaço de memória saltou na mente de Daniel. Tinha dez anos. O corpo envolto em uma manta esfarrapada. Ednalva o abraçava. Os dois dividiam uma pequena canoa.

— Minha mãe me trouxe aqui.

Jonas assentiu e disse:

— Estamos sendo vigiados. Você precisará deixar algo para trás para seguir adiante.

Daniel moveu a cabeça, espiando os arredores com pressa. Não havia nenhuma silhueta ameaçadora, mas a sensação continuava rastejando pelo chão. A serpente se enroscaria em seu calcanhar a qualquer momento.

Ele se apressou em direção ao deque. Uma larga canoa com remos era mantida presa ali por uma corda. Sem pensar duas vezes, ele desatou o nó, puxou o barco com pressa e fez um gesto para que Jonas se aproximasse. Segurou-o no colo e apoiou-o no pequeno barco. Depois, foi sua vez de entrar mesmo já mareado, acomodar-se e testar os remos.

— Já usei isso antes? Os remos? — perguntou para Jonas.

O menino fez que sim.

Daniel tensionou o corpo e deu uma nova remada. Não era nem um pouco fácil. Os músculos dos braços reclamaram de primeira. Ele insistiu. Uma e outra vez. Então o barco começou a se distanciar de Água Doce. Daniel não fazia a mínima ideia de que estava deixando algo para sempre.

Jonas apontava a direção, e Daniel tentava fazer com que o barco fosse o máximo possível para onde ele indicava. Focava o movimento das mãos trêmulas e o fundo do barco. Se olhasse para o rio por mais de cinco segundos, a sensação de afogamento o engoliria por dentro.

Para ele, já não havia nada mais ameaçador do que os próprios pensamentos. Se visse o barco começar a se encher de água, mesmo que não fosse real, teria que se jogar para fora. Não sobreviveria a isso. Portanto, fez todo o possível para ficar concentrado apenas aos comandos de Jonas e à estrutura do barco, pela solidez.

— Sabe o que aconteceu com o seu pai depois que ele lançou você no rio?

A voz de Jonas assustou-o de leve. Ele fez que não.

— Ele se arrependeu, mas era tarde demais — respondeu Jonas.

— O Apóstolo não gostou do que ele fez. A santidade requer domínio próprio, e o seu pai quebrou uma lei.

— Qual lei?

— Não tinha autoridade pra tentar batizar você. Jamais poderia, sob hipótese alguma, levar você ao rio se não estivesse na agenda.

Daniel finalmente contemplou os olhos de Jonas. Brilhavam na escuridão. A pele azulada.

— Que agenda? — perguntou.

— Só mais um pouco para lá — apontou Jonas.

Daniel esperou a resposta para sua pergunta. Como ela não veio, ele apenas obedeceu ao comando do menino. Jonas passou a olhar adiante. O queixo erguido perfurando a silenciosa espera.

— O que o Apóstolo fez com ele?

— Ele perdeu tudo o que havia conquistado até ali. Os títulos — respondeu Jonas. — Os títulos são palavras que se desfazem com o vento. Nunca sequer existiram.

— Ele foi atrás de mim?

— O Apóstolo e sua família combinaram uma mentira. Disseram que você tinha ido morar com outra parte da família. Sua mãe nunca aceitou nada disso. Ela foi atrás de você e te levou de volta para casa. Esse foi o nosso segundo retorno.

Jonas virou o rosto para Daniel, que, então, finalmente o reconheceu. O rosto do menino era o dele próprio aos dez anos de idade. A camisa era a mesma que ele vestia quando tocou os lábios de Romeu pela primeira vez naquele casebre. A mesma roupa com a qual ele tinha se afogado...

Jonas andou pelo barco e chegou bem perto de Daniel.

— Eu gosto do nome que sua amiga escolheu para mim — disse Jonas. — Mas o meu nome é o seu nome.

Daniel engoliu em seco. Não achou que pudesse pronunciar as palavras...

— Esse tempo todo... Você sou eu?

Jonas apenas o contemplava.

— Mas esse não era o seu rosto — murmurou Daniel, sem ar.

— Você vê o que quer ver — disse Jonas. — Acabou de cruzar a linha não cruzável. Está pronto pra conhecer o seu passado. Chegamos.

CAPÍTULO 58

Do outro lado do rio, 16 de julho de 2019

— Puxa! Vai — encorajou Jonas.

Daniel puxou o barco até que ele encalhasse na terra molhada. Ao redor, o princípio de um manguezal com plantas baixas cheias de raízes encorpadas atenuava a sensação de medo no meio da noite. Animais se comunicavam por sons particulares. Para Daniel, a sensação era de que estava, mais uma vez, invadindo uma área onde não era bem-vindo. Mas, se Jonas parecia disposto, ele não ficaria para trás.

Encharcada de lama, a barra da calça de moletom grudava no final das pernas, tornando a caminhada ainda mais desagradável. Ele segurou a mão de Jonas, evitando olhar para o seu próprio rosto de dez anos. Adiante, uma vasta plantação se acortinava pelo terreno fofo. Ele logo perdeu os chinelos, sendo obrigado a tocar o solo pedregoso com a planta dos pés, feito Jonas.

— Estamos quase chegando — disse o menino.

— Eu já estive aqui também?

— Por aqui... sim. Mas do outro lado.

Daniel parou para sorver o ar em respirações profundas. A ansiedade fazia sua pele coçar por dentro. Pelo menos a maresia havia ido embora. Depois da pausa, ele seguiu firme e adiante. Os dois desbravaram uma das trilhas na plantação durante incontáveis minutos até arrepiarem-se com o restante da visão.

Um pequeno vilarejo se erguia a quase um quilômetro de distância. Parecia mais com um conglomerado industrial envelhecido e imponente no meio da escuridão. Daniel se lembrava de ter visto um lugar como aquele em uma das pinturas de Romeu. Quanto mais caminhava em direção ao espaço, mais intensa se tornava a impressão de déjà-vu.

— O que é aquilo? — perguntou Daniel, caminhando pelo terreno batido.

— Precisamos ir mais rápido — disse Jonas.

Então os dois começaram um trote em direção à região. Conforme corriam pelo terreno, Daniel olhava para Jonas e se lembrava de já ter corrido por ali com aquela idade. O lugar lhe despertava arrepios, mas agora era tarde demais para voltar atrás.

De perto, Daniel percebeu que a vila era menor do que parecia. Dois edifícios maiores e largos feito galpões portavam-se como os donos do lugar. Havia, de fato, algumas casinhas de tijolo, mas eram tão minúsculas que não daria para alguém morar. Não havia sinal de eletricidade em lugar algum. Um lugar abandonado e arrepiante, lembrando uma locação de filme de terror.

Daniel caminhou pelo chão de barro sem querer fazer barulho. Desejou ter uma arma na mão, caso aparecesse algum animal ou qualquer pessoa em postura de ataque. Poderia esconder-se facilmente, mas, se o lugar fosse tomado por traficantes ou qualquer grupo habituado com o espaço, seria encontrado.

— Se não me disser onde estou, vou embora — ameaçou Daniel.

Para sua surpresa, Jonas saiu correndo e entrou em um dos casebres. Daniel arregalou os olhos e seguiu-o, apressado. O olhar atento em todos os cantos. A qualquer momento, poderia tomar uma bala na cabeça.

Aproximou-se da casa de tijolinhos onde Jonas havia entrado. A palavra *diaconia* escrita sobre a porta. Daniel não gostou do que viu. Será que a igreja tivera uma sede ali no passado? Correu os olhos para as outras casinhas e, por mais que não pudesse enxergar bem sob a luz da lua escondida entre nuvens negras, percebeu que cada uma guardava um nome.

A porta de madeira reclamou com um fino renhido quando ele a pressionou. O coração batia acelerado. Resquícios de iluminação do céu adentravam o cômodo de poucos metros quadrados. Seus olhos acostumados o suficiente com a noite para que visse adiante. Um colchão de solteiro no chão de cimento, um espelho comprido inclinado sobre a parede, correias de couro, correntes e chicotes de cavalo pendurados pela parede. Uma sacola de plástico transparente lotada de barquinhos de papel. Uma mesa quase imperceptível num canto atrás da porta e, sobre ela, um livro antigo e uma caneta.

As mãos de Daniel tremeram quando ele tocou no livro. Abriu as páginas, folheou-as. Os dedos cada vez mais trêmulos. As palavras escritas. O coração descompassado conforme as lia. As palavras relatavam o que as paredes daquele quarto haviam presenciado. A escrita de como os homens obtinham prazer ali. Como se fossem contos eróticos, as palavras descreviam como os diáconos haviam deitado suas vítimas sobre aquele colchão, aflorando o prazer, inaugurando corpos, utilizando cintas e algemas, vendando-os. Finalizavam a inscrição deixando um relato com recados nojentos para o próximo homem que lesse. Alguns carregavam fotos das vítimas: homens de todas as idades.

Daniel tirou as mãos do caderno como se as páginas pudessem enfeitiçá-lo. Desejou arrancar os olhos que tinham lido aquelas palavras.

Tentou não tocar em mais nada. A respiração carregada. A vontade de derramar as lágrimas que haviam secado dentro de si. Deixou o quarto em busca de ar. Não queria continuar lembrando que seu pai era um diácono e que toda aquela gente suja e hipócrita...

— Daniel — chamou Jonas, ao seu lado. — Recomponha-se. Ainda não acabou.

— O quê? Chega, não posso aguentar mais.

— É para cá que eles vêm — disse Jonas, apontando para as casas ao longo da rua. — Sacerdotes, bispos, iniciantes, consagrados, maestros, visitantes. Todos eles.

Daniel lutava para respirar. *Não!* Não podia aceitar aquele passado. Aquilo era pior do que ser chamado de demônio ou de qualquer coisa. Não queria saber que seu corpo tinha sido usado daquela forma. Não podia suportar.

— Você acordou no mangue — explicou Jonas, quase choramingando. — Veio pra cá. Foi aqui que nos acharam.

— Eu nunca estive aqui — rosnou Daniel, sentando no chão da rua. Desnorteado.

Jonas aproximou-se, nervoso.

— Você ficou naquela casinha, sim — disse o menino, em lágrimas. — Ele encontrou você aqui. O diácono.

— Cala a boca! — gritou Daniel tampando os ouvidos. A imagem de Deco estilhaçada em sua mente. Ele forçou-a para o fundo. Não aceitaria rever nada daquilo. Não podia ser.

— Cada casa tem sua agenda — disse Jonas, engolindo o próprio pranto. — Você esteve em todas elas antes de sua mãe salvar você. Ela te livrou do Apóstolo.

— O nome dele é Euclides — rosnou Daniel. — Eu vou matar esse filho da puta.

— Ele está vindo pra cá.

— Como você sabe disso?

— Porque você falou nela. A *agenda*.

De repente, tudo fez sentido para Daniel. Maurício devia conhecer a agenda há anos, por todo o tempo que fora explorado ali. Gaspar devia abusar dele no casebre dos visitantes ou em qualquer outro. Talvez estivesse a caminho dali no dia da inauguração do teatro, quando o acidente aconteceu. Não queria esconder a bebedeira ou qualquer coisa do gênero. Precisava apagar sua ligação com Maurício e qualquer ideia de que aquele lugar existisse, mas Marta e o pai, Vinícius, sabiam daquele crime. Talvez recebessem uma mesada, cestas básicas, uma casa bonita em troca do silêncio. Como Deco e Ednalva. Como outras famílias daquela cidade.

Daniel olhou para Jonas e, de repente, a pele do menino assumiu um aspecto translúcido. Observou-o em silêncio e viu-o se aproximar mudo, pendurar-se em seus ombros e ficar ali por um tempo. Com Jonas mais perto do que nunca, Daniel apenas fechou os olhos e permitiu a sensação de alívio inundá-lo, mesmo em meio àquela descoberta terrível.

Havia passado muitos anos culpando Jonas por sua loucura sem imaginar que precisava reconciliar-se com seu próprio passado, consigo mesmo. Era hora de acolher seu menino interior, por mais sofrido que fosse.

Com a pele translúcida, a ponto de fundir-se com a cor do céu, Jonas se afastou lentamente.

— Eu libero você — disse o menino. — Não vamos nos ver mais desta forma.

Daniel anuiu, ciente do buraco deixado pela falta de Jonas. Precisava deixar-se para se encontrar.

— Ele é um verdadeiro profeta — disse Jonas antes de desaparecer.

— O quê?

— Quando você tinha a minha idade, ele disse que te encontraria no final — disse Jonas. — Este é o final. Boa sorte.

CAPÍTULO 59

Do outro lado do rio, 17 de julho de 2019

— Bora, maluco. Levanta.

Daniel ouviu a ordem surgir às suas costas. Passos cada vez mais próximos. O susto não foi maior do que o ódio correndo-lhe pelas veias. Tinha a impressão de que conhecia aquela voz.

— Anda! Não ouviu? — apressou o homem.

Daniel virou-se de leve e viu a sombra de três caras adiante. O do meio tinha a arma apontada para seu peito, mas Daniel não conseguia acreditar no que via.

Sérgio usava roupas escuras e apontava o revólver como quem sabia usá-lo. Quando chegou perto o suficiente, Daniel encarou o homem, quase sem o reconhecer. O rosto de Sérgio dominado por uma sombra quase assustadora.

— Foi mal pelo carro, mas não tivemos opção — disse Sérgio.

Daniel não conseguia responder nada. Apenas ficou de pé.

— Tira a blusa — mandou Sérgio.

— Que porra é...

— Tira a porra da blusa e da calça — ordenou Sérgio, destravando o revólver. — Quero ter o prazer de ver você de novo antes de carregar seu cadáver.

Daniel respirou com ódio. Despedir-se de Jonas e agora das roupas de Romeu parecia uma peça pregada pelo destino. *Vou morrer sem mais ninguém.*

Enquanto se despia, Daniel começou a calcular como poderia fugir ou tomar a arma de Sérgio. Vasculhou a mente em busca de alguma fraqueza daquele traidor, mas nada vinha em sua mente.

Sérgio esperou Daniel se livrar das roupas até ficar só de cueca. O corpo à mercê da brisa da noite. A cueca nova que Jéssica havia separado para ele estava apenas um pouco mais apertada do que o ideal.

— Algemem ele — comandou Sérgio com um olhar muito sério.

Os outros dois homens se aproximaram de Daniel, também armados. Imaginou que um deles fosse Mauro, mas eram todos mais velhos, e Daniel não reconheceu nenhum dos rostos.

— O Mauro trocou as armas? — perguntou Daniel. — Foi ele?

Sérgio sorriu.

— Só porque ele queria ser o destaque naquela peça babaca? — provocou Sérgio.

— Vamos levá-lo logo — disse um dos homens às costas de Daniel.

Sérgio ignorou a voz por um momento, abaixou a arma e ficou a dois passos de Daniel.

— Você é um repórter de merda. Gosta de bancar o bonzão, o descolado... Mas aqui você não é ninguém.

— Bora, antes que ele chegue — apressou a voz, com o nervosismo estampado.

— E daí? — esbravejou Sérgio.

Os dois trocaram um olhar perigoso. Daniel calculando suas mínimas possibilidades de ataque. Sérgio voltou a apontar a arma para sua cabeça. Deslizou o olhar para a cueca de Daniel, mas, antes que ele se despisse, os dois homens começaram a conduzir a presa conglomerado adentro.

A jornada terminou em um dos galpões gigantes. Estruturas metálicas enferrujadas se erguiam por toda a extensão do armazém, apoiando telhas. Algumas estavam faltando e, por causa disso, poças gigantes ocupavam a maior parte do chão. Daniel conseguiu ver tudo isso quando um dos homens ligou os interruptores, acendendo lâmpadas amareladas penduradas ao longo do teto. Nem metade delas havia acendido, o que tornava o galpão ainda bastante sombrio. Placas de aço e pedaços de ferro acumulavam-se em vários cantos. Camas velhas, pneus de carro, colchões esfarrapados e mofados. Não havia janelas, e o ar que circulava corria pelas duas portas em cada lateral e por um esquema de entrada e saída aérea pelo teto.

Sérgio arrastou uma cadeira de alumínio, obrigando Daniel a se acomodar.

Apontou a arma de novo para sua cabeça, esperando obediência.

Daniel engoliu saliva, cansado. As partes descobertas da pele reclamavam ao primeiro toque com o metal da cadeira enferrujada.

— Não faça nada estúpido — um dos homens avisou para Sérgio, que já puxava o zíper da calça para baixo.

— Não vou fazer isso nem com uma arma apontada pra cabeça — avisou Daniel. — Pode esquecer.

— Claro que vai — disse Sérgio com um sorriso travesso, aproximando-se de leve. — Fez isso muito bem da outra vez. Eu sei que você quer.

Daniel estremeceu de ódio. Desconhecia o que era capaz de fazer se aquele maldito continuasse se aproximando. Sérgio provavelmente tinha feito aquilo com adolescentes e crianças daquela cidade. *Um monstro desgraçado.* Daniel perdeu quase todo o medo de morrer quando Sérgio chegou mais perto. A arma inclinada para o seu cérebro sussurrava seu nome, seus últimos segundos. Daniel olhou Sérgio no fundo dos olhos, pronto para morrer.

De repente, o motor de um carro com tração roncou distante.

— Filho da puta — reclamou Sérgio, fechando o zíper da calça. Os outros dois caras riram de leve. Aprumaram as armas na direção de Daniel. Aguardaram a aproximação do carro.

Daniel esperou ansioso. Tudo o que ele queria era ver o Apóstolo confessar o crime, depois enchê-lo de porrada até a morte. Mas isso pareceu ilusão, principalmente quando os dois PMS fardados se adiantaram pelo armazém segurando fuzis.

Euclides combinava um chapéu de feltro branco com uma estola da mesma cor, finalizada com rendas. Daniel não se lembrava de ter visto o homem vestido com tons tão claros, mas não foi isso que o assustou. Além dos olhos famigerados e das feições duras, aquele homem não tinha nada a ver com o Apóstolo que realizava as reuniões na Igreja das Cinco Virgens. A versão diante de si andava com passos sucintos e rápidos, despedia-se de alguém no celular falando em espanhol, dirigia seus homens com breves olhadelas, erguia o nariz como se não pudesse suportar o cheiro do lugar.

Sérgio só levou alguns segundos até conseguir a melhor cadeira para Euclides, que o dispensou com um gesto breve. Os três capangas sumiram pelas laterais. Um dos PMS fundiu-se com as sombras dentro do galpão, e o outro fazia a guarda na entrada principal.

Euclides olhou para Daniel pela primeira vez, como se tivesse acabado de percebê-lo. Alinhou os lábios em um sorriso de lado e arrastou-se na cadeira para um pouco mais perto.

Os olhos apetitosos do falso religioso deliciaram-se pelo corpo de Daniel, demorando nas poucas partes cobertas. Daniel trincava os dentes de ódio. As mãos algemadas ansiavam por deformar a cara daquele miserável.

— A maioria deles costuma ficar animadinha quando passa pelo meu raio x — disse Euclides, cruzando as pernas. — Mas tudo bem, você sempre quis ser diferente, não é? Você me deu muito trabalho, Daniel.

Daniel encarou o homem com ódio de si mesmo por ainda não acreditar no que estava acontecendo. E se fosse tudo uma alucinação? Se nada daquilo fosse real? Nem a voz de Euclides era a mesma. Usava um tom breve e menos viril, muito diferente do conhecido.

— Você matou seu próprio filho?

— Eu acho que você não está em condição de fazer as perguntas — contrapôs ele. — Mas... olha, eu confesso que isso me decepciona. Esperava mais de você. Uma pergunta boba dessas...

Daniel não rebateu.

— Melhore sua pergunta.

Daniel mudo.

— Eu não dou uma ordem duas vezes — ciciou Euclides.

Daniel viu a sombra do PM à distância. O homem fardado aprumou a arma em sua direção. Ele fechou os olhos. Respirou fundo. Tentou organizar sua mente.

— Sabia que eu voltaria? — tentou.

Euclides ergueu as sobrancelhas e fez um bico com os lábios.

— Melhorou um pouco — disse. — Não vou dizer que eu sabia. Esperava que sim, pelo menos. Não sei se já descobriu, e eu suponho que não, mas você sempre esteve na nossa mira. Naquela faculdade, enquanto morava em uma república, os primeiros anos em São Paulo... Quando você se internou foi que nossos... olhos... se afrouxaram um pouco. Veja bem, foi só deixar de olhar por um tempo que a vagabunda encontrou você.

Jéssica. Daniel encolheu o nariz, procurando uma forma de reprimir o ódio. Queimava-o por dentro. Nunca tinha sentido tanto desejo de matar alguém. Tentou controlar-se, bancar a vítima.

— Eu não entendo por quê. Eu não me lembrava deste lugar nem de nada.

Euclides exibiu os dentes perfeitos.

— É claro que não se lembrava. Eu fiz você não se lembrar porque você tinha um jeito de quem ia contar... Se quer culpar alguém, culpe o otário do seu pai... *Ele* trouxe você aqui antes da hora, depois foi chorar no meu colo pra eu tentar resolver a cagada dele. Se não fosse por mim, os visitantes teriam acabado com ele há dezessete anos.

— Quem são os visitantes?

— Pergunta errada.

Daniel hesitou. Tentou formular uma nova pergunta, mais inteligente... seguir o jogo dele. Mas nada conseguiu.

— Se eu não me lembrava de nada, por que me perseguiram?

— Não perseguimos você. Manter tudo em silêncio, em seu devido lugar, é parte do trabalho — disse Euclides, suspirando com cansaço. Balançou uma das pernas cruzadas. — Se é verdade que você sempre nos obrigou a ter um cuidado a mais com você? Sim, rapaz. Mas não leve para o pessoal. Não é sobre você. É sobre a cidade.

— Todo mundo na cidade sabe que... este lugar... isso existe?

— Parte dos virgianitas, mas há algo que você *precisa* entender. Você, hoje, vê este lugar como mal-assombrado, mas por causa do seu pai. Ele trouxe você antes do tempo e depois eu precisei fazer você esquecer. Às vezes o exorcismo serve pra isso.

— Como eu poderia ver isso de uma forma melhor? — perguntou Daniel, desacreditado. — Vocês são doentes.

As falas de Daniel pareceram doer aos ouvidos de Euclides.

— Você não sabe do que está falando. Acha que esses rapazes vêm pra cá à força?

Daniel sentiu o coração disparado. Não queria continuar ouvindo. Precisava calá-lo com as próprias mãos. Havia retratos de crianças na agenda. *Meninos.*

— Anda, responda — perguntou o homem levemente enervado pela primeira vez. — Você só consegue se limitar ao que te disseram um dia, que qualquer coisa parecida com o que fazemos aqui configura crime. Crimes sexuais.

— Como você acha que eu posso pensar diferente?

Euclides observou o jornalista por algum tempo. Parecia decidir se valeria a pena se aprofundar.

— Apesar de ser um pastor, eu sempre levei muito menos jeito para a conversa do que parece. Fui aprendendo à força até pegar a manha. Diferente dos apóstolos antes de mim, que veneravam várias vertentes da psicanálise. Sabia disso?

Daniel não sabia, mas não respondeu.

— Bom, por mais que eu não tenha tanta aptidão como meu pai gostaria de ver em mim, não significa que eu desconheça a mente humana. Você ficaria surpreso se soubesse o verdadeiro nome de certas práticas que as pessoas preferem chamar de fé.

— Vai pregar pra mim agora?

Euclides sorriu à vontade. Um sorriso prolongado, macabro, indecente. Daniel arrependeu-se de interrompê-lo e teve vontade de vomitar.

— Já ouviu falar de tensão e prazer?

Freud. Não. Não podia ser possível.

— A personalidade humana é psicossexual — afirmou Euclides. Cruzou a perna para o outro lado. Pigarreou, aparentemente animado com o assunto. — Não sou eu quem está dizendo, e sim o estudo da mente. Desde a infância, tudo tem a ver com prazer e tensão. A criança de um ano sente prazer na boca. Leva tudo à boca.

— Você acha que está me convencendo de alguma merda dessas? — gritou Daniel.

Por um momento, o encanto de Euclides pareceu se quebrar. O meio sorriso desapareceu de seu rosto endurecido. Os olhos voltaram a faiscar.

— Cabe ao ser humano trabalhar os instintos do corpo. A pulsão e o prazer não devem ser impedidos em nenhuma fase da vida — disse o Apóstolo, como se estivesse explicando uma equação óbvia. Os olhos famigerados se arregalaram. — Muitas vezes o prazer nasce da dor. Você, aí dentro, sabe o quanto isso é verdade, não sabe?

O ódio dentro de Daniel era tanto que ele sentia como se o corpo estivesse inflando. De onde estava, e sob a mira dos PMS, não podia fazer nada além de encarar Euclides e suas teorias distorcidas em prol dos crimes ali cometidos. Nada na fala do Apóstolo poderia jamais ser desculpável, e, quando o criminoso finalmente constatou isso nos olhos do jornalista, trincou o maxilar e cuspiu-lhe no rosto com o semblante enfurecido.

— Você acha que é muito diferente de mim? — zombou Euclides. — Nós fizemos você. Libertamos o seu prazer. Não podemos servir a Deus se não nos entregarmos de corpo, alma e espírito.

A saliva quente do homem escorreu no rosto de Daniel, despertando o ápice de sua ira. Contra o seu desejo, dos olhos vieram lágrimas de raiva. Era como se seus órgãos se afrouxassem dentro da barriga, tamanho o nojo pelas palavras daquele homem doente. Ele não era feito daquele horror. Aquele horror não o tinha libertado, pelo contrário, aquilo o tinha aprisionado por anos a fio. Ele era quem era apesar do Apóstolo, e não por causa dele.

— Meu filho era relutante — disse o religioso. — Nunca gostou daqui. Gritava feito uma garota. Você me entende?

Daniel olhou-o sem palavras, finalmente percebeu que seu olhar era, para Euclides, cada vez mais uma ofensa. Funcionava como um despertar de sua vergonha. O Apóstolo passou a ponta do dedo indicador na beira dos olhos e continuou:

— Nossa família é iniciada desde muito nova, por causa da linhagem. Mas ele se recusava a gostar. Foi um dos poucos resistentes que eu vi. O restante... meu garoto... Você está aí se colocando como superior, mas, por favor, pare. Ninguém lá fora precisa do que você está fazendo. *Todo* virgianita homem naquela cidade já passou por aqui e, vai por mim, eles vão e voltam. *Todos eles.*

— Eu sinceramente não acredito nisso.

— O quê? Acha que seu pai se livrou disso? Seu irmão? Quem mais?

— Trazem garotas pra cá também?

Euclides virou o rosto simulando desgosto.

— Elas não valem tanto. Não para o nosso negócio.

— Negócio?

Daniel fechou os olhos, desesperado. Que horas acordaria do pesadelo?

— E as mães? As esposas? Elas sabem? — perguntou ele. O corpo tremia. Já não mais falava, cuspia as palavras com fúria. — Elas sabem da porra deste lugar de merda? Você...

Daniel não conseguiu continuar. Balançava a cabeça para os lados, tentando pensar. Euclides observando-o juntar palavras e tentar dizer algo, desistir, tentar de novo e de novo...

— Então você trazia ele aqui desde criança? O seu próprio filho? E... adivinha só... ele não gostava de ser estuprado — disse Daniel com a voz ressequida pelo ódio.

— Não usamos essa palavra aqui.

— Qual palavra? Estupro?

Os olhos de Euclides faiscaram. Daniel riu, desacreditado.

— Não. Você não está entendendo. Ele gostava, mas não confessava. Tensão e prazer.

— Está falando sério? É nisso que você acredita?

— Sou um profeta, Daniel. Você pode duvidar, mas...

— Por que demorou tanto tempo pra matá-lo?

A pergunta chegou aos ouvidos de Euclides como se fosse ácido. Ele retorceu as feições do rosto, enojado com a fala de Daniel.

— Acha que eu teria coragem de fazer aquilo com o meu próprio filho? Com o meu sucessor?

— Você *vende* a virgindade de crianças.

— Ele quebrou o pacto! — vociferou Euclides, apontando o dedo para Daniel. — Usou aquela vaca pra fazer as coisas chegarem em você. E você... fala de coisas sem saber.

— O que quer de mim? — perguntou Daniel, sem forças. — Não tenho mais nada pra ouvir de você. Se quiser atirar na minha cabeça, por que não faz de uma vez?

Euclides franziu a testa e ficou em silêncio, examinando-o com um olhar profundo.

— Sua caça me fez refletir muito sobre mim. A arma com que Olga se matou foi esta aqui — disse ele, apontando para a cintura. — Mas não. Eu não culpo você pelo que ocorreu, porque ela está no paraíso. Era uma mulher forte. Mulher de verdade. Sabia a hora de falar.

Euclides finalmente descruzou as pernas e ficou de pé. Deslizou o olhar pelo local, admirando-o. Contemplativo.

— Quem você acha que são as pessoas que eu recebo aqui há anos, hã? — perguntou ele, encarando Daniel. — Gente de lugares do mundo que você nem imagina. Gente que compreende o que a neurologia diz sobre os desejos e as fantasias que todo ser humano tem em *todas* as fases da vida. Todas — afirmou. Depois, sorriu. — Isso não depende do quanto você acredita ou não, meu garoto.

Daniel viu a dor refletida no olhar do homem enquanto ele sorria.

— Você descobre a questão fora de hora, eu faço você esquecer, e depois você nasce de novo na mesma família. Outro como você — disse Euclides. — Será que o que vai me suceder será fraco como Romeu? Estamos perdendo o nosso legado?

Euclides arriscou dois passos na direção de Daniel.

— Eu vou matar você outra vez, Daniel, mas eu não posso deixar você renascer.

— Você é louco.

— Tragam o garoto.

Daniel arregalou os olhos quando a porta do carro bateu do lado de fora e os dois capangas se aproximaram com o menino. Um saco preto cobria sua cabeça, mas ele não precisava ver seu rosto para reconhecê-lo.

CAPÍTULO 60

Do outro lado do rio, 17 de julho de 2019

Euclides posicionou o menino de frente para Daniel a uma distância considerável. Arrancou o saco que cobria sua cabeça, revelando olhos marrons assustados. Lucas piscou para se acostumar com o ambiente e tentou comunicar alívio quando percebeu o tio. Um PM armado com um fuzil saiu das sombras, aproximou-se e piscou para o jornalista, que finalmente o reconheceu. Era Fragoso, um dos policiais que frequentava a casa de Deco, o mais velho.

O Apóstolo tirou a arma que prendia na perna por debaixo das vestes. Daniel e Lucas sabiam que não podiam se mexer e continuaram presos pelo olhar.

A calça da criança começou a se molhar na região do pênis, a mancha escura alastrando-se pelas pernas. Euclides observou com um sorriso sádico.

Daniel comprimiu os lábios. Tentou calcular milhares de formas de sair daquela condição e tirar o menino dali, mas nada fazia sentido. Só um monstro poderia apontar uma arma para a cabeça de um menino daquela idade. A sensação de impotência feria Daniel com as acusações mais cruéis que ele já tinha ouvido de si mesmo. Rangia os dentes sem perceber, bêbado da vontade de eliminar Euclides de uma vez por todas.

— Me dê uma razão — pediu Euclides. — Me dê uma razão pra deixar esse espírito seu se perpetuar pela sua família.

— Cara, não tem espírito nenhum — disse Daniel, tentando regularizar o tom de voz. Tinha vontade de chorar, urrar e ver aquele pesadelo todo acabar. — Ele é só uma criança.

— Você se lembra de como o seu irmão, Ivan, desprezava a doutrina? — perguntou Euclides com o tom de um feliz contador de histórias. — Corria atrás de você, hã? E tudo o que você queria era se batizar. Logo depois vocês trocaram de lugar, depois que você feriu um homem santo.

— Eu nunca quis nada disso.

— Ah, você quis, sim... Seu irmão que não queria e, veja só, vocês trocaram de posição.

— Pelo amor de Deus, deixa ele livre disso.

Euclides se aproximou do menino.

— Você está bem, meu lindo?

Lucas, trêmulo de medo, fez que sim. Pelo canto do olho, pedia socorro ao tio.

— Oh, meu amor, não precisa ficar nervoso — disse o homem com o tom do Apóstolo.

Daniel ficou de pé, mas Euclides foi muito mais rápido do que ele podia imaginar. Aprumou o revólver na direção da cabeça de Lucas. Daniel travou o corpo. As mãos algemadas atrás das costas. O garoto não aguentou e começou a chorar. A calça jeans toda mijada.

— Eu disse: me dê uma razão — falou Euclides. — Você chegou perto demais da verdade, mas da maneira errada. Você, sua família... São todos uma decepção. Esse garoto aqui é bem igual a você. E agora vocês sabem demais. Me dê uma razão pra deixá-los se multiplicar em minha cidade.

Daniel tentou respirar, avaliando a situação.

— Não vai adiantar, Euclides. Você vai ter que me matar, e eu não tô aqui sozinho. Sou um jornalista. Já tem gente na revista com todas as informações que apurei até agora. Se você me mata, eles te descobrem da mesma forma. Nunca vão parar até destruir o seu *negócio* por inteiro.

Euclides destravou a arma.

— A não ser que façamos um acordo — tentou Daniel, a vida do sobrinho a ponto de dar adeus. — Você deixa ele viver, e eu prometo abandonar a reportagem e nunca mencionar nada disso pra ninguém. Ninguém.

Apenas as goteiras do telhado do galpão ousaram fazer barulho. O silêncio quase enganou Daniel, mas então Euclides gargalhou. Um riso frouxo, frio, doentio. Apontou a arma para Daniel.

— Eu conheço todos vocês — disse ele. Os dentes agora trincados em ódio. — Acha que pode jogar comigo? Peça desculpas.

Daniel deu um lento passo em direção ao homem.

— Sua arma está apontada para a pessoa errada. Você perdeu tudo. Sua família, sua paz, sua esposa, seus filhos. O que ganha com tudo isso?

A mão que Euclides segurava para manter o revólver começou a vacilar.

Daniel deu mais um passo. Lucas controlando o choro.

— Você matou o seu próprio filho porque ele ameaçou destruir essa merda — continuou Daniel. — Sabia que ele nunca continuaria o seu legado, vocês perderiam tudo. Mas, se ele estivesse morto, você poderia encontrar alguém à altura. Daria um jeito.

— Eu não matei meu filho.

— Não importa. Ele não está mais aqui — disse Daniel, olhando-o nos olhos. Um sorriso fora de hora escapou por seus lábios. — Agora parece tão óbvio. Agora que não importa mais. Se não foi você, foi qualquer um dos seus. Talvez alguém que quisesse herdar esse inferno.

Daniel chegou um passo mais perto. A mão de Euclides tremendo. Quando falou, a voz saiu miúda e ressentida:

— Você acredita no inferno? — perguntou o Apóstolo. — No céu?

— Eu acredito que, se você puxar o gatilho e matar essa criança, nenhum lugar de paz vai receber você. Nunca mais você verá qualquer pessoa a quem tenha amado...

— Eu amava o meu filho — disse o homem. Então os olhos se encheram de lágrimas. Os lábios trêmulos. — Amava-o mais do que a qualquer outra pessoa. Mas ele... ele... às vezes era como você. Como ele. — Apontou a arma para Lucas. — Como uma erva daninha. Nascem em lugares indesejados. Sempre se veem como as vítimas...

— Mas você também foi vítima, assim como ele e como eu — disse Daniel. — Se você não soube como escapar no passado, tem uma chance agora. Nunca é tarde para tentar fazer as coisas certas.

Euclides sorriu com os dentes travados. O braço inteiro tremendo.

Daniel sustentou a infinita guerra de olhares. Deu mais um passo e usou o tom mais calmo e certeiro que poderia oferecer.

— Me entregue sua arma. Acabou.

— Você venceu. Eu vou fazer as coisas certas — disse o homem, virando o rosto para Lucas. — Feche os olhos, querido.

Lucas fechou os olhos com força. Euclides abocanhou a ponta da arma. Estalidos de tiro ecoaram do lado de fora do galpão. Um helicóptero sobrevoando a região. Daniel e Euclides se olharam uma última vez. O Apóstolo apertou o gatilho, e, com um estouro seco, o mundo desapareceu.

CAPÍTULO 61

Água Doce, 20 de julho de 2019

Daniel havia passado os últimos três dias, finalmente, concluindo a reportagem. Àquele ponto, ele tinha se tornado um personagem indissociável da história, que já não era mais apenas o retrato de um misterioso suicídio numa cidade do interior. Por isso, Mirela autorizou-o a redigir o texto em primeira pessoa, embora o apressasse a cada duas horas, preocupada com a possibilidade de ele entrar numa espiral de bloqueio de escritor-personagem.

A operação policial liderada por Mariana Nero tinha chegado até o outro lado do rio e encontrado Daniel e Lucas antes que fossem mortos. As amostras de DNA, os objetos de estímulo sexual, as fotos, as inúmeras agendas... tudo estava de posse da polícia, reportado em primeira mão pela *Vozes*. A delegada nem havia tido tempo para trabalhar em suas suspeitas iniciais quanto ao envolvimento da seita com os cofres públicos. A pressão viera de Mirela, a todo vapor, graças à ponta do iceberg mencionada por Sky.

Os três empresários que a hacker tinha conseguido rastrear não só aportavam doações para a Igreja das Cinco Virgens como também tinham seus nomes supostamente ligados à agenda. Além disso, Sky cruzou as revelações com as suspeitas sobre Gaspar, e ele logo foi intimado a depor para explicar por que vinte e sete membros da seita recebiam salários por meio de matrículas falsas na prefeitura de Ubiratã. E essas eram apenas as primeiras notas da orquestra que Mariana e Mirela puxariam em uma canção cheia de acidentes, dramas e prisões ao longo de anos.

As pessoas não paravam de falar naquilo. A reportagem era o momento. E-mails, ligações, telefonemas de gente da faculdade que Daniel nem se lembrava mais. Repórteres de canais televisivos o convidavam para entrevistas, sem falar das propostas de participações em podcasts e da aparição no programa noturno dominical do maior canal de tv do país.

Na contramão do sucesso, Daniel queria distância de tudo aquilo. Precisava de uma pausa. Sua memória estava restaurada, mas a culpa continuava lá, sobre os seus ombros, e pesava toneladas. Se pudesse respirar um ar novo, quem sabe até mesmo focar dar uma vida honesta e limpa para seu sobrinho, talvez pudesse sobreviver...

No banco do carona, enquanto apoiava o braço na janela do carro, Daniel deixou o vento acariciar seu rosto com uma máscara de ar constante e agradável. Gostava de imaginar que finalmente deixava tudo para trás. Nada havia preparado sua mente para a intensidade dos últimos dias. As feridas abertas espalhavam-se por todo o seu presente e futuro, e ele não fazia a menor ideia de como lidaria com tantas marcas profundas.

Quis se despedir de Luquinhas, a prova viva de que todo o seu sacrifício de retornar para aquela cidade tinha valido a pena. Nunca imaginou que pudesse ter um sobrinho tão parecido consigo.

Ninguém sabia do pai do menino. Deco havia sido encontrado morto com dois tiros no peito, Ivan tinha desaparecido. Devia estar atolado em sujeiras, mas, sendo irmão do autor da reportagem e com Mariana Nero na cola, ele não poderia escapar por muito tempo.

— Um dia você me leva, tio? — Foi o que Lucas perguntou quando Daniel o abraçou pela única e última vez.

Lisa tinha os braços cruzados na porta, assim como Ednalva, fazendo Daniel se perguntar o quanto as duas conheciam dos segredos enterrados do outro lado do rio. Mas ele preferia, por um tempo, não pensar em nada parecido.

— Levo.

— Eu posso ser detetive igual você?

Daniel sorriu.

— Pode.

O menino virou o rosto para a mãe e perguntou:

— Mãe, eu posso ir com ele?

— Não, você tem escola — respondeu Lisa, aproximando-se e pegando a mão do garoto à força. Então, com uma mistura de vergonha e... gratidão, ela olhou Daniel nos olhos pela primeira vez e balbuciou alguma coisa. Foi difícil sair a palavra, mas ela enfim chegou a dizer: — Obrigada.

Daniel assentiu com a cabeça. Olhou uma última vez para os chumaços de algodão nas orelhas do menino. O barulho do tiro estalara em sua mente como se não fosse apenas uma memória. Tudo o que o sobrinho precisara ouvir, ver, viver naquela noite provavelmente traria sequelas emocionais... No entanto, não deixava de ser um alívio pensar que estava tudo acabado, que, de um modo ou de outro, Daniel o livrara de abusos que poderiam acompanhá-lo pelo resto de sua vida.

O que significa a vida, então?, Daniel pensou. Euclides acreditava tanto nas próprias mentiras que as cuspia como se fossem verdades. Algumas mentiras ditas naquela noite, Daniel só foi descobrir depois, como quando o Apóstolo disse que todos os homens do bairro conheciam e validavam seu esquema de exploração sexual. Uma situação criminosa como aquela nunca sobreviveria às vistas de tanta gente. Euclides vendia algo que atraía homens de dinheiro, algo capaz de revelar a monstruosidade das pessoas: o sigilo. No princípio, foi difícil entender por que motivo tantos criminosos aceitariam escrever a próprio punho em agendas de papel, deixando um rastro de suas identidades. Mas, a partir daí, a força do negócio se revelava, porque o esquema familiar se mostrava tão seguro há tantos anos que os financiadores não encontravam motivos para desconfiança. O negócio se mostrava sigiloso, sólido e bem administrado. Quantos homens poderosos estariam envoltos em tamanha barbaridade?

Por diversas vezes, Daniel tentou imaginar como devia ter sido para Ednalva. Sua mãe fora capaz de caçá-lo e resgatá-lo do outro lado do rio, assumi-lo, trazê-lo de volta em casa mesmo contra tudo e todos. Seu silêncio em todas as sessões de exorcismo do filho talvez significasse uma única coisa: era melhor vê-lo tachado como o garoto endemoniado do bairro do que alguém capaz de receber credibilidade se começasse a falar sobre o que tinha visto do lado de lá. Afinal, quanto isso custaria? E, ainda assim, merecia ela o seu perdão?

Euclides também estava errado quando disse que *fez* os garotos daquele bairro. A ideia de que a sexualidade se desenvolve somente a partir de experiências sexuais traumáticas cometidas na infância é um mito. O que Euclides fazia era romantizar Água Doce como se ele detivesse a nova capital de Sodoma e Gomorra. Estava errado e, pela reação da cidade, Daniel podia apostar que o percentual de pessoas cientes do que realmente acontecia do outro lado do rio era mínimo. Gostaria de desfilar de carro pelo bairro encarando todos os olhos dos homens e das mulheres que um dia o julgaram. E, no fundo, sua reportagem significava bastante disso. Uma ótima sensação, por sinal.

Por fim, Daniel pensou no pai. Deco havia sido um de seus abusadores, não só naquele casebre sujo, mas por toda a sua vida em todos os tipos de abusos. Nem sua morte, provavelmente encomendada por membros da seita, era suficiente para fazer Daniel sentir algo além de repulsa e ódio. Não achava que um homem tão covarde seria capaz de delatar alguma coisa, mas, no final das contas, ele teve o que buscara.

Decidido, Daniel deixou a mala no chão, andou até Ednalva, com quem ele não havia trocado uma palavra até aquele momento, e envolveu-a em um abraço. A mulher estremeceu. Agarrou o filho como se nunca mais fosse soltá-lo. Daniel a ouviu soluçar durante longos minutos, até finalmente se afastar.

Então, perdida em lágrimas, ela tentou encontrar palavras.

— Me desculpe por...

— Não precisa dizer nada — interrompeu ele. Encarou-a. Com a ponta dos dedos, secou os olhos da mulher que havia ido atrás dele tantos anos antes. Não tinha certeza se a imagem que aparecera em sua mente era real. Nela, ele se via preso no mangue à beira do rio quando ouvia sua mãe chamá-lo pelo nome e vir desesperada ao seu encontro. Ednalva conhecera o outro lado do rio quando decidiu procurar seu filho abandonado? Ou sempre soubera no que a seita virgianita estava metida? Daniel não saberia por si só. Nunca perguntaria, porque não importava ou, talvez, preferisse nunca saber. Os dois se encararam por mais alguns segundos, e ele falou:

— O seu Deus estava certo. Vim aqui para ser curado.

* * *

— Vamos fazer uma pausa — avisou Sky, de olho no restaurante apontado no GPS do celular.

Daniel anuiu e observou a amiga no controle do volante. Guiada pelo pressentimento de que poderia perdê-lo para sempre, Sky tinha dirigido no meio da madrugada em busca do amigo. Conseguiu chegar a Água Doce sem nunca ter imaginado onde ficava aquele lugar. Acolheu-o mais uma vez quando ele não tinha ninguém em quem se apoiar. E dividiu o quarto de um hotel com ele em Paraty enquanto o aguardava concluir a reportagem. Agora estavam ali, de volta para casa.

— Que foi? — perguntou ela com a sobrancelha franzida. — Por que tá me olhando assim?

Daniel mal conseguiu contar a quantidade de piercings à sua frente. Uma das sobrancelhas era praticamente feita por pequenos brincos de argola.

— Me conta de novo a história da Lua.

— Eu não sou um podcast com um botão de repetir — disse ela, checando o mapa agora várias vezes.

— Queria ter visto a cara da Mirela conhecendo você... — disse Daniel sorrindo. Voltou a encarar a estrada. O vento.

— O mundo estereotipa hackers. Acham que todas somos como Lisbeth Salander. Eu sou uma versão negra e gorda dela, e mais quem eu quiser ser — disse Sky, pisando no freio de leve e desacelerando.

Um restaurante de estrada se estendia adiante, depois de um outdoor com uma lagosta gigante. Dizia algo sobre frutos do mar a um quilômetro.

— Mudar de nome o tempo todo não te incomoda?

— Incomodar?

Daniel riu outra vez e deixou a conversa se perder no ar. Sky dirigiu pelo acostamento e guiou-os pelo largo estacionamento na entrada do restaurante.

Emparelhou o carro com outros dois.

— Vou na frente. Talvez eu ocupe o outro banheiro hoje — avisou Sky, retirando o cinto depois de puxar o freio de mão e desligar o automóvel.

Daniel não entendeu o comentário, mas também não quis perguntar. Sky abriu a porta e, antes de sair, jogou a chave do carro para ele dizendo:

— Felipe.

Daniel balançou os ombros, sem entender.

— Felipe foi o primeiro nome que me deram. Isso sim era um incômodo.

Antes que Daniel reagisse, Sky deu um pequeno sorriso e se adiantou. Ele observou enquanto a amiga caminhava em direção ao restaurante. Abriu um sorriso. Quase não conseguiu acreditar, mas ainda não era hora de elaborar nada, pois o celular tocou e, no visor, ele viu o nome de Jéssica.

O coração se agitou no peito. A despedida dos dois tinha sido dolorosa e silenciosa. Devia a vida àquela mulher. Jéssica o tinha seguido enquanto percorria o caminho traçado por Jonas. Foi ela quem encontrou o número de Mariana no bolso da calça dele. Se não fosse por isso, quem diria que Daniel e Lucas estariam vivos naquele momento?

Antes que pudesse atendê-la, ela cortou a ligação.

Daniel destravou o novo celular e resolveu mandar uma mensagem para ela pelo WhatsApp. Foi quando viu que havia um texto gigante, dizendo:

A gente levou meses pra planejar. As ameaças ao Romeu estavam saindo de controle, e, sem poder confiar em ninguém, ele me convenceu. Havia muitos planos b para que incriminássemos a cidade, e, para todos eles, precisávamos de você. Sinto muito se não revelei mais antes, mas éramos vigiados de perto o tempo todo, e você, estando ligado a uma revista re-nomada, tinha alguma proteção. Uma morte sua levantaria suspeitas de-mais. Além disso, o Romeu sabia que, se tudo saísse como o planejado, você poderia, enfim, ver-se livre dos demônios do passado, e só por isso era um risco que valia a pena correr. Você sempre foi a pessoa certa e, se arriscamos sua vida, foi por entender que era o único modo de dar fim a um esquema que mata dezenas de almas todos os anos. Foi uma decisão que tomamos por você, é verdade, mas não me arrependo.

O Patrik nunca devia ter levado a arma pra casa. Na verdade, ele se-quer deveria ter tocado nela. Ela deveria ter saído do palco quando Romeu a lançou para longe. Por sorte, quando o Romeu roubou as chaves dele pra entrar no teatro, a da casa estava junto. Quando vi que o Patrik levou a arma, me desesperei. O incêndio na esquina da igreja foi a única coisa que eu pensei em fazer pra manter os dois no engarrafamento, tirar a arma da casa deles e devolvê-la para o esconderijo do Apóstolo. O restante, você vai descobrir no link. Obrigada por tudo. Apague as mensagens. Foi muito bom te rever.

Daniel leu a mensagem pelo menos quatro vezes com o coração disparado. Não conseguiu respirar fundo antes de clicar no link. O coração deu uma martelada no peito quando a imagem de Romeu ocupou a tela.

Romeu deu um sorriso tímido para a câmera, tentando se acos-tumar com o que estava fazendo. Os olhos se encheram de lágrimas no mesmo momento que os de Daniel. Depois de quase um minuto, ele forçou um sorriso e falou:

— Oi, Dani. Eu... tenho tantas coisas pra falar. Mas eu não tenho muito tempo.

Romeu fez uma pausa e esperou as lágrimas desaparecerem. Quando elas sumiram, só sobrou um rosto triste e amargo. Então ele voltou a falar:

— Eu nunca poderia ter acreditado em Deus. Não com tudo o que vi e vivi. Mas... eu tenho rezado. Eu me tornei uma pessoa doen-te, e talvez, no fundo, você já saiba que eu, o filho do Apóstolo, nunca me livraria disso com vida.

"Por isso, pedi à Jéssica que te mandasse esse vídeo quando tudo terminasse. Pedi muitas coisas à Jéssica nos últimos meses. Você sabe que eu nunca fui um cara muito corajoso. Nunca tive coragem de te dizer o quanto eu te amo e o quanto eu queria viver com você.

"Quando você foi embora, minha vida foi se acabando aos poucos. Sempre servi ao meu pai e aos caprichos dos monstros desta cidade. Eles me fizeram acreditar que eu havia nascido pra isso. Eu sinto muito que tenhamos passado por coisas parecidas sem nunca conversar. Homens podem ser grandes amigos em águas rasas.

"Depois de todas as vezes que eu falei, ele finalmente entendeu que eu não passaria o esquema adiante. Mais do que isso, eu sabia de tudo, e as ameaças não tinham mais efeito sobre mim. Então foi a minha vez de entender que *eu* vou ser morto, que vão tentar levar a *Jéssica* também, mais cedo ou mais tarde. Nossa casa foi invadida três vezes em um mês. A polícia disse que forjamos a invasão. Meu celular foi clonado nem sei dizer quantas vezes, eu não vou a lugar algum sem ser observado. Eu não tenho mais vida, e, por ser quem eu sou, nenhum dinheiro do mundo me tira daqui com vida. Nem o meu silêncio me tira daqui. Mas eu não vou dar esse gosto a ele, e não vou morrer sem enterrar Ubiratã primeiro.

"Eu pareço corajoso agora? Porque, na verdade, estou desesperado. Vou me envenenar. Vou chamar meu pai no camarim com uma desculpa qualquer, dizer que voltarei a ser o mesmo de sempre assim que tudo terminar. É quase certo que alguém o verá por lá e, quando descobrirem a arma verdadeira, com as impressões digitais dele, vão achar que ele teve coragem de matar o próprio filho, porque isso não é diferente do que ele faria.

"Implorei à Jéssica que me ajudasse, e ela não teve pra onde fugir, porque ela também sabe que eu já estou morto, se não pelos demônios que me acompanham, pelas mãos de quem me odeia. Nada mais pode me salvar, mas talvez eu possa salvá-la. Fui covarde para muitas coisas, inclusive para envolver minha namorada. Mas eu não poderia queimar o pecado desta cidade sem a ajuda de alguém. Me desculpe.

"Foi ideia minha usar a arma dele na cena do crime. Sei que posso impedir o Patrik de puxar o gatilho. E, se tudo der certo, Jéssica, que por proteção só sabe de pouco menos da metade das atrocidades, vai encontrar você. Eu só queria que você retornasse para mim e que salvássemos as próximas vítimas dos nossos pais.

"Estou gravando isso um dia antes de tudo acontecer. Eu levei muitos anos para deduzir que você sabia da verdade tanto quanto eu. Então, se você estiver ouvindo, é porque você se lembrou do passado. É porque deu certo. Romeu está morto, mas você sobreviveu. E, por causa de mim, de você e da Jéssica, muitos também vão ficar vivos.

"Eu te amo, Dani. Sempre te amei. Sempre vou te amar. Até um novo ciclo."

AGRADECIMENTOS

Coloquei o primeiro ponto final neste livro no dia 14 de agosto de 2020. Foram vinte dias quarentenado, escrevendo em um processo visceral durante mais de dez horas por dia, rindo, chorando, vivendo as agonias da trama como se fossem comigo.

Família, obrigado por sempre acreditar no meu potencial. Raphael Montes, obrigado por confiar em minha habilidade. Raquel Cozer, obrigado por editar este livro com tanto cuidado. Sem você, ele seria muito frágil. Diana Szylit, agradeço pelo olhar atento e pelo gás nas etapas finais. Lorrane, obrigado pelos surtos via WhatsApp no final da revisão.

Toda a equipe da TAG, que me recebeu com tanto respeito e carinho, obrigado por dar uma chance para o meu trabalho e topar conduzi-lo ao Brasil de forma impressionante. Sebastían, por me aguentar todos os dias enquanto eu escrevia. Judy, pelas consultas sobre enfermaria.

Obrigado à Força que me deu saúde no meio da pandemia global enquanto eu ouvia o Daniel sussurrar na minha cabeça. E a você que me lê, obrigado por processar minhas palavras e me apoiar. Escrevo para te emocionar. Obrigado pelo acesso.

Se você, como Romeu, sente-se sem saída, o Centro de Valorização da Vida (CVV) oferece serviço gratuito de apoio emocional 24h a quem deseja conversar sem julgamentos, de forma anônima e sigilosa, por meio de telefone, chat, e-mail, Skype e pessoalmente (veja como em www.cvv.org.br).

Este livro foi impresso pela Vozes, em 2023, para a HarperCollins
Brasil. Foi composto utilizando-se as famílias tipográficas
Crimson Pro e Raleway. O papel do miolo é o avena 80g/m²,
e o da capa é o cartão 250g/m².